高橋 亨・辻 和良［編］

栄花物語 歴史からの奪還

森話社

[目次]

［装幀図版］カバー「儀式絵・白馬節会舞妓之図」（個人蔵）
扉「伝狩野探幽画百人一首絵貼交屛風」より「赤染衛門」（同）

高橋 亨

物語と歴史の境界あるいは侵犯

一　本書の序説として

『栄花物語』は『大鏡』などとともに「歴史物語」という便利な用語で文学史に位置づけられてきた。「平安時代に発生した一ジャンルである仮名文の国史」(1)というのであるが、「歴史」と「物語」という次元の異なる概念を、安易に折衷してはなるまい。「歴史物語」というジャンルや呼称を認めるにせよ、その生成における矛盾や葛藤を自覚しつつ検証していく必要がある。

『栄花物語』を「歴史」叙述の側からでなく、「物語」表現として再検討することが、本書の基軸である。史実を書き記した「歴史物語」として読まれてきた『栄花物語』は、ともすれば史実から逸脱した不正確な歴史書、あるいはそれと裏腹に、物語内容の〈虚構〉ゆえに「物語」だとみなされてきた。

とはいえ、歴史叙述にせよ虚構の物語にせよ、その主題的な表現と物語内容との関連こそが問題なのである。『栄花物語』の表現の基底には、『源氏物語』の表現の方法が強く作用している。そのことを出発点としながら、『源氏物語』から「歴史物語」へという文芸史的な過程を、あらためて考察することが本書の課題である。

「歴史」と「物語」とを、言説の素材内容の差異としてではなく、語りの表現方法の問題として捉えたい。『源氏物語』蛍巻の物語論というべき光源氏の発言に、物語は「神代より世にある事を記しおきけるなり。日本紀などはただかたそばぞかし。これらにこそ道々しく詳しきことはあらめ」という。

「歴史」を記した書物の代表が「日本紀」であることは、『紫式部日記』にも一条天皇が『源氏物語』を人に読ませて聞き、紫式部について「この人は日本紀をこそ読みたるべけれ、まことに才あるべし」と称えたという記事にもある。「日本紀」はまず『日本書紀』であるが、『源氏物語』以前には『日本三代実録』までの六国史、漢文による正史が「歴史」なのであった〔高橋二〇〇七a〕。

これに対する「物語」は、やはり『源氏物語』絵合巻で「物語のいできはじめのおやなる竹取の翁」というように、『竹取物語』にはじまる「作り物語」というべき虚構の「かな」文字による文芸作品であった。『源氏物語』という〈虚構〉の「かな」文芸が『栄花物語』という「歴史物語」を生み出したという通説は、次のようなものである。

『栄花物語』の作者が『日本三代実録』をもって断絶した官撰の国史を仮名文の物語という形で受け継ぎ、宇多朝から起筆したということは、並なみならぬ自負のこもる新機軸のまさに驚嘆すべき創出であったといえよう。（中略）『源氏物語』の磁力は、『栄花物語』の作者をしてそうした方向に突き出すほど強力であったのだといえよう。『栄花物語』の作者は、「日本紀」と「物語」と、『源氏』の作者にとっては同一の座標のうえには到底据えられるべくもない両者を統一するという荒わざを試みたということになろうか。（中略）『栄花物語』の作者によって蒐集された史料は、作者もその一員である貴族社会の女性中心の志向・感受性によって見聞きされ伝承された事実であり、客観性の如何とは別の位相においてその真実性を評価すべきである。(2)

『栄花物語』の正編の作者は赤染衛門と考えられているが、道長一族に仕えた女房集団の中心としての書き手だといえよう。続編もまた道長一族に仕えた女性の女房たちによる情報を集積した記録であろう。それは、〈紫式部〉という女性作者による『源氏物語』が「かな」文により書かれたことと共通してはいるが、編年体や列伝のような歴史叙述を表現の基底に集積した『栄花物語』の表現は、『源氏物語』に比べて散漫である。あえて

『栄花物語』が『源氏物語』から継承した主題的要素をいえば、男主人公たちを支える女系を主とした婚姻関係に注目した物語内容であろう〔大塚二〇一七〕。

二　光源氏と藤原道長

『栄花物語』の「栄花」は藤原道長とその一族を中心としている。それゆえ、『源氏物語』をプレテクストとした『栄花物語』における道長が、光源氏に見立てられた巻三十一「殿上の花見」の、次のような表現も当然といえよう。

入道殿うせさせたまひにしかども、関白殿、内大臣殿、女院、中宮、あまたの殿ばらおはしませば、いとめでたし。督の殿、皇太后宮のおはしまさぬこそは、口惜しきことなれど、いかでかはさのみ思ふさまにはおはしまさん。光源氏隠れたまひて、名残もかくやとぞ、さすがにおぼえける。めでたきながらも、あはれにおぼえさせたまふ。后宮、右大臣殿、薫大将などばかりものしたまふほどのおぼえさせたまふなり。さすが末になりたる心地してあはれなり。（③一八七）

『源氏物語』匂宮巻冒頭に倣った表現である。道長（入道殿）は没したが、頼通（関白殿）、教通（内大臣殿）、彰子（女院）、威子（中宮）、大勢の殿方がおられるから「いとめでたし」という。道長が光源氏に、彰子や威子が明石中宮（后宮）に、頼通や教通が夕霧（右大臣殿）や薫に喩えられている。『源氏物語』が光源氏の死によって終わらなかったように、『栄花物語』も道長の死で正編が結ばれたあと、このように続編が書き継がれていく。巻三十九「布引の滝」で彰子が没し、頼通の曾孫にあたる忠実が春日祭の上卿を務めた記事で巻四十「紫野」

が終わる。春日明神は藤原氏の氏神であり、道長の子孫の繁栄を予祝した結末である。『栄花物語』正編の結び、巻三十「つるのはやし」で、道長の人生史は、次のようにまとめられている。

殿の御前の御有様、世の中にまだ若くておはしましより、おとなび、人とならせたまひ、公に次々仕まつらせたまひて、唯一無二におはします、出家せさせたまひしところの御事、終りの御時までを書きつづけきこえさするほどに、今の東宮、帝の生れさせたまひしより、出家し道を得たまふ、法輪転じ、涅槃の際まで、発心の始めより実繋の終りまで書き記すほどの、かなしうあはれに見えさせたまふ。（③一八一〜一八二）

「かなしうあはれ」は、感慨深く尊いといった意味であろうが、後にあらためてふれるように、聖徳太子や弘法大師の生まれ変わりの「権者」として、下品下生に極楽往生したという道長の表現は、どこか空虚に感じられる。『源氏物語』において、光源氏は出家やその死を描かれることがなく、まして極楽往生したとは表現されていない。『栄花物語』においては、巻五「浦々の別」で、やはり光源氏に例えられている伊周のほうが、光源氏により近いといえよう。

見たてまつれば、御年は二十三ばかりにて、御かたちととのほり、太りきよげに、色合まことに白くめでたし。かの光源氏もかくやありけむと見たてまつる。薄鈍の御衣の綿うすらかなる三つばかり、同じ色の御単の御衣、御直衣、指貫同じさまなり。御身の才もかたちもこの世の上達部にはあまりたまへりとぞ人聞ゆるぞかし、あたらものを、あはれに悲しきわざかなと、見たてまつるに、涙もとどめがたくてみな泣きぬ。（①二四七〜二四八）

父道隆の一周忌がすぎても喪服姿で、隆家とともに配所に流されていく伊周は、播磨に留まったことも含めて、須磨に下向した光源氏のイメージと重なる。『栄花物語』が道長の栄花を中心にしていることは確かであるが、それは摂関家としての道長一族の栄花であり、彰子や威子のような中宮や女院、娘たちが産んだ後一条天皇や後朱雀天皇がいなければ成り立たない歴史であった。

巻八「はつはな」で、嫡男の頼通を、漢学はもちろん、陰陽道・医学、作文・和歌にも傑出した具平親王の婿にできたとき、頼通に「男は妻がらなり。いとやむごとなきあたりに参りぬべきなめり」（①四三五）と語ったという。『紫式部日記』によれば、その結婚の仲介をしたのが紫式部であった。道長自身、父兼家や兄道隆が受領の娘と結婚していたのに対して、源氏の娘である倫子や明子と結婚していた。入内する可能性をもっていた女性の婿になることが、男の出世のために重要だと自覚していたのである。

『栄花物語』は編年体による年代記と実録による歴史叙述の形式をとるが、宇多・醍醐・朱雀・村上・冷泉・円融の六代、八十五年にわたる巻一「月の宴」は別として、巻二「花山たづぬる中納言」は藤原兼通と兼家の不和と後宮、そして一条天皇の即位を描き、巻三以下では、兼家の子息たち、道隆・道兼・道長らによる摂関家の権力争いの物語へと移行していく。

三　語り手の女房の視座と草子地

『栄花物語』における語りの心的遠近法〔高橋一九九二〕は、大枠としては編年体の叙述様式に添うものであるから、物語内容の現在の連続が基軸となる。「かくて」「かかるほどに」などにより、素材となった作中の現在の時空が連結され、「とぞ」といった伝聞形式の結末も多い。

「たまふ」や「おはします」といった待遇表現や、「大殿」などの呼称の心的遠近法、また会話文などによって、作中の現在が道長一族に仕えた女房の視座から表現されている。とはいえ、それぞれの巻や場面における語り手の女房たちは、作中世界を見聞し書き記した『源氏物語』の重層的な語りの心的遠近法を継承しながらも、より平板にならざるをえない。

『源氏物語』の語り手の女房たちは、竹河巻の冒頭にいう「紫のゆかり」（紫上方の女房集団）や髭黒方の「わるごたち」の残党などに差別化されながらも、「草子地」の言辞などを媒介にして、つまるところは作者〈紫式部〉の分身であったといえる。それに対して、『栄花物語』の作者は赤染衛門を中心としながらも、彰子はじめ道長一族の女性たちに仕えた複数の女房たちで、見聞した情報を集積し、先行史料の機能的な編集者であったから、『源氏物語』の語り手たちのような主体的な緊密性に欠けている。

『栄花物語』の各巻の長さには、大きなばらつきがある。もっとも短い巻三十五「くものふるまひ」は、寛徳元年（一〇四四）四月から十二月までの九か月の記事で、頼通の子の通房の死を悲しむ人々の詠歌と、東北院の念仏などの記述である。正編では巻二十二「とりのまひ」が短く、万寿元年（一〇二四）三月から六月までの四ヶ月で、道長が建立した法成寺薬師堂の仏像供養の盛儀など、仏教関係の記述による巻である。

これに対して、もっとも長い巻八「はつはな」の文章は、一条天皇の長保五年（一〇〇三）冬から寛弘七年（一〇一〇）までのほぼ八年で、頼通の元服をはじめ、土御門殿の法華三十講や道長の御嶽詣で、彰子の二人の皇子出産の記事などが続く。こうした道長の政治権力が確立されていく栄華の形成過程の中に、敵対した伊周の動向などが組み込まれて多様である。

彰子の皇子出産などには『紫式部日記』の文章を取り込みつつも、その語り手ないし書き手を「紫式部」とはしていない。「はつはな」巻は、頼通の元服から始まっている。

殿の若君田鶴君十二ばかりになりたまふ。今年の冬、枇杷殿にて御かうぶりせさせたまふ。引入れには閑院内大臣ぞおはしましける。すべて残る人なく参りこみたまへりけり。御贈物、引出物など思ひやるべし。

さてその年暮れぬれば、またの年になりぬ。司召に少将にならせたまひて、二月に春日の使に立ちたまふ。殿のはじめたる初事に思されて、いといみじういそぎたたせたまふもことわりなり。よろづにかひがひしき御有様なり。(中略)殿は内裏にて御前にて見たてまつらせたまひ、また道のほど御車にても見たてまつらせたまふほど、あはれに見えさせたまふ。

(①三六三〜三六四)

「今年の冬」のあと、「その年」が暮れて「またの年」になった。語り手はつねに作中の現在にあり、「ことわりなり」や「あはれに見えさせたまふ」と、草子地で批評や共感の発言もするが、表層的で平板な表現にならざるをえない。道長や伊周の周辺の記事が続くなか、一条帝が寵愛した道隆四女の御匣殿が、懐妊したまま定子に続いて逝去した。

御年十七八ばかりにやおはしましつらん、御かたち心ざまいみじううつくしうをかしげにおはしまして、故宮(定子)の御有様にも劣らず、かいひそめをかしうおはしましつるを、またかうただにもおはせでさへと、さまざま帥殿も中納言殿も思し嘆くこともおろかなりや、あはれに心憂し。

(①三六九)

伊周も隆家も悲嘆し、「一の宮(敦康親王)とりわき忍び恋ひきこえさせたまふも、おろかならずあはれに悲しうのみなん」と、うち続く中関白家の一族の不幸が記されている。道長に敵対した伊周や隆家にも、語り手は同情し共感しているのであった。

とはいえ、「かくいふほどに、寛弘二年になりぬ」と、賀茂祭をめぐる道長の子息たちと花山院・敦道親王の祭見物、内裏焼亡が簡略に記され、あっさり「寛弘三年になりぬ」という。土御門殿の競馬と花山院の御幸など、そして一条院内裏への遷幸の記述についで、末法の世を嘆く叙述があり、寛弘四年へと続く。

世の中ともすればいと騒がしう、人死になどす。さるは、帝の御心もいとうるはしうおはしまし、殿の御政も悪しうもおはしまさねど、世の末になりぬればなめり、年ごとには世の中心地起りて、人もなくなり、あはれなる事どものみ多かり。

かくて冬にもなりぬれば、五節、臨時の祭をこそ、冬の公事にすめるも過ぎもてゆきて、寛弘四年になりぬ。はかなう過ぐる月日につけてもあはれになん。(①三七九)

寛弘四年の記事も簡略で、道長の御嶽精進と御嶽詣でのみといってよい。うって変わって長大な文章で記述されているのが、『紫式部日記』を素材に取り込んでいる寛弘五年と六年の記事である。

四　語りの心的遠近法と主題的表現

寛弘五年になりぬれば、夜のほどに峰の霞も立ち変り、よろづ行く末はるかにのどけき空のけしきなるに、京極殿には、督の殿と聞えさするは、中姫君におはします、その御方の女房、小姫君の御方など、いとさまざまに今めかしげなる有様にてさぶらふ。(①三八一)

京極殿(土御門殿)の中姫君(妍子)と小姫君(威子)、それぞれに仕える女房の存在をまず概括して、新年の記述が始まる。夜のあいだに峰の霞も変化し、すべて行く末はるかに穏やかな空の風情という、景情一致した春の空のもと、道長邸の姫君たちの幸福が予感される表現で、それを見て巡る視点人物が「殿の御前」道長である。

とはいえ、十四五歳ほどの妍子が美しく着飾り、「御顔の薫めでたく気高く、愛敬づきておはしますものから、はなばなと匂はせたまへり。うたてゆゆしきまで見たてまつりたまふ」と、語り手の女房からの敬語表現であって、道長の視点に同化した心的遠近法による表現ではない。

続く文章も、はじめは威子を「うつくし」と見る道長の視点ともいえるが、それがやはり「少納言の乳母いとうつくしうまもりたてまつるにも、よその人目に、あなうらやましと見えたり」と、少納言の乳母をうらやむ女房の視座に帰結している。

さらに、ここにはまだ登場していない倫子が主語であろうと敬語から推測される表現があり、それを見た道長が退出せずにいて、宮中から迎えが訪れたという。

いと姫君（嬉子）二つ三つばかりにておはしませば、殿の御前御戴餅せさせたまはんずるに、「御装束まだ奉らねば、しばし」とのたまはす。この御有様どもに御目移りて、とみにも出でさせたまはず。（①三八二）

ここの倫子にまつわる表現の類について、新編日本古典文学全集の頭注は、「もとになった資料の表現にひかれたものか」という。逆にいえば、諸資料を引用し織り合わせていく編年作業の延長として、重層的あるいは複合的でありつつも、作中人物に同化しえない語りの心的遠近法は、『源氏物語』の語りに比べれば不徹底なのである。

多くあるのは、省略や批評の草子地の類で、「かくて」や「かかるほどに」によって物語内容を接続していく方法とともに、『うつほ物語』の文章表現に近いといえよう。

『栄花物語』正編に、『源氏物語』作者としての〈紫式部〉は登場しない。さらにいえば、『紫式部日記』からの引用はあっても、『紫式部日記』作者としての〈紫式部〉も登場していない。中宮彰子が若宮を誕生した、土御門邸における五夜の産養の場で、紫式部が歌を詠んだ場面の叙述はこうである。

歌などあり。されどもの騒がしさに紛れたる、尋ぬれど、しどけなう事しげければ、え書き続けはべらぬ。「女房、盃」などあるほどに、いかがはなど思ひやすらはる。

めづらしき光さしそふ盃はもちながらこそ千代をめぐらめ

とぞ、紫ささめき思ふに、四条大納言簾のもとにゐたまへれば、歌よりも言ひ出でんほどの声づかひ、恥づかしさをぞ思ふべかめる。（①四〇八）

物語内容はほぼ同じなのだが、傍線部を付した表現が異なるので、比較のために『紫式部日記』の同じ部分を引用しておく。

歌どもあり。「女房、さか月」などあるをり、いかがはいふべきなど、くちぐち思ひ心みる。

めづらしき光さしそふさか月はもちながらこそ千代もめぐらめ

四条大納言にさしいでん程、歌をばさる物にて、声づかひ、用意いるべし」などささめきあらそふ程に、こと多くて、夜いたうふけぬればにや、とりわきてもささで、まかでたまふ。(3)

「紫ささめき思ふ」と『栄花物語』にあるのは、素材とした『紫式部日記』の作中人物を対象化した表現で、『紫式部日記』の作者として〈紫式部〉を表現しているのではない。「紫」はあくまでも道長邸の女房のひとりである。四条大納言公任が「簾のもと」に座っていたとは『紫式部日記』に書かれておらず、何よりも、『紫式部日記』によれば女房たちに盃が回って来ることは無く、歌を詠むことも無かった。とはいえ、その場にいた道長邸の女房たちの共通の思いが、『栄花物語』ではめずらしく、語り手と作中人物としての「紫」とが連続した心的遠近法で表現されているといえよう。

もうひとつ、若宮誕生五十日の祝宴で、紫式部が道長に歌を詠まされ、道長がほめて返歌した場面の『栄花物語』の記述はこうである。

け恐ろしかべき夜のけはひなめりと見て、事果つるままに、宰相の君と言ひ合せて隠れなんとするに、東面に殿の君達、宰相中将など入りて騒がしければ、二人御几帳の後にゐ隠れたるを、二人ながらとらへさせたまへり。「歌一つ仕うまつれ」とのたまはするに、いとわびしう恐ろしければ、

いかにいかが数へやるべき八千年のあまり久しき君が御代をば

「あはれ仕うまつれるかな」と、二度ばかり誦ぜさせたまひて、いと疾くのたまはせたる、

あしたづの齢しあらば君が代の千歳の数もかぞへとりてん

さばかり酔はせたまへど、思すことの筋なれば、かく続けさせたまへると見えたり。（①四二〇〜四二一）

『栄花物語』における五十日の祝宴の記述は、『紫式部日記』で公任が「あなかしこ、このわたりにわかむらさきやさぶらふ」と呼びかけた記述なども無く、かなり簡略だが、引用部分に限ればほぼ同じである。この部分には「紫」といった対象化された主体の表現が無いので、物語内容を知る読者には、あたかも紫式部が『栄花物語』の語り手であるかのようにも読める。とはいえ、『紫式部日記』ではこの後に続く『源氏物語』と思われる冊子作りの記述も無く、何よりも、紫式部の「のこることなく思ひ知る身の憂さかな」といった、道長一族の栄光とは対極の自己省察の否定的な表現が無い［高橋二〇〇七b］。

五　栄華の主題と無常の宿命

『栄花物語』が道長一族の栄花を描くことを意図した主題としている以上、『源氏物語』が描いたような光と闇

の両義的な主題的表現はありえない。あるいはまた、『紫式部日記』における作者自身についての自己省察の表現が無いのも当然といえよう。

　とはいえ、後に『平家物語』が驕れる平家の滅亡を描いたのみでなく、勝者であった源氏もまた諸行無常の宿命を免れえないことを表現したように、歴史は栄枯盛衰を繰り返す。まして、道長にせよ彰子にせよ、それぞれの人生には、必ず生病老死の宿命がつきまとう。

　死を前にした道長は、巻三十「つるのはやし」で、臨終の行儀にそって念仏を唱え、「御心には極楽を思しめしやりて、御手には弥陀如来の御手の糸をひかえさせたまひて、北枕に西向きに臥させたまへり。よろづにこの相ども見たてまつるに、なほ権者におはしましけりと見えさせたまふ」と表現されていた（③一六二〜一六三）。盛大な葬儀が催され、中宮威子は父道長が極楽の「下品下生」に往生したと告げる文を、若く美しい僧から渡される夢を見たという。道長の死によって『栄花物語』の正編は終わるのだが、その結末には、はじめに引いた文章の他に、主の亡き御堂の空虚さが記されてもいる。

　次々の有様どももまたまたあるべし。見聞きたまふらむ人も書きつけたまへかし。御堂の百体の観音、阿弥陀堂にぞ宿りゐさせたまふめる。あはれ、殿のおはしまさましかば、ここら御堂設けて、やすらかにおはしまさましものを。仏もさべき人に後れたてまつらせたまへば、かくこそあはれに見えさせたまふ。釈尊入滅後は世間みな闇になりにけり。世の灯火消えさせたまひぬれば、長き夜の闇をたどる人、いくそばくかはある。主去らせたまへる御堂急がせたまふ。御果てにやがて供養とぞ思しめしたる。（③一八三）

　頼通らの子孫が道長の供養を行う準備が末尾に記されるが、どんなに華麗な法養によっても、死の無常を逃れることはできない。中宮威子は、父道長が極楽往生できても「下品下生」かと心外に思ったが、夢の僧や道長の子息らは最下級でも往生できたことがすばらしいと思ったという。源信の『往生要集』に基づく、臨終行儀のきびしい作法による極楽往生を願った同時代の、切実な願いが反映している。

とはいえ、『源氏物語』では、娘たちとも隔てられて山寺に籠もって臨終行儀を守った宇治八宮も極楽往生できなかった。そもそも、『源氏物語』では、光源氏をはじめ、極楽往生を願いつつも、誰ひとり確実に極楽往生できたとは記されていない。逆に、物のけと化した六条御息所はじめ、往生できずに中有をさまよっている人々が多い［高橋一九八二］。そうした極楽往生へのきびしい思惟は、『紫式部日記』の中の〈紫式部〉自身の自己省察として記されていた［高橋二〇〇七b］。

『栄花物語』にもどれば、巻三十九「布引の滝」で、上東門院彰子は、八十七歳の長寿をまっとうして没した。そこには、関白教通などの悲嘆が、次のように記されている。

関白殿、「いとあはれに、ことわりの御年のほどなれど、また誰にものをも申しあはせて過ぐさんずらん。何ごとにも院に参りて申さんとこそ思ひしか。老の末にさまざまかくうち捨てられたてまつりぬること」と泣かせたまふ。二条院、皇后宮など、心細くあはれに思し嘆かせたまふ。（③四七三〜四七四）

続編の敦文親王の七日夜の産養については、『紫式部日記』の引用に関して、「後一条院の御産屋に紫式部のいひつづけたる、同じことなり。まねびぞこなひになかなかなればなん」（③四七七）という。なまじ「紫式部」の二番煎じの表現をするのはよくないから省略するという草子地である。あるいは、師実らの布引滝の遊覧の記述では、「業平がいひつづけたるやうにぞありけむかし」（③四八四）と、『伊勢物語』に言及している。

章子内親王の菩提院の新堂供養については、巻四十「紫野」で、「かの源氏の輝く日の宮の尼になりたまふ願文読み上げけん心地して、やむごとなくめでたし」（③五二四）と、『源氏物語』の藤壺が参照されているのだが、やはり、『栄花物語』の正編とも異なった、さらに安易なプレテクストの引用だといわざるをえない。

『源氏物語』が六国史を継承しつつ「日本紀などはただかたそばぞかし」と、光源氏の戯れの言説の内に〈作者〉の自負をこめ〔高橋二〇〇七a〕、『栄花物語』はそうした『源氏物語』の「かな」文による物語の表現史を継承した。そこには、会話文や、儀式における唱和、作中人物たちの対話機能をもった贈答歌、そしてときには独詠歌のような和歌による主題的な心情表現も継承されている。

『紫式部日記』の中宮彰子による皇子出産やその産養の記録は、それとは裏腹の〈紫式部〉の私的な憂愁の思い、自己省察の表現や『源氏物語』執筆関連の記録を排除することによって、『栄花物語』に引用され活用された。光源氏や薫・匂宮などの男と関わった『源氏物語』の女君たちの主題的な心中表現、トポロジー的な語りの心的遠近法は、『栄花物語』の歴史叙述から排除され、それゆえに道長一族の栄花を語る表現となった。

『源氏物語』や『紫式部日記』の主題的な表現と比較して『栄花物語』の文章を批判することはやさしい。とはいえ、『栄花物語』が披いた「かな」文による歴史叙述が、『無名草子』のような女性の視座からの物語批評の文芸へと通じ、『大鏡』『今鏡』などの鏡もの、さらには『平家物語』のような和漢混淆文による戦さ語りへと、史実と虚構の交錯する文芸史へと通底したことの意味は大きい。

（1）「『源氏物語』から『栄花物語』へ」、山中裕・秋山虔・池田尚隆・福長進校注・訳、新編日本古典文学全集『栄花物語』①（小学館、一九九五）「古典への招待」。
（2）注1に同じ。
（3）新日本古典文学大系『土佐日記・蜻蛉日記・紫式部日記・更級日記』（岩波書店）二六九頁。

（引用文献）
［大塚二〇一七］大塚ひかり『女系図でみる驚きの日本史』（新潮新書、二〇一七）
［高橋一九八二］高橋亨「中有の思想」（『源氏物語の対位法』東京大学出版会、一九八二）
［高橋一九九一］高橋亨『物語と絵の遠近法』（ぺりかん社、一九九一）
［高橋二〇〇七ａ］高橋亨「物語論の生成としての源氏物語」（『源氏物語の詩学―かな物語の生成と心的遠近法―』名古屋大学出版会、二〇〇七）
［高橋二〇〇七ｂ］高橋亨「物語作者のテクストとしての紫式部日記」（『源氏物語の詩学―かな物語の生成と心的遠近法―』）

桜井宏徳

エクリチュールとしての『栄花物語』

『狭衣物語』との近似性に着目して

一　『栄花物語』における「書く」こと

(A)世はじまりてのち、このくにのみかど六十余代にならせ給にけれど、この次第かきつくすべきにあらず。こちよりての事をぞしるすべき。
（月の宴①一七）[1]

という「書く」こと、「記す」ことへの意思の明示に始まる『栄花物語』は、少なくとも建前としては「語り」であることを標榜していたはずの「物語」としては、きわめて異例のテクストである。

一方、『栄花物語』正編よりもやや後れて、同じく藤原頼通の文化世界において制作された『狭衣物語』をめぐっても[2]、「語り」の超克ないし解体と「書く」ことの自立とがしばしば指摘されている［三谷一九七八］［吉岡一九九六］［神田二〇一四］。物語における「書く」という営みに対する『狭衣物語』のスタンスは、歴史物語と作り物語との差異を超えて、『栄花物語』と通い合っているとみられるのである。

本稿では、『栄花物語』のエクリチュール[3]としてのあり方について、『狭衣物語』のそれとの方法的な近似性にも着目しながら考察を加え、あわせて平安後期物語史における『栄花物語』の位置づけについても論及してゆく。

はじめに、『栄花物語』における「書く」ことの様相について、主に別稿［桜井二〇一二・二〇一五］で述べたことを踏まえつつ概観しておく。前掲(A)の〈序文〉や、

(B)出家せさせ給しところの御事、おはりの御時までをかきつゞけきこえさするほどに、いまの東宮・みかどのむまれさせ給しより、出家し道をえたまふ、ほふりんて〔ん〕じ、涅槃のきはまで、発心のはじめより、実繋のおはりまでかきしるすほどの、かなしうあはれにみえさせ給ふ。
（つるのはやし③一八一〜二）

(C)つぎ〳〵のありさまども、また〳〵あるべし。みき、給覧ひともかきつけたまへかし。

（つるのはやし③一八三）

といった〈跋文〉に見られるように、『栄花物語』正編はその冒頭と末尾とにおいて、みずからがこれから行おうとする、あるいはこれまで行ってきた「書く」「記す」という行為に明瞭な形で言及している。このことについては、すでに阿部泰郎氏［阿部一九九四］及び加藤静子氏［加藤静子二〇〇三］が注目しているが、とりわけ、阿部氏の「『栄花物語』において〝書くこと〟が作品全体の基調となっている」という指摘は重要である。『栄花物語』では、語り手の「書く」行為を表す語彙とその用例数が豊富であること、また、正編・続編の別を問わず「書く」ことが基調となっていることは、以下の【表1】からも確認されよう。

【表1】『栄花物語』の語り手の「書く」行為を表す語彙とその用例数

かく	19（13／6）	かきあらたむ	1（1／0）
かきおく	1（1／0）	かきしるす	1（1／0）
かきつく	5（1／4）	かきつくす	4（3／1）
かきつづく	16（16／0）	かきとどむ	6（2／4）
しるす	7（4／3）		

＊数字は、全用例数（正編の用例数／続編の用例数）。
＊用例の検索は、［松村一九八二］に拠る。底本は『栄花物語全注釈』（梅沢本）。

《参考》『源氏物語』の語り手の「書く」行為を表す語彙とその用例数

かく……………4	かきおく…………1		
かきおとす………1	かきつく…………1		
かきつづく………2	かきとどむ………1		
かきなす…………1	かきまぎらはす…1		
かきもらす………1			

＊用例の検索は、［柳井ほか一九九九］に拠る。底本は『新日本古典文学大系』（底本は大島本。「浮舟」巻のみ明融本）。

前述のように、物語とは本来「語り」を基調としているはずのものであり、「書く」ことを基調とする『栄花物語』のあり方が『竹取物語』以来の物語史の中でも特異であることは、《参考》に掲げた『源氏物語』との比較からも明らかである。周知のように、『うつほ物語』『落窪物語』や『源氏物語』にも「書かず」という形の省略の草子地はしばしば見られ、打消の表現を伴いながらではあるものの、それらの物語も自己の「書く」営みに言及していることになる。『源氏物語』に見られる「かきおとす」「かきもらす」などの語彙も、「書かない」ことの弁明として用いられているという点では、「書かず」のヴァリエーションとみなすことができよう。

ところが、『栄花物語』の場合は、これらのような、「書かず」と書くことによってみずからがエクリチュールであることを逆説的に証し立てている、という事例とは異なり、たとえば、前掲(A)・(B)のように、何を書くのか、なぜ書くのか、これまで何を書いてきたのか、といった「書く」ことをめぐっての意思・理由・思い入れなどを、むしろ積極的に打ち出そうとする姿勢が顕著に看取されるのである。

稿者は別稿で、正編のみに頻出する「書きつづく」ということばを手がかりとして、正編は「書く」という営みの継続に重きを置いており、そこには歴史叙述を不断に生成し続けてゆくことのダイナミズムがある、と論じたことがある〔桜井二〇一二〕。以下の(D)・(E)は、「書きつづく」の最初と最後の用例であるが、ここでも波線部のように、これから「をかしくめでたきよのありさまども」を「かきつゞけ」てゆきたいのだ、あるいは、これまで「との、おまへ」、すなわち道長の「御ありさま」を「かきつゞけ」てきたのだ、という意思や自負が強く示されている。

(D)とし月もはかなくすぎもていきて、をかしくめでたきよのありさまどもかきつゞけまほしけれど、なにかはとてなん。（月の宴①二九）

(E)との、おまへの御ありさま、世中にまだわかくておはしましゝより、おとなび、人とならせ給、おほやけにつぎ〳〵つかうまつらせ給て、唯一无〔二〕におはします、出家せさせ給しところの御事、おはりの御時までをかきつゞけきこえさするほどに、（後略）（つるのはやし③一八一）

このような正編の「書く」ことへの志向は、やや形を変えながらも、成立年代と編者の異なる続編にも着実に継承されている。続編は、以下の(F)〜(I)に見られるごとく、前掲(C)の正編の〈跋文〉の「つぎ〳〵のありさまども」を「かきつけ」てほしい、という呼びかけに応じるかのように、みずからの「書く」という営みを、卑下や謙遜の意識も込めて「書きつく」という語によって表してゆくのである。

(F)御かた〴〵の御事ども、おぼしめし申させ給事どもあらめど、人きかねばかきつけず。（根あはせ③三三六）

(G)たゞある事をすこしづゝかきつけたるなり。（根あはせ③三五八）

(H)かきつけたるははなやかならねば、「などてかは」とみゆれど、みな君達・殿上人にてありしなり。

（松のしづえ③四四一〜二）

(I)人のまねぶをかきつくれば、ひが事そらごとならんかし。

（松のしづえ③四五八）

また、次に掲げる巻第三十六「根あはせ」の〈跋文〉では、波線で示した「世中のゆきかはり、人の御さいはいなど、むかしものがたりのやうなる事ども」を、「書く」ことによって後世に残し、伝えてゆきたい、という語り手の思いが、「書きとどむ」という語を繰り返し用いながら吐露されている。

(J)世中のゆきかはり、人の御さいはいなど、むかしものがたりのやうなる事どもあるを、おさなき人などにも、「かゝることこそはあれ」ともみせんとてかきとゞむれば、ちかきほどの事は中〳〵わすれ、とし月のほどもたがひてぞ。（中略）人のせよといふ事にもあらず、ものしらぬに、人のもどき、心やましくもおぼしぬべき事なれど、なにのかきとゞめまほしきにか。すぎにし事もいまの事もしどけなし。かく所〴〵にかきとゞむるは、たゞなるよりは人にももどかれむとなるべし。

（根あはせ③三九八）

この(J)は、己の「書く」という営為に対する語り手の思念が、正編・続編を通じて最も直截に表されている箇所として注目される。その内省的な筆致は、別稿で述べたように、日記文学、あるいは『四条宮下野集』のような日記的私家集の、卑下・謙遜の意識が込められた〈序跋〉にも通い合うものといえよう[4]〔桜井二〇一六〕。

叙上のような見方に対しては、『栄花物語』は歴史叙述であり、そうである以上、エクリチュールであることはむしろ当然なのではないか、という異論も予想されるが、必ずしもそうとはいえない。『栄花物語』と同じく歴史物語というジャンルに分類される歴史叙述ではあっても、『大鏡』の場合は、阿部泰郎氏が注目しているように、語り手自身が「書く」という営みに関わったことを示す痕跡は地の文から周到に排除されており、「『大鏡』は〝書かれたもの〟として自己規定をしていない」とみなさざるをえない〔阿部一九九四〕。このことは、『大鏡』の直接の後継者である『今鏡』においても同様である。『栄花物語』の語り手がこれほど頻繁に自身の「書く」という営みに言及し、『栄花物語』がエクリチュールとしてあることを印象づけているのは、物語文学としても、また歴史叙述としても、けっして自明のことではないと見るべきであろう。

二　『狭衣物語』の儀礼・行事描写と『栄花物語』

『栄花物語』のように「書く」ことを基調とし、エクリチュールであることを前面に押し出す物語は、『栄花物語』以前には存在していなかった。しかし、『栄花物語』正編の成立からやや後れて、同様にエクリチュールであることを前提とする作り物語として、『狭衣物語』が登場する。『狭衣物語』が「書く」ことを基調としていることについては、夙に三谷栄一氏の『狭衣物語』は「「書く」ということのみで自律し」ており、「完全に「語る」というものから超克して「書く」という「物語文学」が完成した最初の文学だといえる」という指摘があり〔三谷一九七八〕、近年では神田龍身氏もそれを踏まえて、「『狭衣物語』では、もはや語ることが物語であるという認識すらもが忘れ去られて、物語が書かれた物語であることを自明の前提として、すべてが始まっているようである」と説いている〔神田二〇一四〕。この三谷・神田両氏の所説の妥当性は、『狭衣物語』においては、語り手自身の「語る」という行為はもとより、第三者が「語る」のを語り手が聞いたり書いたりした、ということを表す「語る」及びその関連語の用例さえ一例も見出しえない、という事実によっても裏づけられる。後述するように、『栄花物語』には「語り」と「書く」こととの関係をめぐっての言及が散見するため、この点、『狭衣物語』は『栄花物語』よりもさらに「書く」ことに徹している、と評することもできよう。

それでは、「書く」ことの方はいかがであろうか。【表2】は、前掲【表1】の『栄花物語』の場合と同様に、『狭衣物語』の語り手の「書く」行為を表す語彙とその用例数をまとめたものである。

【表2】『狭衣物語』の語り手の「書く」行為を表す語彙とその用例数

かきおく……1／1　かきつづく……4／5　かきとどむ……1／1

＊数字は、内閣文庫本の用例数／古活字本の用例数。
＊古活字本の「かきとどむ」は「かきもとどむ」の語形。
＊用例の検索は、内閣文庫本は［塚原ほか一九七五］（底本は『日本古典文学大系』）、古活字本は［榊原ほか一九七七］（底本は『日本古典全書』）に拠る。なお、本稿では『狭衣物語』が多彩な異文を有することに鑑みて、内閣文庫本と古活字本の二本を用例検索の対象としたが、これは索引が備わっているという便宜的な理由によるものであり、本文の優劣の判断には関わらない。

一見して明らかなように、用例数じたいは『栄花物語』には及ぶべくもないほど乏少ではあるものの、『狭衣物語』と並んで平安後期物語の代表作と目される『夜の寝覚』『浜松中納言物語』の用例が、二作合わせても『浜松中納言物語』の「かきつくす」一例のみであることに比すれば、相対的には少ないとは断じがたい。また、以下に述べるように、用例の現れる場面も特徴的である。

◆『狭衣物語』

(K) そのよの事ども、かきつゞけまほしけれど、中〳〵なればもらしつ。(5)

(k)そのよのこともかきつゞけまほしけれど、中〻にもやとてもらしつ。(6)
（内閣文庫本／巻三・二九一／若宮の袴着）

(L)かきつゞけたるはみ所なく、「こや、いみじかりける」とて、わらはれぬべけれども、そのおり、車ひきつゞけられたりしは、つねよりもみ所こよなかりける。
（古活字本／巻三・下九四）

(l)こと葉にかきつゞけたるは、いとみ所なう、「これやいみじかりける」とて、もどきわらはれぬべけれど、「そのおり、くるま引つゞけられたりしは、猶つねよりはみ所こよなし」とぞありし。
（内閣文庫本／巻三・三〇三／源氏の宮の御禊の行列）

(M)御ゆどのゝぎしき・ありさま、九日の夜までの御うぶやしなひども、かきつゞけずとも思やるべし。
（古活字本／巻三・下一〇八）

(m)御ゆどのゝぎしき・ありさま、九日の夜までの御うぶやしなひども、かきつゞけずとも思ひやるべし。
（内閣文庫本／巻四・三六九／後一条帝女一の宮の御湯殿の儀と産養）

(N)そのよのありさま、かきつゞけずとも思やるべし。
（古活字本／巻四・下一八〇）

(n)其よのありさま、かきつゞけずとも思ひやるべし。
（内閣文庫本／巻四・四四七／飛鳥井の姫君の裳着）

（古活字本／巻四・下二七一）

◆『栄花物語』

(O)七日がほどの御ありさま、かきつゞくるもなか〳〵なれば、えもまねばず。
（さまざまのよろこび①一五七／彰子の産養）

(P)御ゆどのゝありさまなど、はじめのにてしりぬべければ、かきつゞけず。

（はつはな①四四一／敦良親王の御湯殿の儀）

(Q)行幸のありさま、みなれいのさほうなれば、かきつゞく〔ま〕じ。（つぼみ花②二八／三条天皇の土御門邸行幸）

(R)御うぶやのほどのありさま、さらなればかきつゞけず。

（たまのむらぎく②四八／生子の生誕）

右の(K)~(R)は、『狭衣物語』と『栄花物語』から「書きつづく」の用例をそれぞれ四例ずつ抽出したものであるが、ここで注目されるのは、『狭衣物語』では「書きつづく」の用例のすべてが[7]、また『栄花物語』でもその多くが、産養や袴着などの生誕儀礼や通過儀礼、あるいは行幸や御禊といった行事を描写する際に用いられている、という事実である。

この点、田村隆氏が、作り物語における省筆について論じる中で、「儀式次第などの描写に際しては、「記録」の側面が前に出て「書く」の表現が現れやす」く、それは「日記の「書き方」でもあった」と述べている〔田村二〇一七〕ことは首肯されるが、「儀式次第など」の描写に「書きつづく」を用いているのが、『栄花物語』と『狭衣物語』のみであることも興味深い。(K)~(R)には、「かきつゞけず」という省略の草子地も多く見られるが、『栄花物語』には、和歌の羅列を省略する場合には「書かず」を、儀礼や行事の描写を省略する際には「書きつづけず」を用いるという、使い分けの意識も認められる。儀式や行事には一連の流れ、すなわち「次第」があるからこそ、その描写には「書きつづく」が用いられる、ということなのであろう。

このように、『栄花物語』と『狭衣物語』はともに、「書きつづく」という語に、儀礼や行事という歴史的事象として記録されるべき出来事のありさまを次から次へと続けて詳しく書いてゆくという、〈記録のことば〉、ひいては〈歴史叙述のことば〉ともいうべき機能を担わせていたのである。前述のように、『栄花物語』正編と『狭衣物語』はともに頼通文化世界において制作されたテクストであり、『狭衣物語』がこうした叙法を『栄花物語』正編から学んでいた可能性は高いのではあるまいか。

また、以下の(S)・(T)は、『狭衣物語』に一例ずつ見られる「書きおく」「書きとどむ」の用例であるが、いずれも前掲(L)の源氏の宮の御禊の記事に続く、本院渡御の記事の中に表れるもので、やはり行事の描写に関わる例である。

(S)御こしのかよ丁のなり・姿まで、世のためしにもせさせんと、せさせ給ひけり。

（内閣文庫本／巻三・三〇六／源氏の宮の本院渡御　※該当語彙なし）

(s)みこしのかよ丁のなり・すがたまで、世のためしにもまことにかきをかまほしげなり。　（巻三・下一一一）

(T)うちもとも、みゝとめぬはいかでかあらん。いとおかしきうたどもおほかりけれど、ゑかきとゞめず。

（巻三・三〇六／源氏の宮の本院渡御）

(t)内にも外にも、いひかはす事どもあるべし。されど、ひとりふたりがことならばこそかきもとゞめ（ゝ）、みなゝがらはうるさければとゞめつ。　（巻三・下一一二）

それでは、作り物語であるはずの『狭衣物語』が、『栄花物語』と見紛うばかりの〈歴史叙述のことば〉を用いて儀礼や行事を描写し、(S)及び(s)の波線部のように、それらを「世のためし」として「かきを」きたい、とまでいうのは、なぜなのであろうか。これについて、三谷栄一氏・神田龍身氏は、源氏の宮の御禊や本院渡御をめぐる過剰なまでに精細な描写には、作者六条斎院宣旨が仕えた禖子内親王サロンの往時の盛儀を写し取った記念碑としての意味が込められているのではないか、という見方を示しており［三谷一九七八］［神田二〇一四］、この問題を考える上で示唆深い。こうした視座から捉え直せば、『狭衣物語』は作り物語でありつつ、その一方では、禖子内親王サロンの文化と生活とをアレゴリカルに描いた、いわば架空の歴史物語としての一面をも備えたテクストでもあるということになろう(8)。

また、井上眞弓氏が指摘しているように［井上二〇〇五b］、頼通の時代を描く『栄花物語』続編において、頼通の養女嫄子の所生で頼通の手厚い後見を受けていた禖子内親王に関する記事が、意想外に手薄であることも注意される。同じく頼通の庇護下にあった二条院章子内親王や、四条宮寛子についての記事は豊富であり、その女房たちからの資料提供も想定されるのに対して、禖子内親王の側からの情報や資料はほとんど取り込まれていないように見受けられるのである(9)。

この問題をめぐっても、『狭衣物語』と『栄花物語』続編との関係に着目して、「出来事を記憶した人の歴史認識が、同一の出来事をそれぞれの記憶にしたがってさまざまな語りとしている」とする井上氏の所説が示唆に富む［井上二〇〇五b］。禖子内親王の存在に焦点を当てることによって、井上氏のいう「時代の空気」――それは頼通の「時代」にほかならない――を、ノンフィクションの歴史物語の形で章子内親王や寛子の側から描いたのが『栄花物語』続編、フィクションの作り物語の形で禖子内親王の側から描いたのが『狭衣物語』、というパラレルかつ相補的な関係にあるのではないか、という見通しが立てられるのである。あるいは『栄花物語』続編は、禖子内親王とそのサロンについては、先行する『狭衣物語』という「記念碑的テクスト」［神田二〇一四］に委ねて、あえて詳述を避けたのかもしれない。

三　『栄花物語』『狭衣物語』、仮名日記への接近と距離

『栄花物語』と『狭衣物語』とに共通する「書く」ことへの傾斜について考えるに際しては、仮名日記との関わりも重要な問題として逸することができない。高橋亨氏が口承のモノガタリから書かれた物語文学への転換の手法に関わって述べているように〔高橋一九九三〕、「日記は明確に〈書く〉ものであ」り、前述のように「書く」ことを前面に押し出している『栄花物語』や『狭衣物語』のあり方は、物語よりもむしろ日記に近い一面を有しているからである。

『栄花物語』をめぐっては、すでに加藤静子氏・石坂妙子氏が、『土左日記』『蜻蛉日記』『枕草子』『和泉式部日記（物語）』『紫式部日記』『讃岐典侍日記』などの仮名日記との近似性を、三人称的な「書き手」の設定、「めでたきこと」「をかしきこと」を「ためし」として書き記すという営み、といったさまざまな観点から論じている〔加藤静子二〇〇三〕〔石坂二〇一〇〕。「ためし」については、「世のためし」として「かきを」きたい、という前掲(s)の古活字本『狭衣物語』の表現も想起されよう。「ためし」、すなわち先例として「書きおく」という営みは、それじたい明確な歴史意識に基づくものにほかならないであろう。

一方、『狭衣物語』については、早く鈴木一雄氏に「『狭衣物語』を狭衣大将の一代記風に読むとき、日記文学に近い印象を受けるところがある」という指摘がある〔鈴木一九八九〕。これは、語り手が主人公狭衣に寄り添い、時に一体化しているようにさえ感じられる『狭衣物語』の「語り」のあり方を「「わたくし」語り」と称し、そこに「日記文学に通底する」ものを看取する、近年の井上眞弓氏の見解〔井上二〇〇五a〕とも通い合うものである。

加えて、『狭衣物語』には「狭衣日記」と題された伝本が存在していた可能性が須藤圭氏によって報告されている(10)〔須藤二〇一六〕。それによれば、「狭衣日記」という書名は、写本や古筆切を納めた箱に書かれているか、あるいはそのように想像されるもので、写本やその題簽に直接「狭衣日記」と書かれた伝本は見出せていない由であるが、「狭衣日記」という書名はけっして単なる誤りではなく、それなりの位置を確保していたのではないか、とする須藤氏の推定は、鈴木氏・井上氏が説く『狭衣物語』と日記文学との近さに鑑みても、首肯されるべきものといえよう。

『栄花物語』については、「日記」と称されたことを証する伝本その他の資料は今のところ管見に入らないが、『大鏡』に「みたうとの、日記（御堂殿の日記）」という外題を有する写本（冷泉家時雨亭文庫蔵本・巻二）が存することは[11]、『栄花物語』の書名を考える上でも注目に値する。歴史物語がその記録性ゆえに「日記」と称されることはけっして不自然ではなく、『栄花物語』が「栄花日記」と称されていた可能性も否定しがたい。

もっとも、同じく仮名日記に近似するとはいえ、『栄花物語』は『紫式部日記』『讃岐典侍日記』などの記録的な女房日記に近く、『狭衣物語』は『蜻蛉日記』『更級日記』などの自伝的な日記文学に近い、という相違もあるが、たとえば、前掲(J)の巻第三十六「根あはせ」の〈跋文〉のような、みずからの「書く」営みをめぐる自嘲的で内省的な筆致は、すぐれて日記文学的なものといえよう。他方、『狭衣物語』にも、前掲(K)〜(N)のような〈架空ではあるものの〉女房日記的な、あるいは歴史物語的な〈記録のことば〉による記述が散見する。女房日記と日記文学とを厳密に区別することは容易ではないが[12]、『栄花物語』と『狭衣物語』がともに、比重の差こそあれ、その両面を兼ね備えていることを、ここでは確認しておきたい。

また、加藤静子氏が論じているように、『栄花物語』の語り手については、現実の作者を反映した実体性を認めることは困難なものの、待遇表現や人物呼称などの分析を通じて、道長一家に仕える女房という、ある程度の具体的な人物像を浮かび上がらせることも可能である〔加藤静子二〇〇三〕。これは、土方洋一氏が女房日記を念頭に置いて提唱している「出来事の記録を基盤にした集合的一人称」に該当するものと考えられ〔土方二〇〇七〕、この点からも『栄花物語』と仮名日記との近さがうかがわれよう。

それでも、加藤昌嘉氏によって提示された、語り手は日記ではみずから作中世界に参与するけれども、物語ではけっして参与しない〔加藤昌嘉二〇一四〕、という原則に照らせば、やはり『栄花物語』は日記ではなく物語である、とみなさざるをえない。『栄花物語』の語り手は、前掲(J)のようにみずからの思いを吐露することはあっても、場面に登場したり、作中人物とことばを交したりすることはなく、この原則は正編・続編を通じて、おおむね例外なく守り抜かれているのである。(13)

次の(U)・(u)は、よく知られた巻第八「はつはな」の、『栄花物語』が『紫式部日記』を直接引用している箇所であるが、『栄花物語』は(u)の点線部のように、「かきつゞけ」ることに関わる省略の草子地、「むらさき」という主語、「める」という語り手による推定を表す助動詞などを補うことによって、語り手自身が場面に参与することを周到に回避している。

(U)歌どもあり。「女房、さか月」などあるをり、「いかゞはいふべき」など、くちぐ〳〵おもひ心みる。

めづらしき光さしそふさか月はもちながらこそ千代をめぐらめ

「四条大納言にさしいでん程、うたをばさる物にて、こはづかひ、よふひ入べし」など、さゝめきあらそふ程に、ことおほくて、夜いたうふけぬればにや、とりわきてもさゝでまかでたまふ。(14)〔『紫式部日記』四三〕

(u)歌などあり。されど、ものさはがしさにまぎれたる、たづぬれど、しどけなう事しげゝれば、えかきつゞけ侍らぬ。「女房、さかづき」などあるほどに、「いかゞは」など思やすらはる。

めづらしきひかりさしそふさかづきはもちながらこそちよをめぐらめ

とぞ、むらさきさゝめきおもふに、四条大納言、すのもとにゐ給へれば、うたよりもいひいでん〔ほどの〕こはづかひ、はづかしさをぞ思べかめる。（はつはな①四〇八）

右の(u)は、従来の『栄花物語』研究では、『紫式部日記』の文章に接近しすぎたために主語の目まぐるしい交替や文脈の不自然さが生じている箇所として、評価は芳しくなかったが、そうではなく、加藤静子氏が指摘しているように〔加藤静子一九九八〕、『栄花物語』は作り物語の語りの方法を巧みに取り入れることによって、日記の一人称叙述を物語の三人称叙述に切り替えることに成功している、と見るべきであろう。

四 「語り」と「書く」ことの行方――『栄花物語』以後

最後に、『栄花物語』における「語り」と「書く」こととの関わりについて若干の考察を加え、あわせて「語り」と「書く」ことという視座から、平安後期及びそれ以後の物語史における『栄花物語』の位置についても考えておきたい。

『狭衣物語』において「語り」への意識が稀薄化していることについては、三谷栄一・神田龍身両氏の論稿〔三谷一九七八〕〔神田二〇一四〕を参照しつつ前述したが、『栄花物語』には、以下に掲出する(V)～(Y)のように、「語り」と「書く」こと、さらには「聞く」こととの関わりについても言及している箇所が散見する。

(V)これはものもおぼえぬあまぎみたちの、おもひ〳〵にかたりつゝ、かゝすれば、いかなるひが事〔か〕あらんとかたはらいたし。（おむがく②二八五）

(W)わざとおもはぬ事どもをだにこそ、かきつゞけかたりつたふめれ。（おむがく②二九二～三）

(X)御ありさまのつきせぬを、よのためしにかたりつゞ〔け〕、かきおくべきにやとみえさせ給。（御賀②三七三）

(Y)御かた〴〵の御事ども、おぼしめし申させ給事どもあらめど、人きかねばかきつけず。（根あはせ③三三六）

とはいえ、これらによって、「語り」と「書く」ことの関わりについての『栄花物語』の確固たる考え方が示されているわけではなく、なお未整理な印象も残る。たとえば、(V)では尼君たちが「語り」、それを女房たちが「書く」という営みが同時進行で行われていることが、複数動作の並行を表す接続助詞「つつ」によって示されている。これを加藤静子氏は「歴史叙述生成の場」を描いたものと捉え〔加藤静子一九九八〕、別稿では、その「歴史叙述生成」が「聞き書きの形式による共同制作」によって行われていることを指摘した〔桜井二〇一二〕。

一方、(W)では「かきつゞけ／かたりつたふ」、(X)では「かたりつゞけ／かきおく」と、ともに「語り」と「書く」ことが並列の形になっており、双方の間にどのような関係があるのかは必ずしも判然としない。なお、(W)については、文末に推定の助動詞「めれ」を伴っていることも注目される。このことは、「かきつゞけかたりつたふ」という行為それじたいが、「書く」「語る」という動作の主体とは異なる第三者によって対象化されていることを意味するからである。これのみではやや根拠に乏しい憾みもあるが、別稿では、この「めれ」は、すでに書かれてある本文を書写する者の立場から発せられているのではないか、とする試案を提示した〔桜井二〇一二〕。また、(Y)は続編の例であるが、省略の草子地の形ながらも、「人から聞いたことを書いている」ということが明示されており、(V)にも相通じる聞き書きの構図が看取される。

叙上のように、『栄花物語』における「語り」と「書く」こととの関係は、整然と秩序立てられて体系化されているわけではないが、(V)・(Y)に見られる、「語り」を聞き、それを「書く」という聞き書きの形式は、のちの『江談抄』『中外抄』『富家語』などの言談や、説話の世界にも通じてゆくものとして注目に値する。

従来の物語研究では、作中において語り手がみずからの「書く」という営みに言及すること、つまりは書き手としても登場していることは、例外的なこととして、あるいは不用意なこととして、消極的に評価される傾向が強かったように思われるが、近年、陣野英則氏が提唱しているように、今後は、物語の中にも「語り」を書き記す女房たち、さらには物語を書写する者たちの存在までもが描き込まれていることを、より積極的に評価してゆく必要があろう［陣野二〇一六］。陣野氏の論稿は『源氏物語』を対象とするものであるが、これはけっして『源氏物語』のみの問題ではなく、前掲(V)・(W)などにも見られるように、『栄花物語』にもこうした議論は敷衍しうるのではなかろうか。『栄花物語』正編は、『源氏物語』と同じく、上東門院彰子の文化圏において制作されたテクストであり、「語り」と「書く」ことの関係についても『源氏物語』に多くを学びながら、道長とその一家の繁栄を賛美的に記録するという、女房日記に近接する性格を必然的に帯びることによって、「書く」ことにより重きを置く方向に傾斜していったのではないかと推察されるのである。

既述のように、『栄花物語』以前には、これほど「書く」ことを前面に押し出す物語は存在していなかったが、「語り」と「書く」ことという観点から見た平安後期以後の物語史の潮流は、『栄花物語』『狭衣物語』などのように、エクリチュールであることを前提とするものと、森正人氏によって「場の物語」と総称され［森二〇一二］、説話との親近性を持つ『大鏡』『今鏡』『無名草子』『このついで』などのように、徹底して「語り」を装い、エクリチュールとしての自己規定を排除するものの二系列に大きく分かれてゆくように見受けられる。前者の系列からは、『栄花物語』『狭衣物語』とは方向性を異にするものの、平安末期から中世にかけて、書簡体の物語である『よしなしごと』、書写の過程までも仮構して物語本文に取り込み、偽跋を付す『松浦宮物語』、主たる物語内容それじたいが巻物に書かれているという設定を持つ『夢の通ひ路物語』など、エクリチュールならではのさまざまなヴァリエーションが生み出されてゆく。

なお、後者の系列に関わる問題として、神田龍身氏は、『竹取物語』以来の物語の地の文に話しことばの指標となる「はべり」がきわめて少ないことに着目し、物語の文章は当初から「語るように書」かれていたのではなく、「書かれた物語ならではの文体」で書かれていたのではないか、と述べているが〔神田一九九九〕、「語るように書」き、語りの声を文字によって再現することに執する物語の先駆けは、地の文に「はべり」を頻用する『大鏡』ではなかったかと思われる。音声中心主義を装うエクリチュールである『大鏡』の出現は、たとえば『こゑわざ日記』の異称を持つ『梁塵秘抄口伝集』巻第十に見られるような、院政期のテクストにおいて顕在化する〈声〉へのこだわりの胎動を示すものといえよう。

本稿で見てきたように、「書く」ことを基調とする『栄花物語』のあり方は、まさに『大鏡』の対極にある。そして、物語史上初めてエクリチュールであることをみずから積極的に認め、前面に押し出した『栄花物語』は、作り物語と歴史物語の差異を越えて、『狭衣物語』以下のエクリチュールであることを前提とする物語群の先駆けとして位置づけられるのである。

（1）『栄花物語』の引用は、〔川口一九七九～八二〕に拠り、適宜私に濁点・句読点・鍵括弧などを付したが、仮名・漢字の表記は底本のままとし、底本に補入されている文字は〔〕で、底本にない文字を補った場合は（）で、それぞれ括って示した。引用本文には、〔山中ほか一九九五～九八〕の分冊数及び頁数を併記した。なお、以下の『狭衣物語』『紫式部日記』の引用に際しても、表記の方針は同様である。

（2）『栄花物語』正編が頼通文化世界の始発期の所産であることについては、〔桜井二〇一六〕で詳述した。なお、「頼通文化世界」の術語は［和田二〇〇八］に負う。

(3) エクリチュール écriture は、「（記号としての）文字、表記法」「書体」「書き方・筆跡」「（文章などを）書くこと・文体」など、さまざまな意味を表す語であるが［小学館ロベール仏和大辞典編集委員会一九八八］、本稿では「書かれたもの」の意で用いる。

(4) 序跋における卑下・謙遜の要素については、［今西二〇〇七］に、『蜻蛉日記』を対象とする詳細で示唆的な考察がある。

(5) 内閣文庫本『狭衣物語』の引用は、国文学研究資料館蔵紙焼写真（E二三三八）に拠る。引用本文には、［三谷・関根一九六五］の頁数を併記した。

(6) 古活字本『狭衣物語』の引用は、［三谷一九七七］に拠る。引用本文には、［石川・松村一九六五〜六七］の頁数を併記した。

(7) 『狭衣物語』の古活字本には、(k)〜(n)の四例に加えて、いま一例「書きつづく」の用例が見られるが、それも(1)の直後に現れるものである。

(8) 最近では、［有馬二〇一七］も、［三谷一九七八］［神田二〇一四］を踏まえて、『狭衣物語』は「禖子サロンを讃えるような「女房日記」的な性格」を持ち、「自分たちのサロンの特色を示しつつその記憶を書き留めること」を志向して制作された、「『枕草子』的側面を持つ作り物語」である、と論じており、首肯される。

(9) 『栄花物語』の禖子内親王に対する関心の稀薄さについては、［一文字二〇〇二］に指摘がある。また、［久保木二〇一六］は、『六条斎院禖子内親王家物語歌合』についての『栄花物語』続編の記事（巻第三十七「けぶりの後」）は、「出羽弁あたりを介しての、章子内親王側の記録に基づいての記述であった、と類推できるのかもしれない」としている。

(10) ［須藤二〇一六］は、現時点（二〇一七・十二）で論文化されていないため、須藤圭氏よりご提供いただいた発表資料と、メールでのご教示に基づいてその概要を紹介した。須藤氏のご厚意に記して厚く御礼申し上げる。

(11) 『大鏡』が「日記」と称されていたことの意味については、［桜井二〇〇九］で論じた。

(12) 女房日記と日記文学の共通性と差異を考えるに際しては、［宮崎二〇一五］が参考となる。

(13) ごくわずかながら、『紫式部日記』から引用した歌の詠み手が紫式部であることを明示していないために、『栄花物語』の語り手が道長と贈答歌を交わしているように読めてしまう箇所（はつはな①四二一）などの例外もある。
（14）『紫式部日記』の引用は、［秋山一九七二］に拠る。引用本文には、［山本二〇一〇］の頁数を併記した。

（引用文献）
［秋山一九七二］秋山虔編『黒川本　紫日記　宮内庁書陵部蔵』上・下（笠間書院、一九七二）
［阿部一九九四］阿部泰郎「対話様式作品論再説―〝語り〟を〝書くこと〟をめぐりて―」（『名古屋大学国語国文学』七五、一九九四・十二）
［有馬二〇一七］有馬義貴「作り物語の〈時代〉―『狭衣物語』成立の背景―」（『日記文学研究誌』一九、二〇一七・七）
［石川・松村一九六五～六七］石川徹・松村博司校註『日本古典全書　狭衣物語』上・下（朝日新聞社、一九六五～六七）
［石坂二〇一〇］石坂妙子「平安期日記と王朝史」（『平安期日記の史的世界』新典社、二〇一〇）
［一文字二〇〇二］一文字昭子「禖子内親王―『栄花物語』における位置―」（山中裕編『新栄花物語研究』風間書房、二〇〇二）
［井上二〇〇五ａ］井上眞弓「「わたくし」語りと語り手の様相」（『狭衣物語の語りと引用』笠間書院、二〇〇五↑初出二〇〇〇）
［井上二〇〇五ｂ］井上眞弓「記憶と歴史のあわい―斎院記事をめぐって―」（『狭衣物語の語りと引用』↑初出二〇〇一）
［今西二〇〇七］今西祐一郎「『蜻蛉日記』序跋考」（『蜻蛉日記覚書』岩波書店、二〇〇七↑初出一九八七）
［加藤静子一九九八］加藤静子「歴史語りの場」（『歴史物語講座　第一巻　総論編』風間書房、一九九八）
［加藤静子二〇〇三］加藤静子「『栄花物語』における〈世の人〉」（『王朝歴史物語の生成と方法』風間書房、二〇〇三↑初出二〇〇二）
［加藤昌嘉二〇一四］加藤昌嘉「作り物語のエレメント」（『『源氏物語』前後左右』勉誠出版、二〇一四↑初出二〇〇四）
［川口一九七九～八二］川口久雄序・解説『梅沢本　栄花物語』一～六（勉誠社、一九七九～八二）
［神田一九九九］神田龍身「語りの偽再生装置―『源氏物語』の〈音読〉―」（『偽装の言説―平安朝のエクリチュール―』森話

社、一九九九↑初出一九九七）
［神田二〇一四］神田龍身「『狭衣物語』—物語文学への屍体愛《ネクロフィリー》＝モノローグの物語—」（井上眞弓ほか編『狭衣物語　文《あや》の空間』翰林書房、二〇一四）
［久保木二〇一六］久保木秀夫「天喜三年「六条斎院禖子内親王家」物語歌合・私見」（和田律子・久下裕利編『平安後期　頼通文化世界を考える—成熟の行方—』武蔵野書院、二〇一六）
［榊原ほか一九七七］榊原邦彦ほか編『古活字本狭衣物語総索引』（笠間書院、一九七七）
［桜井二〇〇九］桜井宏徳「「日記」としての『大鏡』—冷泉家本巻二の外題と『無名抄』の記述を手がかりに—」（『物語文学としての大鏡』新典社、二〇〇九）
［桜井二〇一二］桜井宏徳「歴史を仮名文で「書く」ということ—『栄花物語』論のための序章—」『古代中世文学論考』第二七集、新典社、二〇一二）
［桜井二〇一三］桜井宏徳「『栄花物語』「おむがく」「たまのうてな」の尼たち—語りと書くことの視座から—」（『平安朝文学研究』復刊二一、二〇一三・三）
［桜井二〇一五］桜井宏徳「『栄花物語』続編における「書く」こと—正編との関わりを中心として—」（『文芸研究—文芸・言語・思想—』一七九、二〇一五・三）
［桜井二〇一六］桜井宏徳「『栄花物語』と頼通文化世界—続編を中心として—」（和田律子・久下裕利編『平安後期　頼通文化世界を考える—成熟の行方—』）
［小学館ロベール仏和大辞典編集委員会一九八八］小学館ロベール仏和大辞典編集委員会編『小学館ロベール仏和大辞典』（小学館、一九八八）
［陣野二〇一六］陣野英則「自らの言葉を処分する仮名文書—平安時代の和文—」（『源氏物語論—女房・書かれた言葉・引用—』勉誠出版、二〇一六↑初出二〇〇六）
［鈴木一九八九］鈴木一雄「『狭衣物語』の基本構造」（『物語文学を歩く』有精堂出版、一九八九↑初出一九八六）
［須藤二〇一六］須藤圭「狭衣物語の書名考」（古代文学研究会二〇一六年一月例会、於・同志社大学、二〇一六・一）

〔高橋一九九三〕高橋亨「物語の内なる表現史」（山中裕編『古記録と日記』下巻、思文閣出版、一九九三）
〔田村二〇一七〕田村隆「省筆論」（『省筆論―「書かず」と書くこと―』東京大学出版会、二〇一七↑初出二〇〇三）
〔塚原ほか一九七五〕塚原鉄雄ほか編『狭衣物語語彙索引』（笠間書院、一九七五）
〔土方二〇〇七〕土方洋一「一人称叙述の生成」（『日記の声域―平安朝の一人称言説―』右文書院、二〇〇七）
〔松村一九八一〕松村博司『栄花物語全注釈』第八巻（角川書店、一九八一）
〔三谷一九七七〕三谷栄一解説『元和九年心也開板古活字本狭衣物語』上・下（勉誠社、一九七七）
〔三谷一九七八〕三谷栄一「狭衣物語の方法―物語の享受から「心深し」の美意識まで―」（『物語文学の世界』〈増補版〉有精堂出版、一九七八↑初出一九六七）
〔三谷・関根一九六五〕三谷栄一・関根慶子校注、日本古典文学大系『狭衣物語』（岩波書店、一九六五）
〔宮崎二〇一五〕宮崎荘平「女房日記から女流日記文学へ―『紫式部日記』を中心として―」（『女流日記文学論輯』新典社、二〇一五↑初出一九八三）
〔森二〇一二〕森正人『場の物語論』（若草書房、二〇一二）
〔柳井ほか一九九九〕柳井滋ほか編、新日本古典文学大系『源氏物語索引』（岩波書店、一九九九）
〔山中ほか一九九五～九八〕山中裕ほか校注・訳、新編日本古典文学全集『栄花物語』①～③（小学館、一九九五～九八）
〔山本二〇一〇〕山本淳子訳注『角川ソフィア文庫　紫式部日記　現代語訳付き』（角川学芸出版、二〇一〇）
〔吉岡一九九六〕吉岡曠「狭衣物語の語り手―語りの終焉・一―」（『物語の語り手―内発的文学史の試み―』笠間書院、一九九六）
〔和田二〇〇八〕和田律子『藤原頼通の文化世界と更級日記』（新典社、二〇〇八）

（付記）本稿は、古代文学研究会二〇一七年度大会シンポジウム「『栄花物語』」（於・かんぽの宿奈良、二〇一七年八月七日）における同題のパネリスト報告に基づく。報告時及びその前後に貴重なご教示・ご助言を賜った方々に、記して厚く御礼申し上げる。

高橋照美

藤原登子

〈物語化〉された尚侍

一　はじめに

『栄花物語』を物語として読む、という課題に対して、藤原登子を取り上げる。『栄花』における登子像と物語の関係については、入内後の登子に村上天皇が耽溺する様が桐壺更衣に対する帝の寵愛ぶりに重なるなど、『源氏物語』桐壺巻の影響から論じられることが多いが、ここでは、登子の尚侍任官の経緯を考察の対象とする。

後述するように、『栄花』に描かれた登子の尚侍任官の時期が史実と異なることは、早くから指摘されている。一方、その理由は尚侍の皇妃化という時代の趨勢を反映したものとして説明される傾向にある。しかし、尚侍の皇妃化と一口で言っても一筋縄でいくものではない。尚侍のありようが時代によって変遷したことは様々に論じられているが、皇妃化の時期や内実、さらにはそのなかに登子がどのように位置付けられるかについては必ずしも明確になっているとは言えない。また、『栄花』の登子像に歴史離れの要素が認められるのであれば、そこに物語としての論理が働いている可能性を求めるべきであろう。

『宇津保物語』の俊蔭女、『源氏物語』の朧月夜・玉鬘など、先行作品にも強い印象を残す尚侍の物語が存在する。本稿は、『栄花物語』における登子をこれら物語の尚侍像のなかに位置付け、歴史から〈奪還〉しようとする試みである。

二　史料に現れた藤原登子

藤原登子は、藤原師輔とその妻盛子（父は武蔵守藤原経邦）の次女として生まれた。同母兄に伊尹（九二四生）・兼通（九二五生）・兼家（九二九生）、同母姉に安子（九二七生）がいる。

登子の前半生について伝える史料はほとんど残されていない。『李部王記』『九暦』にわずかにその名が見える程度だが、それらによると、天暦二年（九四八）十一月二十二日に醍醐天皇の皇子で当時式部卿だった重明親王と結婚（『李部王記』）、同四年閏五月十四日の憲平親王（のちの冷泉天皇）生誕の三七夜に奉仕したこと（『九暦』）がわかる。生年は不明だが、同母の兄姉の生年や重明との結婚の時期から、承平三年（九三三）ころと推定される[1]。

重明は天暦八年に亡くなるが、登子の名が史料に刻まれるようになるのは、むしろその後のことである。『日本紀略』『一代要記』等によれば、安和二年（九六九）九月二十七日に従四位上、十月十日に尚侍に任じられる。その後も天禄元年（九七〇）十一月に従三位、天延元年（九七三）正月に従二位と昇叙に与かり、同三年三月二十九日、尚侍在任のままこの世を去った。

『一代要記』は登子について、「初適㆓重明親王㆒、々々薨後入㆓掖庭㆒、寵幸」とし、重明の死後、村上天皇から寵愛を受けたことを伝える。『尊卑文脈』は「重明親王上　後村上貞観殿尚侍」と注しており、登子の尚侍任官は村上在世中であるかのような印象を与える。

しかし、もう一度確認するが、『日本紀略』以下諸史料は、登子の尚侍任官を安和二年十月十日とする点で一致する。それは康保四年（九六七）五月の村上崩御からおよそ二年半後、円融天皇の治世になってからのことである。

三　『栄花物語』に描かれた藤原登子

次に、『栄花物語』に描かれた藤原登子を見る。登子が登場するのは、すべて巻第一・月の宴である。

(A)登子の紹介

九条殿の后の御はらからの中の君は、重明の式部卿宮の北の方にぞおはしける、女君二人生みてかしづきたまひけり。（①二三）

登子が初めて登場する段では、安子の同母妹であり、重明親王の北の方として二女を儲けていることが紹介される。

(B)村上、登子を見初める

式部卿宮の北の方は、内裏わたりのさるべきをりふしのをかしきこと見には、宮仕ならず参りたまひけるを、上はつかに御覧じて、人知れず、いかでいかでと思しめして、后に切に聞えさせたまひければ、心苦しうて、知らぬ顔にて二三度は対面せさせたてまつらせたまひけるを、上はつかに飽かずのみ思しめして、つねに「なほなほ」と聞えさせたまひければ、わざと迎へたてまつりたまひけれど、あまりはえものせさせたまはざりけるほどに、帝さるべき女房を通はせさせたまひて、忍びて紛れたまひつつ参りたまふ。また、造物所にさるべき御調度どもまで心ざしせさせたまひけることを、おのづからたびたびになりて、后宮ももり聞かせたまひて、いとものしき御気色になりにければ、上もつつましう思しめして、かの北の方もいと恐ろしう思しめされて、そのこととまりにけり。かの宮の北の方は、御かたちも心もをかしう今めかしうおはしける、色めかしうさへおはしければ、かかることはあるなるべし。帝、人知れずもの思ひに思し乱る。(①三五)

内裏に出入りする登子を見初めた村上の懇望により、安子もやむを得ず二人の逢瀬を許容するが、登子に対する村上の執着は増す一方で、密会や贈物が続いたために安子の逆鱗に触れ、二人は自重する。

登子と村上の関係は、重明生前からのこととされ、安子の激しい怒りによって示される登子／村上／安子の三角関係に加え、村上／登子／重明というもう一つの三角関係も意識されている。

(C)重明の死

かかるほどに、重明の式部卿宮、日ごろいたくわづらひたまふといふこと聞ゆれば、九条殿も、いかにいかにと思し嘆くほどに、うせたまひにければ、帝、人知れず、今だにとうれしう思しめせど、宮にぞ憚りきこえさせたまひける。(①三七)

重明の死に触れる。登子は登場しないが、重明の死によって障害が一つ消えたことを喜び、一方で安子を憚る村上の心情に、登子をめぐる三角関係の構図が浮かび上がる。

(D)登子への入内要請

かくいみじうあはれなることを、内にも真心に嘆き過ぐさせたまふほどに、男の御心こそなほ憂きものはあれ、六月つごもりに帝の思しめしけるやう、式部卿宮の北の方は一人おはすらんかしと思し出でて、御文ものせさせたまふに、(中略)宮の北の方は、めづらしき御文をうれしう思しながら、なき御影にも思しめさむこと、恐ろしうつつましう思さるるに、その後御文しきりにて、「参りたまへ参りたまへ」とあれど、いかでかは思ひのままには出で立ちたまはん、いかになど思し乱るるほどに、御はらからの君達に、上忍びてこのことをのたまはせて、「それ参らせよ」と仰せられければ、かかることのありけるを、宮の気色にも出さで、年ごろおはしましけることと、思すにつけても、いと悲しう思ひ出できこえたまふ。（①四九）

安子の死後、その軛から解放された村上は、四十九日が明けるとさっそく登子に文を送り、入内を請う。亡き安子の気持ちを慮り、また自分一人の意志では儘ならぬことから入内をためらう登子に対し、村上は兄弟たち（伊尹・兼通・兼家）に登子の入内を命じる。

(E)登子の入内と尚侍任官

さて参りたまへり。登花殿にぞ御局したる。それよりとして御宿直しきりて、こと御方々あへて立ち出でたまはず。（中略）参りたまひて後、すべて夜昼臥し起きむつれさせたまひて、世の政を知らせたまはぬさまなれば、ただ今のそしりぐさには、この御事ぞありける。わりなかりしをり、あやにくなりしにやと、思されつる御心ざし、今しもいとどまさりて、いみじう思ひきこえさせたまひてのあまりには、「人の子など生みたまはざらましかば、后にも据ゑてまし」と思しめしのたまはせて、尚侍になさせたまひつ。（①五一）

参内し登花殿に局した登子を、村上は誰憚ることなく寵愛し、政務をも顧みない耽溺のさまが「ただ今のそしりぐさ」と評される。登子の尚侍任官は、村上の熱愛によるものとされる。

このあと、村上の死を前にして、醜聞と周囲の妬視のなかに一人残されるわが身を「人笑はれにや」（①五九）と嘆く姿が描かれ、登子にまつわる物語は終わる。

登子と村上の関係は、やや時代の下る『大鏡』の師輔伝でも言及されるが、登子の局を貞観殿とする以外はほぼ『栄花』の内容と一致し、『栄花』に依拠したものと推測される。

一方、二人の関係について触れる同時代の史料はほとんど存在しない。先に引用した『一代要記』などの後世の編纂史料は、『大鏡』同様『栄花』の記述に影響されている可能性を否定できない。

登子と村上の関係がすべて『栄花』によるフィクションの可能性も考えられなくはないが、『蜻蛉日記』には次のような記述が見える。

五月にもなりぬ。十余日に、内裏の御薬のことありてののしるほどもなくて、二十余日のほどに、かくれさせたまひぬ。（中略）御陵やなにやと聞くに、時めきたまへる人々いかにと、思ひやりきこゆるに、あはれなり。やうやう日ごろになりて、貞観殿の御方に、いかになど聞こえけるついでに、

世の中をはかなきものとみささぎのうもるる山になげくらむやぞ

御返りごと、いと悲しげにて、

おくれじとうきみささぎに思ひ入る心は死出の山にやあるらむ

（上巻一五二）

村上の死後、その在世中に「時めきたまへる人々いかに」としたうえで、貞観殿の御方こと登子に対し「いかに」と消息を送っていることから、登子も「時めきたまへる人々」の一人と認識されていることは明らかである。『蜻蛉』の作者・道綱母は、登子の兄・兼家の妻であり、登子と親交のあったことが作中にも見える。その伝えるところは信頼すべきであり、登子と村上の関係自体は否定できない。また、同じ理由で、登子の内裏での居処は貞観殿が正しいと考えられる。

『栄花物語』の登子に関する記述で問題となるのは、やはりその尚侍任官の時期である。(E)の引用文中にあるとおり、登子の尚侍任官は村上の在世中その意向によるものとされる。「人の子など生みたまはざらましかば、后にも据ゑてまし」という村上の言葉は、別の男性との間に子まで儲けた既婚女性を后位に据えるのが、帝の意

向をもってしても不可能であるような不文律が存在したことをうかがわせる。そして、村上にこのような発言をさせているところからも、『栄花』が登子の尚侍任官を立后の代替措置＝今上妃としての待遇に描いていることは明らかである。

しかし繰り返すが、登子の尚侍任官は史実としては村上死後のことである。先述したように、登子に対する村上の寵愛まで否定するものではないが、それは今上妃としての任官ではない。

この史実とのずれについて、古典大系『栄花物語』の頭注は次のように説く。

> 内侍司（常侍・奏請・伝宣等の事を掌る）の長官。もと従五位であったが、平城天皇の時、従三位に上せて尚侍薬子を寵愛されてから、御寝所に伺候するようになり、大臣の女を尚侍とする例が多くなった。ここはそれ。「以㆓従五位上藤原登子㆒為㆓尚侍㆒」（紀略、安和二年十月十日）。村上天皇崩御後の事で、本書と異る。
>
> （上四八・注二）

『栄花物語全註釈』もほぼ同様で、『日本紀略』を引き史実との齟齬を指摘するが、それ以上の説明はない。また、両書とも登子の任官を尚侍の皇妃化という時代の趨勢に関連付けて説明するが、はたしてそれは適切であろうか。次節では、歴史上の尚侍の分析を通じて、この問題を考えたい。

四　歴史上の尚侍

「後宮職員令」内侍司で、長官である尚侍は次のように規定される。

尚侍二人。掌らむこと、常侍、奏請、宣伝に供奉せむこと、女孺を検校せむこと。兼ねて内外の命婦の朝参、及び禁内の礼式知らむ事。

（日本思想大系3『律令』一九八）

この規定に従えば、尚侍の本分が女官であることは明らかである。しかし、その職務の性質上天皇に近侍することと、大同の改定（後述）以降女官としては最高の位階を授けられるようになったこととが相まって、その地位は融通無碍に解釈され変遷を遂げることとなった。

各史料から拾い上げることができた歴代任官者の一覧は別表のとおりだが、奈良時代から平安時代にかけての任官者は、概ね以下の四類型に分けることができる。詳細は別稿に譲るが、それぞれの性格について概観する。

【第一期：高官の妻型】（別表(1)〜(9)、(8)を除く）

奈良時代末期から平安初期嵯峨朝までの尚侍は、出身氏族こそ様々だが、高官の妻、それも藤原氏出身の首班の大臣を夫とする点でほぼ一致する。任官の時期が明らかな例は少ないが、大同の改定以前から慣例的に尚侍の相当位とされてきた三位への昇叙を見ると、そのほとんどが夫の首班昇格と連動して行われていることがわかる。この事実は、夫の首班昇格と妻の尚侍任官がセットになっており、男性官人のトップに立つ夫と女官を統括する妻の夫婦ペアによる天皇への奉仕という形態があったことを推測させる[2]。

このなかで、(6)百済王明信と桓武天皇の間には性的関係があったと見る説が有力だが、明信の場合も任官当時夫藤原継縄は大納言の地位にあり、その後右大臣に昇進している[3]。

平城天皇の寵愛を受け後宮に威を振るったとされる(7)藤原薬子は、先に引用した『栄花』諸注においても尚侍の皇妃化に先鞭をつけた存在とされる。しかし、薬子の夫藤原縄主は平城坊時の東宮大夫を務めており、二人の間の娘は平城の妃となっている。薬子は娘の参入にともない東宮宣旨に任じられており（『日本後紀』弘仁元年九月十二日条）、夫とともに外戚である式家を代表して平城に奉仕することが期待されていたと考えられる。

薬子と平城との間の男女関係を完全に否定するものではないが、その尚侍任官は東宮宣旨としての立場の延長線上にあると考えるべきで、皇妃化の嚆矢とする向きには一考を要する。

【第二期：実務官僚型】（別表⑽〜⒁、⑾を除く）

淳和天皇の天長年間から清和天皇の即位前後にかけては、中小氏族もしくは末流皇族の出身で、たたき上げの実務官僚型の例が集中している。一般に、尚侍については実務官僚から名誉職への変化が論じられる傾向にあるが[4]、実際には実務型はほぼこの時期に限定される。

この型の尚侍の共通点としては、㈠掌侍・典侍等を経ての任官であること、㈡高齢になってからの任官であること、㈢⒀当麻浦虫が「能修二禁内之礼式一」（『三代実録』薨伝）と評され、⑽継子女王や⒁広井女王が音楽に堪能であることが伝えられるなど、宮人としての実務能力や技芸を有していたことが挙げられる。

なお、⑾百済王慶命は嵯峨天皇在位中からの寵姫で、皇妃任官の初例といってよい。しかし、その任官は仁明朝に入ってからのことであり、今上妃としての礼遇でないことを確認しておく。

【第三期：天皇の後見型】（別表⒂〜⒇、⒆を除く）

摂関政治の確立期に当たる清和〜円融朝の尚侍の多くは天皇と近親関係にあり、その後見としての役割を担っていた。

この時期の尚侍のありかたを考えるうえで大きな手がかりを与えてくれるのは、宇多天皇が譲位に際し新帝・醍醐に与えた『寛平御遺戒』中の次の一条である。

内侍所は、有司すでに存せり。ただ宮中の至難なるものは、これ後庭のことなり。今すべからくその方の雑事、御匣殿・収殿・糸所等のことは、定国朝臣の姉妹近親の中、その事に堪ふべき者一両人、一向に事を行ふべし。日給のもの等第の類は、惣て処分すべし。（日本思想大系8『古代政治社会思想』一〇六）

この時、醍醐は十三歳。元服こそ終えたものの、いまだ若年の新帝を内裏において後見するはずの生母胤子はすでに没していた。それに代わって後宮の諸事を監督する役割を「定国朝臣の姉妹近親」、すなわち胤子の近親に委ねようとしたのである。胤子の同母妹⒄藤原満子が尚侍になったのは、この趣旨に沿っての措置と言える。

このような尚侍の例は、満子が初めてというわけではない。

⒂源全姫は嵯峨一世源氏で、藤原良房室潔姫の同母妹、清和の母后明子には叔母に当たる。清和は即位時九歳という前例のない幼帝である。全姫はその高貴な出自をもって宮中内に睨みを利かせ、母后とともに幼帝を庇護する任に当たったと推測される。

⒃藤原淑子の果たした役割は、より明確に伝えられている。淑子が宇多の養母であり、その擁立に大功のあったことは、菅原道真が認めている(5)。淑子は醍醐の立坊にも関与したとされ、光孝に始まる新皇統を背後から支える存在だった。

『御遺戒』の一条は、全姫・淑子二代の行跡を踏まえ、同様の働きを満子に託したものと言えるだろう。

満子の後任に当たる⒅藤原貴子は、はじめ東宮保明親王の妃となり、保明の死後、御匣殿別当を経て尚侍に任じられた。これは保明の死によって皇妃としての将来を閉ざされた貴子に、しかるべき地位を与えるための措置と考えられ、広い意味での皇妃の任官例と言えるが、今上妃でないことは明らかである。また、角田文衛は貴子が成明親王（村上天皇）の養育に関与していたとする［角田一九七三］。だとすれば、貴子も第三期型に分類される。

天皇の後見という重責を担ったことで尚侍の権威は高まり、その位階は高騰する。もともと「禄令」の規定では、尚侍は准従五位相当に過ぎず、尚蔵の准正三位はおろか、尚膳・尚縫の准正四位にも及ばなかった。しかし、奏請・宣伝という重任に与かるために、当初から優遇される傾向にあり、尚蔵との兼任で三位以上に昇る例も多数見られたが、それを追認するかたちで、大同二年（八〇七）に従三位相当に引き上げられた。それが第三期には、二位までの昇叙がほぼ慣例となる。当時女御は従四位下相当、更衣は従五位上相当であり、尚侍の位階の高さは突出している。第三期における尚侍の位階の高騰は、続く「后がね」型出現の一因となった。

なお、第三期から第四期への過渡期には、どの類型にも当てはまらないタイプの尚侍が二人現れる。

十代の若さで未婚のまま尚侍となった㉑藤原婉子には、今上妃を想定しての任官だった可能性がある。[6] 婉子は兼通女で、円融中宮媓子の異母妹に当たる。尚侍となったのは貞元元年（九七六）五月だが、同じ年の正月三日に藤原兼家女の超子が冷泉上皇の皇子居貞を産んでいる（『皇年代略記』）。媓子（この年三十歳）に皇子誕生を見ていない兼通としては、兼家への対抗上婉子に期待するところがあったと考えられるからである。結果的に臣下の男性と結婚して終わったが、婉子の任官は若年・未婚の尚侍の例を拓くことになった。

また、㉒藤原怤子は冷泉天皇の女御だったが、天皇退位後に尚侍に転出するという異例の経過をたどった。その理由は不明だが、いずれにせよこれも今上妃の任官ではない。

【第四期：后がね型】（㉓〜㉖）

一条天皇の即位によって兼家〜道長の一流に摂関の座が固定されていくなかで、尚侍もその子女たちによって占められるようになる。いずれも十代前半、着裳前後での任官で、㉓藤原綏子（任官時十四歳）、㉔藤原妍子（同十一歳）、㉖藤原嬉子（同十二歳）は東宮妃として参入し、㉕藤原威子（同十四歳）は後一条天皇の成人を待って入内した。天皇・東宮への入内を前提とした「后がね」型の尚侍である。これらはみな皇妃ではあるが、天皇の即位後（元服後）日を置かずに女御となっており、尚侍の資格で配侍したのではないことに注意したい。

令に規定がなく、令外の制度が整備されることもなかった東宮妃の地位・礼遇は、かなりあいまいなものだった。一方、尚侍の権威・格式は時代を追って高まり、第三期には二位相当に至っている。兼家・道長は、娘たちを尚侍にすることによって他の妃たちから一歩抜きんでた地位を確保し、東宮正妃であり将来の立后が約束された存在であることを周知せしめたのである。

その狙いどおり、妍子・威子と相次いで立后したことが道長による先例として重んじられ、尚侍は摂関家の后がねの姫君が若くして就く地位という理解で定着したものと考えられる。道長男教通の次女である(27)藤原真子も同様である。結局真子は皇妃として入内することなく終わったが、その死後後任はなく、尚侍は事実上消滅する。真子の死は堀河天皇即位の翌年、寛治元年（一〇八七）のことである。院政期に入ると幼少の天皇・東宮が相次ぎ、摂関家の息女が入内することもなくなった。摂関政治の終焉とともに、后がねと位置付けられた尚侍は、その存在意義を失ったのである。

このように見てくると、尚侍皇妃説は主として第四期：后がね型に基づくものであることがわかる。また、繰り返し確認してきたように、第四期は東宮妃、それ以前の散発的な例も上皇妃と元東宮妃であって、歴史上確実に今上妃であった尚侍の例を見出すことはできず、これまで後藤祥子や、後藤の論を批判的に継承発展させた山中和也、さらには須田春子、加納重文などによって論証されてきた内容を追認する結果となった[7]。

藤原登子について考えてみよう。登子の尚侍任官は、第三期と第四期の間に当たる。また、『蜻蛉日記』には「この御方、東宮の御親のごとしてさぶらひたまへば」（上巻一五六）とあり、村上没後の登子が東宮守平親王（円融天皇）の母代として近侍していたことがわかる。(8) その任官が円融践祚の約二ヵ月後であることからも、登子は第三期型、すなわち円融天皇の後見として尚侍に任じられたと考えるのが妥当である。

村上の寵愛を受けた登子が皇妃の性格を有していたことは否定できないが、その尚侍への任官を、尚侍が皇妃化しつつあった時代の趨勢を受けての潤色として説明することはできない。『栄花』の叙述と史実の齟齬も同様である。『栄花』の成立時には、確かに尚侍の皇妃化が進んでいた。しかし、それはあくまでも「后がね」型としてのものである。未亡人でありながら今上妃として尚侍に任じられたとする『栄花』の登子を同列に論じることはできない。

五　物語の尚侍

『栄花物語』における登子の任官を、歴史上の尚侍像によって説明することはできなかった。では、物語はどうか。以下、物語における尚侍像を見ていく。

(A)『うつほ物語』俊蔭女

朱雀帝の御前で琴を演奏し、その賞として尚侍に任じられる（内侍のかみ②二五七）。すでに右大将藤原兼雅の妻であり、二人の間に生まれた仲忠は宰相中将になっていた。

俊陰女に対する帝の関心は早く俊陰巻に示されるが、尚侍に任じる場面でも、俊陰の生前に入内を要請したが固辞されたこと（同②二四三）を語り、「心ざし、むかしよりさらに譬ふるものなく多かれば、なほさて思ひてあれど」（同②二六八）と変わらぬ恋情を訴える。帝は「すべて女官のことは、何ごとにも、御心のままにを」（同

②二六八）と、俊陰女に後宮女官の統轄を委ねようとしており、公職としての任官が想定されている。その一方で「私の后に思はむかし」と言って憚らず（同②二六八）、俊蔭女に対する私的な愛情を隠そうとしない。兼雅も妻の尚侍任官を知って、「むかしより聞こしめしかけて、常に問はせたまふ、今にても、思し離れで訪はせたまふものを、かくて候ひたまふに、のたまひかかることもこそあれ」（同②二六五）と、帝が妻に接近することを危惧しており、俊蔭女の尚侍任官によって三者による三角関係の様相が急浮上してくる。

(B)源氏物語

ⓐ桐壺院尚侍

朧月夜の前任者として言及される。「院の御思ひに、やがて尼になりたまへるかはりなりけり」（賢木②一〇一）とあることから、桐壺院に親近した人物であることがわかるが、詳細は不明。新全集頭注は「この前任の尚侍も、故院を慕って尼になったほどだから、帝寵を受けていたか」とする。

ⓑ朧月夜

賢木巻で任官。花宴巻に「六は春宮に奉らんと心ざしたまへる」（同①三五八）とあるように、当初は朱雀帝の東宮時に参入することが予定されていた。右大臣が後に「世にけがれたりとも思し棄つまじきを頼みにて、かく本意のごとく奉りながら、なほその憚りありて、うけばりたる女御なども言はせはべらぬをだに飽かず口惜しう思ひたまふる」（賢木②一四七）と述懐しているように、尚侍になったのは、未婚時に光源氏と通じたことによって正規の皇妃としての入内を断念せざるを得なくなったために取られた苦肉の策であった。今上妃であることは明白で、都を遠く離れた明石に住む尼君ですら朧月夜を「帝の御妻」（須磨②二一〇）と認識している。

光源氏との関係は入内後も続き、朱雀帝を絡めての三角関係が展開していく。

ⓒ玉鬘

玉鬘を尚侍として出仕させることについて、光源氏は大宮に対し次のように説明する。

「尚侍宮仕する人なくては、かの所の政しどけなく、女官なども、公事を仕うまつるにたづきなく、事乱るるやうになむありけるを、ただ今上にさぶらふ古老の典侍二人、またさるべき人々、さまざまに申さするを、はかばかしう選ばせたまはむ尋ねに、たぐふべき人なむなき。なほ家高う、人のおぼえ軽からで、家の営みたてたらぬ人なむ、いにしへよりなり来にける。したたかに賢き方の選びにては、その人ならでも、年月の臈に成りのぼるたぐひあれど、しかたぐふべきもなしとならば、おほかたのおぼえをだに選らせたまはんとなむ、内々に仰せられたりしを、似げなきことゝしも、何かは思ひたまはむ。（行幸③三〇〇）

続いて「公ざまにて、さる所の事をつかさどり、政のおもむきを認め知らむこと」（同③三〇一）とも述べており、玉鬘の出仕はことさらに公職としての側面が強調される。しかし、「さやうのまじらひにつけて、心よりほかに便なきこともあらば、中宮も女御も、方々につけて心おきたまはば、はしたなからむ」（藤袴③三二七）と玉鬘が危惧するように、この出仕は今上妃となることを暗黙の前提とするものだった。冷泉帝の意向もそこにあったからこそ、鬚黒との結婚後に参内した玉鬘に対し、「思ひしことの違ひにたる恨み」（真木柱③三八五）をもらしたのである。

鬚黒の嫉妬により玉鬘が退出した後も、帝は玉鬘の美貌を忘れかねて「御文は忍び忍びにありけり」（真木柱③三九三）という状態が続く。玉鬘の自重によりそれ以上に発展することはなかったが、ここでも尚侍をめぐって、その夫と帝との三角関係の構図が浮かび上がる。

ⓓ玉鬘中の君

今上帝から入内の求めがあった大君を冷泉院妃としたために、帝の不興を買い苦境に陥った玉鬘が、大君に代えて「公ざまにてまじらはせたてまつらむ」(竹河④一〇二)と、自らの職を譲る。女御など正規の皇妃として入内すれば、明石中宮と真っ向から寵愛を競うかたちになる。それを憚っての尚侍であり、「公ざま」とはいうものの実質的に今上妃であることは明らかである。

(C)『夜の寝覚』老関白長女

父の死後、尚侍として入内し帝の寵愛を受ける(巻三・二六二)。この任官は、継母寝覚上の譲りを受けてのものだった。寝覚上に執着する帝が、老関白の死後尚侍としての入内を求めるが、寝覚上は固辞し、代って老関白の長女を入内させたのである(巻三・三〇二)。

若年・未婚での任官で、当初から今上妃となることを前提としての任官である。玉鬘や玉鬘中の君と異なり、まったくといってよいほど「公ざま」という意識が見られないのは、作品の成立が尚侍の皇妃化——あくまでも「后がね」型だが——が進んだのちであることの反映だろうか。

(D)『とりかへばや物語』

ⓐ男尚侍

しっかりとした世話役もいない女東宮の身辺を気づかった父院が、実は男性であるために「婿取り、内裏参りの方は思ひ絶えて」いる左大臣家の姫君を「この御後見にせばや」と考え、出仕を求める(巻一・一九三)。史上の第三期型に類する東宮の後見としての尚侍である。

ⓑ女尚侍

男尚侍と入れ替わって東宮に出仕していたところ、帝の寵愛を受ける。帝としては「宮仕へざまにて忍びて御覧じそめ」たかたちだが、その後は「昼も渡らせたまふ。夜もつと上らせたまふ」（巻四・四六〇）という状態で、公然と妃として扱っている。皇子出産を機に女御宣下があり、引き続き立后する（巻四・五〇五）。

こうしてみると、物語では尚侍＝今上妃を前提とする設定が大勢を占めていることがわかる。例外は『宇津保』の俊蔭女と『とりかへばや』の男尚侍だが、俊蔭女も「私の后」と称され、帝寵の対象となる含みが持たされている。尚侍＝今上妃というイメージは、物語史のなかで形成されていったものと言ってよい。特に『源氏物語』では、朧月夜が明確に今上妃として描かれており、玉鬘母子の任官も今上妃となることを前提としていて、「是大略可レ准二更衣等一」（『禁秘抄』）といった後世の尚侍観に与えた影響は大きいと考えられる。

物語の尚侍には、もう一つ特徴的な型を見ることができる。帝の寵愛を受ける既婚女性である。この点については、すでに西本寮子や湯浅幸代の指摘があるが［西本一九九八］［湯浅二〇〇八］、もう少し詳しく見てみよう。玉鬘中君や老関白の長女のように、若くして未婚のまま任じられた尚侍は今上妃となる。玉鬘も当初はそうなることを期待されていた。一方、俊蔭女や朧月夜、髭黒と結婚後の玉鬘のように、夫や恋人を持つ尚侍には、次のような共通点が見られる。

(ア)未婚時から帝（東宮）に強い関心を持たれ入内を要請されるが、何らかの事情によって実現を阻まれる。

(イ)結婚や異性関係の発覚によって正規の皇妃となる道は閉ざされているが、尚侍として出仕し、帝の寵愛を受ける。もしくは受けうる状況に置かれる。

(ウ)帝と夫（恋人）との間で三角関係の様相を呈する。(9)

任官には至らなかったが、寝覚上にも同じことが言える。

源宰相中将の、琵琶の音のこと奏し出でたりし秋の夕より、いとわざとなりにし心を、やがて入道の大臣の聞き入れず、故大臣に許し放ちてしを、年ごろ、妬うも口惜しくも、心にかかりて忘るるときなかりしに、大臣なくなりて、「今だに、さるかたにつけて、浅くもてなさじ」と思ひ寄り、「内侍督に」と心ざししに、あながちにかけ離れ、人に譲りのがれたまひにしを（巻三・三〇二）

老関白長女に付き添い参内した寝覚上に迫る帝の述懐からは、(ア)寝覚上に対して早くから関心を持ち入内を申し入れたこと、(イ)その要請を父大臣が固辞し老関白と結婚させたために実現しなかったことがわかる。(ウ)については、尚侍への任官要請は老関白の死後だが、内大臣の存在が帝との三角関係を構成する。

『栄花』の登子については、先に見たとおりである。村上に見初められた時点ですでに結婚していたこと、また三角関係が出仕以前のものであったことなど細部に違いは見られるものの、「帝の寵愛を受ける既婚者」という物語の尚侍の型を構成する要件に即した形象化がなされている。『栄花』に描かれた登子は、物語史のなかで形成されていった尚侍像を踏襲している。言わば〈物語化〉された尚侍なのである。

「帝の寵愛を受ける既婚者」という物語の尚侍の系譜のなかで、『栄花』の登子の占める位置は重要である。『宇津保』の俊蔭女は「私の后と思はむかし」とまで愛情を示されながらも、実際に帝寵を受けるに至らなかった。一方、登子は入内して村上の寵愛を受け、その尚侍任官は「人の子など生みたまはざらましかば、后にも据ゑてまし」という言葉によって、まさしく「私の后」の立后として描かれる。久下裕利は『夜の寝覚』の尚侍像が物語によって築かれたイメージの形象化を優先して造型されていることを指摘している〔久下二〇〇五〕が、未亡人でありながら帝から尚侍として入内することを望まれる寝覚上の設定は、『栄花』における登子の造型なくしては成り立ちえなかっただろう。『栄花』は物語における「私の后」としての尚侍像を極限にまで押し進め、その形象は後続の物語へと引き継がれたのである。

六　おわりに――尚侍の物語の深層

ここまで、物語の尚侍には今上妃に加えて帝に寵愛された既婚者という型があること、そして『栄花物語』の藤原登子もその系譜のなかに位置付けられることを考察してきたが、このような尚侍像は何に由来するのであろうか。

その手がかりとなるのは、天皇の寵愛を受けたとされる平安初期の二人の尚侍百済王明信と藤原薬子、とりわけ薬子の存在である。

薬子と物語の関係については、久富木原玲の論考がある。久富木原は、『源氏』冒頭の桐壺更衣に対する帝の偏愛や藤壺の引き起こした「事の乱れ」が薬子の変を想起させることなどを挙げ、平城天皇と薬子の変が「物語の想像力における『九世紀の神話時代』の『乱れ』の物語を紡いでいく核になっているもの、あるいは物語の底にうごめく原動力になっている」とする〔久富木原二〇〇七〕。

薬子の変は平安京草創期における一大事件であり、これを克服することによって平安京は「万代の宮」として揺るぎないものとなった。賀茂斎院の制度もこの乱を契機として始まっている。いわば平安京の草創神話とも言えるこの争乱のなかに、薬子は負のヒロインとして記憶されたのである。しかも、「有夫の婦人を奪って寵を与え、その一族が立身して衆人の怨みを買い、叛乱が起って都を逃れ、寵姫は死んで帝は生き残る」というこの事件の筋書は、唐における安史の乱にほぼ一致することが指摘されている〔目崎一九六八〕。薬子の記憶は、その後まもなく招来された『長恨歌』に触発されることで、生起しつつある物語の世界に多大な影響を与えた可能性が考えられる。その影響は、「天皇に寵愛された既婚者」という物語の尚侍像にも及んでいるのではないか。[10]

薬子の尚侍任官が平城との個人的な愛情関係にのみ還元されるものでないことは、先述したとおりである。しかし、変の勝者である嵯峨天皇側の論理によって捻じ曲げられ後世に伝えられた平城と薬子の関係は、帝が夫ある女性を偏愛し尚侍の地位に就けたことによって世の乱れを招いた、というものである。ここから物語の尚侍について、もう一つの仮説を導き出すことができる。

俊陰女と帝の関係は多分に遊戯的なものであり、むしろその治世を栄えあるものとすることにつながった。玉鬘が冷泉帝の寵愛を受けることは、秋好中宮を頂点とする後宮の秩序を乱すばかりでなく、冷泉帝と東宮の外戚であり次代の執政である鬚黒との関係に亀裂を生じ、「世の乱れ」をもたらしかねないものだったが、玉鬘の自制によってその危機は回避される。一方、朧月夜を入内させ、「あまた参り集まりたまふ中にもすぐれて」（賢木②一〇一）寵愛した朱雀帝の御世は、光源氏の須磨退去という乱れを生み短命に終わる。物語には「帝に愛された既婚者」という尚侍の型が存在するのみならず、既婚の尚侍に対する帝の度を超した愛情が「世の乱れ」につながるという認識が底流していると考えられるのである。その淵源は、むろん薬子にある。[11]

『栄花』に戻ると、冒頭でその英邁を讃えられた村上は、登子を熱愛することで、「世の例にしたてまつりつる君の御心の、世の末によしなきことの出で来て、人のそしられの負ひたまふこと」（①五二）と負の評価を負う。登子の存在は、村上の晩節を汚し聖代に影を落とすものと見なされる。物語はこのあと村上の死から、安和の変、兼通・兼家兄弟の確執に揺れる円融朝、花山天皇の常軌を逸した愛情がもたらす混乱と突発的な退位へと続き、道長の登場までを混迷の時代として描いていく。

聖代から混迷の時代へ――この構想のもと、登子は賢帝を惑わし「世の乱れ」を引き起こす尚侍として〈物語化〉されている。『栄花物語』の登子は、尚侍をめぐる物語の深層を鮮鋭に浮かび上がらせているという点で、最も物語的な尚侍像を形象していると言っても過言ではないだろう。

（1）師輔・盛子の四男忠君は、昇進のペースから見て兼家と二歳以上の差があるとは考えにくく、出生は兼家・忠君・登子の順と推定。また、天慶八年（九四五）正月に重明の先妻藤原寛子が没してから再婚まで三年以上空いたのは、登子が成年に達していなかったと考えられるため。承平三年生まれとすれば、結婚時十六歳。

（2）夫婦ペアでの奉仕の可能性については、女性史総合研究会二〇一〇年九月例会における西野悠紀子の口頭発表「『薬子の乱』と女官」から教示を得た。

（3）『類聚国史』巻七十五・歳時六に引く、延暦十四年（七九五）四月十一日の曲宴で、桓武が明信に対し「古への野中古道改まば改まらむや野中古道」の古歌を示し唱和を求めたエピソードは、二人がかつて愛人関係にあったことの根拠とされる。明信の尚侍任官は、前任者である阿部古美奈の没後、延暦四年ころと推定されるが、継縄は同二年に大納言となって右大臣藤原是公に次ぐ地位にあり、九年には右大臣に昇進して首班となっている。

（4）〔山田二〇〇八〕など。

（5）「尚侍殿下者。今上之所二母事一。其労之為レ重。雖二中宮一而不レ得。其功之為レ深。雖二大府而不レ得」（「奉二昭宣公一書」。引用は新訂増補国史大系『政事要略』巻三十・年中行事阿衡事による）。淑子が醍醐の立坊に関与したことについては、『寛平御遺誡』に「朕前の年東宮に立てし日、ただ菅原朝臣一人とこの事を論じ定めき〈女知尚侍居りき〉」（日本思想大系８一〇七）とある。

（6）婉子と同母の正光が天徳元年（九五七）、初婚の相手藤原誠信が康保元年（九六四）生まれであることから、婉子の生年は天徳四年（九六〇）前後と推定。誠信の生年から、二人の結婚が婉子の尚侍任官後であることは確実であろう。権門の劣り腹の娘として生まれ、先に入内している異母姉がいるにもかかわらず尚侍として出仕するが、結局は臣下の男性と結婚して終わった婉子の生涯は、玉鬘の設定と多くの点で重なる。『源氏物語』の成立時現任の尚侍であった婉子の存在が影響を与えた可能性が考えられる。

（7）［後藤一九八六］［山中一九八八］［須田一九八二］［加納二〇〇八］。尚侍に関する論考はこの他にも多数あるが、紙幅の都合上割愛する。

（8）角田文衛、西丸妙子にも同様の指摘がある［角田一九七三］［西丸一九九九］。

（9）尚侍をめぐる三角関係については、久下裕利も論じている［久下二〇〇五］。

（10）俊蔭女や登子の尚侍任官をめぐる物語に『長恨歌』が引用されるのは象徴的である。

（11）百済王明信についても、桓武の寵愛が夫継縄の藤原南家、さらには南家を外戚とする皇子伊予親王にまで及んだことによって、平城朝に伊予の横死と南家の没落、さらには伊予の怨霊に苦しんだ平城の早期退位を招く「乱れ」につながったことが指摘できる。

（引用文献）

［加納二〇〇八］加納重文「尚侍」（『平安文学の環境―後宮・俗信・地理―』和泉書院、二〇〇八）

［久下二〇〇五］久下裕利「尚侍について―王朝物語官名形象論―」（坂本共展・久下裕利編『源氏物語の新研究―内なる歴史性を考える―』新典社、二〇〇五）

［久富木原二〇〇七］久富木原玲「薬子の変と平安文学―歴史意識をめぐって―」（『愛知県立大学文学部論集　国文学科編』五六、二〇〇七）

［後藤一九八六］後藤祥子「尚侍攷」（『源氏物語の史的空間』東京大学出版会、一九八六←初出一九六七・六）

［須田一九八二］須田春子「内侍司」（『平安時代後宮及び女司の研究』千代田書房、一九八二）

［角田一九七三］角田文衛「後宮の変貌」（『日本の後宮』学燈社、一九七三）

［西丸一九九九］西丸妙子「尚侍藤原登子について―斎宮女御との関連において―」（『福岡国際大学紀要』二、一九九九・七）

［西本一九九八］西本寮子「『とりかへばや』帝と尚侍の物語の方法―朧月夜物語との関わりをめぐって―」（稲賀敬二編『論考

平安王朝の文学―一条朝の前と後―』新典社、一九九八）
［目崎一九六八］目崎徳衛「平城朝の政治史的考察」（『平安文化史論』桜楓社、一九六八）
［山田二〇〇八］山田彩起子「平安時代の後宮制度―后妃・女官の制度と変遷―」（日向一雅編『平安文学と隣接諸学4　王朝文学と官職・位階』竹林舎、二〇〇八）
［山中一九八八］山中和也「朧月夜の尚侍就任による今上妃との兼帯について―賢木巻段章の新視座として―」（『詞林』三、一九八八・五）
［湯浅二〇〇八］湯浅幸代「皇后・中宮・女御・更衣―物語文学を中心に―」（日向一雅編『平安文学と隣接諸学4　王朝文学と官職・位階』）

別表　尚侍任官者一覧

	尚侍任官者	父母	配偶者（所生）	在任期間	経歴
(1)	藤原宇比良古 （袁比良女）	藤原房前	藤原仲麻呂	？ ～ 天平宝字六（七六二）・六	天平勝宝元（七四九）四・一　従五位上→正五位下 九・一三　正五位下→従四位下 天平宝字二（七五八）八・二五　仲麻呂、大保（右大臣） 四（七六〇）一・四　仲麻呂、大師（左大臣） 一・五　従三位→正三位 六（七六二）六・二三　尚蔵兼尚侍正三位。薨［続］

(2)	藤原百能	藤原麻呂	藤原豊成	? ～ 延暦元（七八二）・四	天平勝宝元（七四九）四・一　無位→従五位下 天平宝字八（七六四）九・一四　豊成、右大臣還任 九・二〇　正五位上→従三位 神護景雲二（七六八）一〇・一五　従三位→正三位 宝亀九（七七八）八・一五　正三位→従二位 延暦元（七八二）四・一七　尚侍従二位。薨。六十三歳［続］
(3)	藤原鮒子			?	宝亀九（七七八）八・四　尚侍正三位（＊1）
(4)	大野仲仟（仲智・仲千）	大野東人	藤原永手	? ～ 天応元（七八一）・三	天平宝字七（七六三）一・九　従六位上→従五位下 天平神護元（七六五）一・七　正五位下→正五位上 二（七六六）一・一七　正五位上→従四位下 神護景雲二（七六八）一〇・一五　従四位上→正四位下 三（七六九）二・三　正四位下→正四位上 宝亀元（七七〇）一〇・一　永手、正一位（光仁擁立の功） 一〇・二五　正四位上→従三位 九（七七八）九・二　従三位→正三位 天応元（七八一）三・一〇　尚侍兼尚蔵正三位。薨［続］
(5)	阿倍古美奈（安部）	阿倍粳虫	藤原良継（藤原乙牟漏）	? ～ 延暦三（七八四）・一〇	宝亀六（七七五）八・一五　正五位上→従四位下 一〇（七七九）一一・二　従四位下→正四位下 天応元（七八一）一一・一六　正四位下→正四位上 一一・二〇　正四位上→従三位 延暦二（七八三）四・一八　乙牟漏、立后 三（七八四）一〇・二八　尚蔵兼尚侍従三位。薨［続］

(6)	百済王明信	百済王理伯	藤原継縄 桓武天皇	?	宝亀元（七七〇）一〇・二五　従五位下→正五位下 六（七七五）八・一〇　正五位下→正五位上 一一（七八〇）三・一　命婦正五位上→従四位下 天応元（七八一）一一・二〇　従四位下→従四位上 延暦二（七八三）一〇・一六　従四位上→正四位下 四（七八五）一・九　正四位下→正四位上（＊2） 六（七八七）八・二四　正四位上→従三位［続］ 九（七九〇）二・二七　継縄、右大臣 一四（七九五）四・一一　尚侍従三位［類］ 一八（七九九）二・七　従三位→正三位 弘仁六（八一五）一〇・一五　散事従二位。薨［後］
(7)	藤原薬子	藤原種継	藤原縄主 平城天皇	? 〜 弘仁元（八一〇）・九	大同三（八〇八）一一・一九　従四位下→正四位下 四（八〇九）一・二　正四位下→従三位 弘仁元（八一〇）九・一〇　尚侍正三位。解官 九・一二　自殺［後］
(8)	五百井女王	市原王 能登内親王		? 〜 弘仁八（八一七）・一〇	天応元（七八一）八・二七　無位→従四位下 延暦三（七八四）一一・二八　従四位下→従四位上［続］ 一五（七九六）七・九　従四位上→正四位下 大同元（八〇六）二・二三　尚縫正四位下 三（八〇八）一一・一九　正四位上→従三位 弘仁四（八一三）一・八　従三位→正三位 六（八一五）七・一五　正三位→従二位［後］

⑻					弘仁八（八一七）一〇・一〇 尚侍従二位。薨［紀］
⑼	藤原美都子	藤原真作	藤原冬嗣 （藤原順子）	弘仁一三（八二二） 〜 天長五（八二八）・九	弘仁五（八一四）四・二八 無位→従五位下［紀］ 一二（八二一）一・九 冬嗣、右大臣 一三（八二二）叙従三位。任尚侍［要］ 天長五（八二八）九・四 尚侍従三位。薨。四十八歳［紀］ 嘉祥三（八五〇）七・一七 贈正一位［文］
⑽	継子女王			天長五（八二八）・二 〜 ？	弘仁元（八一〇）一一・二三 無位→従五位下［後］ 天長四（八二七）八・一六 典侍［紀］ 五（八二八）二 任尚侍［要］ 天長一〇（八三三）一一・一九 従三位→正三位［続後］
⑾	百済王慶命	百済王教俊	嵯峨天皇 （源定） （源鎮） （源善姫） （源若姫）	承和三（八三六）・八 〜 嘉祥二（八四九）・一	弘仁六（八一五） 源定生 一四（八二三）四・一六 嵯峨退位 天長七（八三〇）二・一二 正四位下→従三位［紀］ 承和三（八三六）八・一六 正三位。任尚侍 八（八四一）一一・二一 正三位→従二位 嘉祥二（八四九）一・二三 尚侍従二位。薨。贈従一位［続後］
⑿	菅野人数	菅野真道		嘉祥二（八四九）・一〇 〜 天安元（八五七）・一二	天長一〇（八三三）四・二一 従五位下。任掌侍 承和一三（八四六）五・二七 従四位下。任典侍 嘉祥二（八四九）一〇・七 従四位上。任尚侍 一一・一九 従四位上→従三位［続後］ 天安元（八五七）一二・一 尚侍→尚蔵［文］ 貞観五（八六三）五・一九 尚蔵従三位。薨［三］

(13)	当麻浦虫	当麻継麻呂		天安元（八五七）・一二 ～ 貞観元（八五九）・八	弘仁一三（八二二） 叙従五位下。任掌侍 一四（八二三） 従五位下→従五位上 天長五（八二八） 正五位下典侍 九（八三二） 従四位下 〔三伝〕 承和八（八四一） 一一・二一 従四位下→従四位上 〔続後〕 嘉祥三（八五〇） 七・二六 従四位上→正四位下 斉衡元（八五四） 一・八 正四位下→従三位 天安元（八五七） 一二・一 典侍→尚侍 〔文〕 貞観元（八五九） 八・一〇 尚侍従三位。薨。八十歳 〔三〕
(14)	広井女王	雄河王		天安元（八五七）・一二 ～ 貞観元（八五九）・一〇	天長八（八三一） 叙従五位下。任尚膳 〔三伝〕 承和九（八四二） 二・二三 正五位下→従四位下 〔続後〕 嘉祥三（八五〇） 七・二六 従四位下→従四位上 〔文〕 任権典侍 〔三伝〕 斉衡元（八五四） 一・八 従四位上→従三位 天安元（八五七） 一二・一 典侍→尚侍 〔文〕 貞観元（八五九） 一〇・二三 尚侍従三位。薨。八十余歳 〔三〕
(15)	源全姫	嵯峨天皇 当麻治田麻呂女		貞観二（八六〇）・二 ～ 元慶六（八八二）・一	斉衡二（八五五） 一・八 従四位下→正四位下 〔文〕 天安二（八五八） 八・二七 清和践祚 一一・七即位 貞観元（八五九） 一一・二〇 正四位下→従三位 二（八六〇） 二・一一 任尚侍 六（八六四） 一・八 従三位→正三位

	(15)	(16)	(17)
		藤原淑子	藤原満子
		藤原長良 難波淵子	藤原高藤 宮道列子
		藤原氏宗	
		元慶八（八八四）・四 〜 延喜六（九〇六）・五	延喜七（九〇七）・二 〜 承平七（九三七）・一〇
	貞観一三（八七一）一・八　正三位→従二位 元慶三（八七九）一・八　従二位→正二位 六（八八二）一・二五　尚侍正二位。薨 ［三］	貞観二（八六〇）八・五　無位→従五位上 元慶三（八七九）一一・二六　従四位下→従三位 六（八八二）一・八　従三位→正三位 八（八八四）二・四　光孝践祚　二・二三即位 四・二　任尚侍 ［三］ 仁和三（八八七）八・二六　宇多践祚　一一・一七即位 一一・二一　正三位→従一位 ［紀］ 延喜六（九〇六）五・二八　尚侍従一位。薨。六十九歳 五・三〇　贈正一位 ［紀］	延喜七（九〇七）二・七　任尚侍 ［貞・世］ 一三（九一三）一〇・一四　於内裏四十賀 従三位→正三位 ［紀］ 一七（九一七）一一・一九　叙従二位 延長八（九三〇）一一　叙正二位 ［要］ 承平七（九三七）一〇・一三　尚侍正二位。薨。六十五歳 一〇・一八　贈正一位 ［紀・要］

⒅	藤原貴子	藤原忠平	保明親王	天慶元（九三八）・一一 ～ 応和二（九六二）・一〇	延喜一八（九一八）四・三　東宮参入［貞］ 延長元（九二三）三・二一　保明親王薨 承平元（九三一）四・二六　御匣殿別当。移住飛香舎［李］ 天慶元（九三八）一一・一四　正四位下。任尚侍 一二・二二　正四位下→従三位［貞・世］ 八（九四五）一・九　従三位→正三位［貞］ 天暦五（九五一）一・二三　正三位→従二位［北］ 応和二（九六二）一〇・一八　尚侍従二位。薨。五十九歳 一〇・三〇　贈従一位［紀］
⒆	藤原灌子			康保四（九六七）・九 ～ 天延元（九七三）・五以前	承平四（九三四）三・一一　掌侍［九］ 天慶元（九三八）七・一三　掌侍［世］ 九（九四六）四・二八　典侍正五位下［李］ 康保三（九六六）四・二　典侍。叙従三位 四（九六七）九・二七　任尚侍［西］（＊3） 天延元（九七三）五・一三　先尚侍。給度者四人。［親］
⒇	藤原登子	藤原師輔 藤原盛子	重明親王 村上天皇	安和二（九六九）・一〇 ～ 天延三（九七五）・三	天暦二（九四八）一一・二二　重明親王と結婚［李］ 八（九五四）九・一四　重明親王薨 康保四（九六七）五・二五　村上天皇崩 九・一　守平立太子

(20)					安和二（九六九）八・一三　円融（守平）践祚　九・二三　即位 九・二七　叙従四位上［裏・要］ 一〇・一〇　任尚侍［紀・裏］ 天禄元（九七〇）一一・二六　叙従三位 天延元（九七三）一・八　叙従二位［裏・要］ 三（九七五）三・二九　尚侍従二位。薨［紀・裏］
(21)	藤原婉子	藤原兼通 藤原有年女	藤原誠信 源乗方	貞元元（九七六）・五 〜 ？	貞元元（九七六）五・二　任尚侍　一〇　叙従三位 永観二（九八四）一・一〇　従三位→正三位［裏・要］ 長保三（一〇〇一）一・三〇　正三位→従二位［権］
(22)	藤原怤子	藤原師輔 藤原盛子	冷泉天皇	天元五（九八二）・七 〜 永祚元（九八九）・九	安和元（九六八）一二・七　従四位下御匣殿別当。為女御［紀］ 二（九六九）八・一三　冷泉退位 天元五（九八二）七・二八　任尚侍［紀・要］ 一〇・二〇　正四位下→従三位［紀］ 永祚元（九八九）九　出家［要］
(23)	藤原綏子	藤原兼家 藤原国章女	三条天皇	永延元（九八七）・九 〜 寛弘元（一〇〇四）・二	永延元（九八七）九・二六　任尚侍［裏・要］ 永祚元（九八九）一二・九　東宮参入［小］ 長保三（一〇〇一）一・三〇　叙正二位［権］ 寛弘元（一〇〇四）二・七　尚侍。薨。三十一歳［御・紀］

㉔	㉕
藤原姸子	藤原威子
藤原道長 源倫子	藤原道長 源倫子
三条天皇 （禎子内親王）	後一条天皇 （章子内親王） （馨子内親王）
寛弘元（一〇〇四）・一一 〜 寛弘八（一〇一一）・八	長和元（一〇一二）・八 〜 寛仁二（一〇一八）・四
寛弘元（一〇〇四）一一・二七　正四位下。任尚侍［御・紀］ 一二・七　正四位下→従三位 七（一〇一〇）一・二〇　叙従二位 二・二〇　東宮参入 一一・二八　従二位→正二位［御］ 八（一〇一一）六・一三　三条践祚 八・二三　女御 長和元（一〇一二）二・一四　女御正二位。中宮［御・紀］ 寛仁二（一〇一八）一〇・一六　皇太后 万寿四（一〇二七）九・一四　崩御。三十四歳［紀・裏］	寛弘七（一〇一〇）一一・二八　叙正四位下 長和元（一〇一二）八・二一　任尚侍 一〇・二〇　着裳［御］ 一一・二九　叙従三位［裏］ 二（一〇一三）九・一六　叙従二位［御］ 五（一〇一六）一・二九　後一条践祚　二・七　即位 寛仁二（一〇一八）一・三　後一条元服 三・七　入内　四・二八　女御 一〇・一六　中宮［御］ 長元九（一〇三六）九・六　崩御。三十八歳［百・裏］

(26)	藤原嬉子	藤原道長 源倫子	後朱雀天皇 （後冷泉天皇）	寛仁二（一〇一八）・一一 ～ 万寿二（一〇二五）・八	長和二（一〇一三）九・一六　叙従四位下 四（一〇一五）九・二〇　叙従三位 寛仁元（一〇一七）八・九　敦良（後朱雀）立太子 二（一〇一八）一一・一五　任尚侍 三（一〇一九）二・二八　着裳［御］ 八・二八　敦良元服 治安元（一〇二一）二・一　東宮参入 三（一〇二三）一・二　叙従二位［小］ 万寿二（一〇二五）八・三　親仁親王生 八・五　薨。十九歳［左・紀］ 八・二九　贈正一位［紀・裏］ 寛徳二（一〇四五）八・一一　贈皇太后［裏］
(27)	藤原真子	藤原教通 藤原公任女		長久三（一〇四二）・一〇 ～ 寛治元（一〇八七）・一二	長久三（一〇四二）一〇・二〇　任尚侍［要］ 寛治元（一〇八七）一二・一五　尚侍従五位上。卒。七十二歳［中・要］
(28)	藤原佺子	九条道家 西園寺綸子		仁治元（一二四〇）・二 ～ 建長五（一二五三）・九	仁治元（一二四〇）二・二二　任尚侍［平］ 建長五（一二五三）九・一九　尚侍従二位。薨。二十六歳［要］
(29)	藤原頊子	一条実経 藤原成俊女 （中納言典侍）	源基俊 後宇多院	嘉元元（一三〇三）・三 ～ 延慶元（一三〇八）・八	嘉元元（一三〇三）三・五　任尚侍。叙従三位 延慶元（一三〇八）八・一六　出家［女］ 元応二（一三二〇）二・二六　准三宮。院号（万秋門院）［花］ 暦応元（一三三八）三・二六　崩御。七十一歳［女］

＊1 『平安遺文』三三三太政官符案（色川本栄山寺文書）による。藤原鮒子については、他史料に見えず不詳だが、「大祖建立伽藍栄山寺」とあるところから、南家にゆかりの女性と考えられる。また、この女性が宝亀九年の時点で尚侍だったとすると、百能・仲千・鮒子が鼎任状態にあったことになるが、『後宮職員令』によれば尚侍は定員二名、⒇藤原登子任官以前は実質一名で運用されており、この点も疑問。あるいは百能（南家豊成室・宝亀九年八日時点で正三位尚侍）と同一人か。

＊2 『続日本紀』延暦二年十一月二十四日条にも「授二ク正四位下百済ノ王明信ニ正四位上一ヲ」と見えるが、同年十月十六日の交野行幸の賞による授正四位下とあまりにも近接しての昇叙となるので、こちらを衍文と解し、四年正月九日の叙位の記事によった。

＊3 『一代要記』には、「尚侍従三位藤原朝臣灌子〈応和四年正月従三位、尚侍、元典侍〉」とあるが、『政事要略』巻七十・糺弾雑事所収の康保三年八月二十八日・閏八月二十七日内侍宣に「典侍従三位藤原朝臣灌子」とあることから、『西宮記』巻二・女官除目の「康保四年九月二十七日尚侍従三位藤原灌子」に従う。

注記経歴欄の［］は、典拠史料を示す。調査に当たっては東京大学史料編纂所のデータベースを使用した。
［続］＝続日本紀、［後］＝日本後紀、［続後］＝続日本後紀、［文］＝日本文徳天皇実録、［三］＝日本三代実録、［三伝］＝日本三代実録薨伝、［紀］＝日本紀略、［世］＝本朝世紀、［百］＝百錬抄、［類］＝類聚国史、［要］＝一代要記、［西］＝西宮記、［北］＝北山抄、［裏］＝大鏡裏書、［貞］＝貞信公記、［李］＝李部王記、［親］＝親信卿記、［権］＝権記、［御］＝御堂関白記、［小］＝小右記、［左］＝左経記、［中］＝中右記、［平］＝平戸記、［花］＝花園院宸記、［女］＝女院小伝
なお、同一典拠の場合は逐一注記せず、典拠をともにする最後の項目に史料名を掲げた。また、『日本紀略』『一代要記』等の編纂書類の記事と『御堂関白記』等の古記録類の記事に相違が見られる場合には、後者を優先した。配偶者など本人以外の経歴は、六国史、『日本紀略』、『公卿補任』によった。

吉海直人

源倫子

その摂関家の正妻らしからぬ行動

一　はじめに

平安時代の代表的な政治家として、藤原道長をあげることに異論はあるまい。唯一、作家の永井路子氏だけは、その著『この世をば』（新潮社、一九八四）において、道長は凡人であったが、周囲の女性達の引き立てによって出世したことを力説しておられる。その女性達というのは、姉の東三条院詮子（一条天皇の母）であり、妻の源倫子であり、その母の穆子であり、そして長女彰子を初めとする娘たち（三后）である。

これを読んで妙に納得した私は、その中でも特に妻の倫子に興味を抱いた。そしていろいろ調べているうちに、倫子が摂関家の妻像から大きく逸脱しているのではないかと思うようになった。というのも、倫子ほど内裏や後宮に足繁く参内した摂関家の正妻はいないからである。

もちろん皇后定子の母高階貴子もしばしば参内しているが、それはもともと貴子が高内侍として円融天皇に出仕していた経験があるからである。その点、身分が高く女房経験のない倫子とは同列に扱えまい。こういった摂関家の正妻らしからぬ倫子の行動について、『栄花物語』はどのように描いているのだろうか。その点を詳しく調べてみたい。

二　『栄花物語』の特徴

ところで平安朝のいわゆる歴史物語というジャンルにおいて、『栄花物語』と『大鏡』という二つの作品は比較されることが多い。というのも時代的に重なる部分が多いし、ともに藤原道長の栄華を描くことを主題にしているからである。もともと正規の歴史書ではないのだが、両者の筆法というか描き方に相違があるため、必然的に比較が要請されるのであろう。

ただしこれまでの研究成果を展望しても、それが大きな実りとはなっていないように思われてならない。という以上に、比較研究からは道長批判の目を有する『大鏡』の文学的優位性ばかりが取りあげられており、分量が多いにもかかわらず三面記事（ゴシップ）まがいの『栄花物語』は、常に劣勢に立たされているように見える。

もちろん『栄花物語』の方が材料も豊富なので、当時実在した女房などの人物研究の資料としては積極的に活用されている。私も乳母論の一環として、『栄花物語』に描かれている多くの乳母について論じたことがある。(1)

それだけでなく、所収和歌が圧倒的に多いことも特記できる。試みに所収されている和歌の総数を『新編国歌大観』で調べてみると、

大鏡　　九十首
栄花物語　六百三十首

であった。なんと『栄花物語』は『大鏡』の七倍もの和歌を所収しており、それは『源氏物語』に迫る歌数である（私撰集にも匹敵する）。ついでながら、『栄花物語』が村上天皇の歌から始まっているのに対して、『大鏡』は藤原敏行の歌から始まっており、そこにも作品の質の違いを読み取ることができるかもしれない。(2)

もう一つ、両作品の違いとして注目したいのは、『大鏡』が書き出しから男性の語りになっているのに対して、『栄花物語』が女性視点の語りとされていることである（赤染衛門作者説もある）。『栄花物語』が『紫式部日記』の一節を資料として取り込んでいることも、それによって納得されるのではないだろうか。ただし歴史資料とし

ての確かさに欠ける一面も存するので、作品の取り扱いには注意が必要であろう。

本論では、『栄花物語』を女性視点から書かれた作品であることを前提として考察してみたい。その観点からすると、『大鏡』ではあまり描かれていない摂関家の妻たちの描写が多いことも納得される。[3]中でも倫子に関する記述は異常なほどに多い。その点に注目すれば、『栄花物語』の作者は道長の栄華を道長自身の活躍として描くだけでなく、それを後押ししている妻の倫子に焦点をあてて描いているといえる。従来の男性による歴史認識とは異なり、道長の栄華獲得の裏に倫子の活躍があったことを、『栄花物語』は女性視点から主張しているのではないだろうか。

なお倫子の活躍の異常性については、以前『御堂関白記』の記述を資料として論じたことがあるので、[4]本論はその続編ということになる。

三　道長と倫子の結婚をめぐって

『栄花物語』に倫子が初めて登場するのは、道長との結婚話が契機であった。康保元年（九六四）生まれの倫子は、康保三年生まれの道長より二歳年長であった。倫子の父・大臣源雅信は、当然のことながら娘を花山天皇の後宮に入内させて「后候補」にしようと考えていた。ところが藤原氏の画策によって、花山天皇はわずか二年で譲位したので、入内を断念せざるをえなかった。続いて即位した一条天皇（九八〇年生まれ）はあまりにも若く、倫子と年齢的に釣り合わなかったので、後宮入内は困難となったようだ。そうこうする内に、倫子はいつしか適齢期を過ぎてしまった。

そこにまだ位の低い道長が求婚してきたのである。そのことは『栄花物語』さまざまのよろこび巻に、

かかるほどに、三位中将殿、土御門の源氏の左大臣殿の、御女二所、嫡妻腹に、いみじくかしづきたてまつりて、后がねと思しきこえたまふを、いかなるたよりにか、この三位殿、この姫君をいかでか、と心深う思ひきこえたまひて、気色だちきこえたまひけり。(①一五〇)

と記されている。「二所」というのは長女の倫子と次女(中の君)のことである。それに対して父雅信は、道長が兼家の五男であり、将来性が望めそうもないことを理由に、

大臣、「あなもの狂ほし。ことのほかや。誰か、ただ今さやうに口わざ黄ばみたるにしたち、出し入れては見んとする」とて、ゆめに聞しめし入れぬを、(一五〇)

と取り合わなかった。ところが面白いことに、妻の藤原穆子は道長の才覚を見抜き、

この母北の方聞しめしいれず。ただこの三位殿を、いそぎたちたまひて婿取りたまひつ。(一五一)

と、何と夫の反対を押し切って自らの意思で永延元年(九八七)に二人を結婚させている。ここにも女性(妻)の主体的活躍が認められる。時に倫子は二十四歳であり、当時としてはかなり晩婚だった。

その穆子のことを『栄花物語』では、

母上例の女に似たまはず、いと心かしこくかどかどしくおはして、「などてか、ただこの君を婿にて見ざらん。時々物見などに出でて見るに、この君ただならず見ゆる君なり。ただわれにまかせたまへれかし。このこと悪しうやありける」(一五〇)

と、賢明で人を見る目のある女性として評価している(後付かもしれない)。こういった穆子の性格は、多分に倫子にも継承されているのではないだろうか。

ある意味、道長の栄華というか幸運のはじまりは、穆子に気に入られて倫子の婿になったことであろう。[5]道長と結婚した倫子は鷹司の邸に住み、そこへ道長を住まわせている。これは父雅信側が用意した邸宅であろうから、倫子と結婚した道長は邸宅まで手に入れたことになる（これによって倫子の呼称も「鷹司殿」が通称になっている）。

結婚後、倫子はすぐに懐妊し、翌永延二年（九八八）には、

　いと平らかに、ことにいたうも悩ませたまはで、めでたき女生れたまひぬ。（一五七）

と長女彰子を出産する。男の子ではなく女の子であるが、この彰子が後に一条天皇に入内して皇子を出産するのだから、やはり道長は女運が良かったというべきであろう。

その後も二人は子宝に恵まれ、九九二年には長男頼通、九九四年には次女妍子、九九六年には二男教通、九九九年には四女の威子を出産している。さらに倫子は四十四歳になった一〇〇七年にも、六女の嬉子を高齢期出産しているが、『栄花物語』にはその出産記事が逐一掲載されている。

なお倫子の嬉子出産は、折口信夫が提唱していた妻の「床去り」（床離れ）という習俗を否定する決定的な資料でもあった。摂関家の妻である倫子が四十歳を過ぎて道長の子を出産しているのだから、その事実を無視して『源氏物語』における紫の上の「床去り」を解釈するわけにはいかないからである。もちろん倫子は例外中の例外なのかもしれないが。

四　倫子の情報収集術

その後、長女彰子が十二歳になると、入内を前提に成人式（裳着）が行われ、

大殿の姫君十二にならせたまへば、年の内に御裳着ありて、やがて内に参らせたまはむといそがせたまふ。（九九）

と、一条天皇への入内が準備される。そして長保元年（九九九）、

かくて参らせたまふこと、長保元年十一月一日のことなり。女房四十人、童女六人、下仕六人なり。（三〇〇）

と彰子が入内し、翌年には早くも中宮になっている（ただし帝の寵愛は定子にあった）。ここまでは順調であるが、彰子が皇子を出産するのはそれから八年後のことなので、後宮における倫子の活躍はもう少し待たなければならない。

倫子が頻繁に参内するようになるのは、彰子の懐妊・出産以後であるが、その前に大納言の君について述べておきたい。大納言の君は倫子の兄弟の娘（姪）で、源則理と結婚したが、その後離婚して彰子付きの女房として仕えていた女性である。倫子はあえて自身の血縁者を、信頼できる女房として彰子の元に出仕させていたのである。それがいつしか道長の愛人になったのだが、当の倫子はそれについて、

殿の上は、こと人ならねばと思し許してなん、過ぐさせたまひける。（三六八）

と、二人の関係を容認している。むしろ他人なら我慢できないが、姪だから我慢できるというのである。血縁者というのは、主人を裏切らない典型とされているから［吉海二〇〇三］、おそらく倫子はこの大納言の君を利用して、道長の浮気を防止しただけでなく、彼女を通して宮中の情報を収集していたのではないだろうか。

もちろん道長は、ちゃっかり彼女以外に藤原為光の四女（花山院の寵妃）を愛人にしていた。彼女については、

一条殿の四の君は、鷹司殿に渡りたまひにしを、殿の上の御消息たびたびありて、迎へたてまつりたまひて、

姫君の具になしきこえたまひにしかば、殿よろづ思し掟てきこえたまうしほどに、御心ざしいとまめやかに思ひきこえたまふ。（四五六）

と倫子が自邸に引き取り、娘（威子）の遊び相手にと思っていたところ、いつの間にか道長と懇ろになったとある。これについて小学館新編全集の頭注六には「召人などではなく、正式の妻の一人としての扱い」（四五六）とあるが、倫子が仲介している点、やはり正式の妻ではなくお手つき女房に近い存在と見るべきであろう。たとえ高貴な大臣の娘であっても、没落したら女房（姫君の遊び相手）として奉仕させられることも少なくなかった。この四の君にしても倫子の息のかかった女房であり、決して倫子を裏切ることはあるまい。

さて、寛弘二年（一〇〇五）の賀茂祭の折、長男の頼通が祭の使いを勤めるということで、

この年来御禊よりはじめ、祭を殿も上も渡らせたまひて御覧ずるに、今年は使の君の御事を、世の中揺りていそがせたまふ。（三七一）

と夫婦揃って祭り見物をしている。しかもさりげなく毎年夫婦揃って見物していると記されている点に留意したい。そのことは後に弟の教通が同じく祭の使になった折も、

殿の上もおはしませば、御乳母の命婦も、をかしき御遊びに目もつかで、使の君をひとへにまぼりたてまつりたり。（四二八）

と、さりげなく倫子の存在が描かれていることでもわかる。摂関家の夫婦がこれほど頻繁に二人揃って外出している例は他の記録には見られない。これは仲のいい夫婦というだけでなく、倫子は摂関家の妻の行動から逸脱しているのではないだろうか。そしてそのことが『栄花物語』に書かれていることが重要であろう。

五　娘の出産における倫子の働き

そしていよいよ彰子の懐妊・出産となる。彰子の懐妊は一条天皇から道長に伝えられるが、道長はすぐに古参の大輔命婦に事情を問いただしている。すると大輔命婦は、

十二月と霜月との中になん、例のことは見えさせたまひし。この月はまだ二十日にさぶらへば、今しばし試みてこそは、御前にも聞えさせめと思うたまへてなん。（①三八七）

と、彰子の生理の有無を即座に答えている。この大輔命婦はもともと源雅信の家の女房なので、やはり倫子が信頼できる女房として彰子の側に置いていたのであろう。

娘の懐妊の知らせを聞いた倫子は、早速彰子のもとに参内している。

殿の上もその日聞かせたまふままに参らせたまひて、いとどしういたはしうややましげにあつかひきこえさせたまふ。（三八八）

これが『栄花物語』における倫子の最初の参内である。これ以後倫子は数え切れないほど参内している。その後、土御門殿に里下がりした彰子のお産が『紫式部日記』に詳しく描かれている。出産は寛弘五年九月十一日のことであった。また出産後の儀式については、

かくて御臍の緒は、殿の上、これは罪得ることと、かねては思しめししかど、ただ今のうれしさに何ごともみな思しめし忘れさせたまへり。御乳付には有国の宰相の妻、帝の御乳母の橘三位参りたまへり。（四〇三）

と、倫子が自ら臍の緒を切り、乳付の儀式は橘三位が担当している。ここに「罪得ること」とあるのはよくわか

らないが、少なくとも臍の緒を切る作業は身分の高い女性が勤める役ではなく、多くは古参の乳母が行なっているので、これも倫子の逸脱した行為ではないだろうか(6)。

倫子は懐妊・出産した娘の側に付きっきりだったわけだが、高貴な身分であるにもかかわらず、自ら多産経験者ということで、助産婦に近い役割を担っている。これも摂関家の妻にふさわしい行為ではあるまい。

後によくいわれることだが、倫子の娘三人はそれぞれ一条天皇・三条天皇・後一条天皇に入内し三后となっている（それが道長の「この世をば」歌のポイント）。その内の三条天皇の后妍子（次女）は、長和二年（一〇一三）七月六日に禎子内親王を出産している。その出産に際して、

御乳付には、東宮の御乳母の近江の内侍を召したり。それは御乳母たちあまたさぶらふなかにも、これは殿の上の御乳母子のあまたのなかのその一人なり。（つぼみ花②二四）

と記されている。今回乳付を担当した近江の内侍について、はっきり倫子の乳母子の一人であることが明記されている点に留意したい。倫子は自身の「あまた」の乳母子達を、娘が生んだ皇子の乳付や乳母に任命することにより、後宮の掌握をはかっていたと思われるからである。そのうちの一人が後一条天皇の乳母で、

内の御乳母の大弐の三位と聞ゆるは、殿の上の上臈司殿の御乳母子なり。（殿上の花見③二一六）

と紹介されている。

なお禎子内親王の乳付について『御堂関白記』には、

丑時御乳付、切臍緒、乳付等母奉仕。（中巻二三三）

と出ており、『栄花物語』の記述と相違している［吉海一九九五b］。日記では倫子が臍の緒切りと乳付を一人で行なったように読めるが、『栄花物語』では近江の内侍が乳付を担当したことになっている。前回同様、臍の緒は

倫子で乳付は近江の内侍とすべきであろうか。

その後、寛弘五年（一〇〇八）十月、倫子四十五歳の時、従一位が与えられている。これは孫の敦成親王誕生を祝しての加階である。道長は自らに与えられた加階を辞退し、代わりに倫子が受けたのであるが、人臣の妻が従一位を授けられたのはこれが最初であった。[7] これを道長の倫子に対する深い愛情と見ることもできるが、共同経営者としての倫子へのご褒美と見ることもできよう。もちろん後宮掌握にも好都合であった。

なお『栄花物語』はつはな巻には、四十五歳になった倫子の容姿について、

殿の上、かう君達あまた出でたまへれど、ただ今の御有様二十ばかりに見えさせたまふ。ささやかにをかしげにふくらかに、いみじううつくしき御様におはしまして、御髪の筋こまやかにきよらにて、御袿の裾ばかりにて、末ぞ細らせたまへる。　（①三八三）

と称讃している（倫子は髪に特徴があった）。こういった描写は、『栄花物語』の作者あるいは資料が、倫子をよく知っている倫子贔屓の人間であることを自ずから表明している。

六　晩年の栄華について

資料的には不確実な点があるが、『栄花物語』たまのむらぎく巻には、

この九月、殿の上、宇治殿におはしましたりけるに、それよりいみじき紅葉につけて聞えさせたまへり。

見れどなほ飽かぬ紅葉の散らぬ間はこの里人になりぬべきかな　（②五一）

と、長和四年（一〇一五）九月に倫子が宇治の別業を訪れていることが語られている。ここに夫道長のことは触

れられていないが、その折に詠まれた歌が『続後撰集』に、次のように掲載されている。

法成寺入道前摂政長月のころ宇治にまかれりけるにともなひて、紅葉を折りて都なる人のもとにおくりつかはすとて　従一位倫子

見れどなほ飽かぬ紅葉の散らぬ間はこの里人になりぬべきかな　（四二七番）

この詞書によれば、その時道長と倫子が一緒に出かけていることがわかる。この夫婦はとにかく一緒に出かける回数が、他の摂関家の夫妻より異常に多いのである。それを単純に夫婦仲のよさと見てはなるまい。翌長和五年（一〇一六）に準三宮に補されると、倫子は軽々に参内することもままならなくなった。その倫子に代わって娘の彰子が大宮として後宮の掌握をしている。そのためこれまで倫子・彰子の順に表記されていたものが、これ以後、彰子・倫子の順に改められることになる。

また夫の道長は、寛仁元年（一〇一七）に摂政を長男の頼通に譲っている。その年の九月、倫子が石清水八幡に詣でている。

殿の上、八幡に詣でさせたまへれば、中宮より聞えさせたまふ。

いろいろの紅葉に心うつるとも都のほかに長居すな君　（ゆふしで②一一二）

『栄花物語』の記事を見ると倫子単独のように読めるが、実は道長や娘たちを含めた大掛かりな参詣であった。こういった記事は道長の栄華をアピールするものでもあったのだろう。

翌寛仁二年、三女の威子（二十歳）が後一条天皇（十一歳）の後宮に入内した。あさみどり巻には盛大な入内の様子が描かれているが、入内当夜の中に、

さて入らせたまひぬれば、殿の上おはして、御衾まゐらせたまふほど、げにめでたき御あえものにて、こと

わりに見えさせたまふ。入らせたまひて後のことは知りがたし。　（②一四〇）

とあり、なんと倫子は娘の初夜の夜具を掛ける役を担当している。こういった役を高貴な母親が務めるというのも珍しいのではないだろうか。

その年の十月、威子は早くも立后している。これで道長の娘三人が三后を占めることになった。『小右記』に「一家立三后、未曾有なり」（寛仁二年十月十六日条）とあるように、それは道長の栄華の絶頂を象徴することでもあった（その祝いの宴で道長は「この世をば」歌を詠じている）。しかし栄華は長くは続かない。その翌年（一〇一九年）、道長は病によって出家している。それ以後は法成寺の建立をはじめとして仏道に力をいれている。

一方の倫子は、治安元年（一〇二一）に末娘の嬉子（十五歳）が東宮（敦良親王・十三歳）の尚侍として入内した際、威子の例にならって再び衾覆の役を担当している。もとのしづく巻には、

やや夜更けて上らせたまへるに、いつしかとかひがいしうむげに世馴れたる男の有様におはしますも、あさましうこの御前は思し見たてまつらせたまふ。御衾は例の上の御前参らせたまふ。　（②二一二）

と出ている。先の後一条天皇と違って、十三歳の東宮（後朱雀天皇）が女性の扱いに慣れているのに驚いたというのだが、それを見ていた倫子も珍しいのではないだろうか。

嬉子の入内を見届けた後、倫子は安心したかのように出家している。それ以後、参内することもなくなった（呼称も「尼上」が見られるようになる）。そうして治安三年（一〇二三）、『栄花物語』御賀巻では、一巻を使って倫子の六十賀が娘たちによって盛大に催されている。これが倫子の栄華のピークでもあった。もはや倫子は祝われる側になったことが印象付けられている。

七　栄華の先の悲哀

その後は早すぎる嬉子の死をはじめとして、彰子の出家といったマイナス要素が描かれる。彰子の出家の折は、次のように記されている。

　さばかりめでたき御有様の、にはかにひきかへさせたまふをば、殿の御前をはじめたてまつり、殿ばら、上の御前せきもあへず泣かせたまへば、宮の御前いとあわただしげに思しめしたり。（ころものたま③六一）

かくしてピークを過ぎた『栄花物語』は、必然的に夫や娘の死を体験する物語に移っていくのである。もちろん威子の出産には立ち会っており、また禎子内親王の東宮入内（一〇二六年）に際しても、

　大宮あはれにうつくしう見たてまつらせたまふ。上の御前もあはれに見たてまつらせたまふ。

（わかみづ九九）

と、母妍子ともども記されている。

しかし翌万寿四年（一〇二七）九月にはその妍子が、そして同じ年の十二月には夫の道長が死去している（享年六十二）。夫を亡くした倫子の悲しみは、

　あはれ、上の御前、四十余年といふに別れたてまつらせたまふに、いといみじう思したり。さきざきの御もの思ひこそたぐひなくおぼされしか、このたびはよろづにつけてさへ思し嘆きまさりたり。

（つるのはやし一七八）

とあり、さすがに先の嬉子や妍子の時とは比べ物にならないものであった。

それとは裏腹に『栄花物語』歌合巻は、

鷹司殿の上、七十の賀せさせたまふ。女院、中宮など、例の渡らせたまふ。院は暁に渡らせたまひぬ。宮は昼内裏より出でさせたまふ。（歌合二一七）

と、倫子の七十の賀宴（一〇三五年）が行なわれている。まだ生存している彰子や威子が母のために賀宴を盛大に行なっているのだが、それこそ倫子の最後の花道であろう。

翌年、頼通の息子通房が春日の使いとなっているが、

鷹司殿の上いとかなしうしたてまつらせたまふ。つねに中宮に上は参らせたまふ。七十に余らせたまへど、御髪はゆらゆらとふさやかにておはしますも、いとめでたくおはしましける御髪なればなるべし。（歌合二五五）

と、七十を過ぎた倫子の髪がまだふさふさしていたことがあえて記されている。

長元九年（一〇三六）には後一条天皇が崩御された。それに伴い、

暁に中宮、一品宮も、北の政所のおはします鷹司殿に出でさせたまふ。（きるはわびしとなげく女房二六三）

と威子・章子内親王母子が倫子のいる鷹司殿に退出している。不幸は続くもので、その年威子は伝染病を患って亡くなった。これで倫子は夫と三人の娘に先立たれたことになる。

長寿の倫子はその後も生存し、天喜元年（一〇五三）に九十歳で亡くなるわけだが、そのことが根あはせ巻に、

今年の夏、鷹司殿の上うせさせたまひたれば、五節なども何のはえなくて過ぎぬ。（三七一）

とだけ記されている。最後に残ったのは、同じく長寿の彰子であった。

八　まとめ

倫子という女性の活躍を、摂関家の妻全般に敷衍することは危険であろう。倫子以前にも以後にも、これほど長寿で、これほど積極的に参内や外出を繰り返している摂関家の妻の例は見当たらないのだから、むしろこれは倫子独自のもの（一代限りの例外）と見るべきであろう。

果たして夫婦揃って牛車に同乗して参内・退出（出勤・帰宅）した例が歴史上にどれだけあるのか、摂関家の正妻が娘の出産に際して乳付を行なったり、衾覆の役を担当した例がどれだけあるのか、そういったことこそが倫子の特性であった。

加えて倫子は、自身が頻繁に動き回るだけでなく、自らの娘達を後宮に入内させ、自らの側近の女房達を娘達や皇子達に配置しており、そこから適宜後宮の情報を入手することにも長けていた。これも倫子独自の情報収集システムである。特に信頼を置いているのは自らの乳母子であり、自らの血縁者であるが、それ以外にも大輔命婦など古参の女房を駆使し、想像を絶するような後宮のネットワークを構築していたと考えられる。それが必然的に『栄花物語』の資料となっているのではないだろうか。ひょっとすると紫式部もその一翼を担っていたのかもしれない。

こうして倫子は、道長が亡くなった後も三十年近く生存し、摂関家の妻として行動した。その倫子が出家して参内できなくなると、今度は娘の彰子がその役目を継承し、後宮掌握に勤めているように思われる。さらには孫の禎子内親王へと継承されている可能性もある（三代に亘る）。ただし禎子と頼通・教通の関係はぎくしゃくしており、せっかくの後宮ネットワークがうまく使えていない。

こう考えると『栄花物語』は、単に道長の栄華を描いたものではなく、妻倫子や娘彰子といった女性の活躍によって、道長の栄華が支えられていたことを描き出しているのではないだろうか。それこそが歴史書はもとより、男性視点の『大鏡』とは大きく異なる歴史観であろう。たとえその歴史の捉え方に問題が存するとしても、初めて女性視点で歴史を描き出した点をこそもっと高く評価すべきではないだろうか。

（1）新田孝子氏『栄花物語の乳母の系譜』（風間書房、二〇〇三）も参考になる。

（2）百人一首最初の藤原氏も藤原敏行であるが、和歌が文化の象徴だとすると、政治と同様に文化も藤原氏が手中に収めたことを象徴していると考えられる。

（3）倫子の参内記事が多いことは、既に平井一博氏「『栄花物語』正編に見える源倫子の参内記事―その位置付けをめぐって―」（『文学史研究』三七、一九九六・十二）の中で、

歴史を叙述する場合、よほど大きな事件でも引き起こしたのならともかく、臣下の妻の日常的な行動にまで目が配れる事はあまり無い。『大鏡』が彼女たちについてほとんど具体的な記述を持たないのは歴史叙述のあり方としてむしろ自然であり、『栄花物語』と同じく編年体の形式を取る六国史や私撰国史、更には男性官人の日記などでもこれは同じである。歴史を叙述する作品としては『栄花物語』にのみ顕著なこの傾向は、恐らく先行の物語類、特に『源氏物語』から継承したものであろう。それが、女性編作者の手によって書かれたという条件と相俟って、この作品独自のスタイルとして定着したものと思われる。

と述べられている。『源氏物語』から学んだとする点など参考になった。ここに『御堂関白記』も加えておきたい。

（4）[吉海一九九二]の中で道長と倫子が牛車に同車して参内あるいは帰宅していること、倫子が乳母子などを使って後宮を

掌握していることを論じ、「女関白」としての倫子の重要性を指摘した。なお木村由美子氏「栄花物語における高松上の描かれかた―倫子との比較に触れて―」(『国文』六三、一九八五・七)によれば、

単に呼称が出てくる回数でも、倫子一五三回、明子は約五分の一の三一回である。

と圧倒的に倫子の登場回数が多い。また倫子が頻繁に参内していることについては、岩井隆次氏「従一位源倫子」(『文化』三七―一一、一九八五・十二)でも指摘されている。それによれば倫子は、寛弘三年八回、四年四回、五年七回、六年一回、七年四回、八年九回、九年九回、長和二年十五回、四年五回、五年一回も彰子のもとに参内している。また妍子のもとへは寛仁元年二回、二年五回、三年三回参内している。また野口孝子氏「摂関の妻と位階―従一位源倫子を中心に―」(『女性史学』五、一九九五・七)によれば、寛弘八年十一回、長和元年二十回、長和二年三十四回、長和四年十五回、長和五年十回とされている。

(5) 道長はこのことを恩義に感じ、終生穆子に孝を尽くした。穆子の死去に際しても「雖年高臨此期悲哉悲哉」(『御堂関白記』長和五年七月二十六日条)とその悲しみを書き付けている。

(6) 倫子は彰子が敦成親王を出産したことにより、女ながら従一位の位階を受けている。それによって道長よりも高い位となったが、もちろん後宮でも最高位になった。野口孝子氏「摂関の妻と位階―従一位源倫子を中心に―」参照。

(7) かつて藤原淑子が宇多天皇即位に際して従一位に叙されているが、淑子はもともと尚侍だったので倫子の例とは異なる。なお倫子は長和五年六月に准三后に補されているが、これも人臣の妻の初例であった。

(引用文献)

[吉海一九九二] 吉海「『御堂関白記』における「女方」について―道長と倫子の二人三脚―」(『解釈』三八―二、一九九二・二)
[吉海一九九五a] 吉海「『栄花物語』の乳母達」(『平安朝の乳母達―『源氏物語』への階梯―』世界思想社、一九九五)
[吉海一九九五b] 吉海「乳付考」(『平安朝の乳母達―『源氏物語』への階梯―』)
[吉海二〇〇三] 吉海「親類の女房」(『源氏物語の新考察』おうふう、二〇〇三)

永平親王の語りをめぐって

「十二ばかりに」に着目して

土居奈生子

一　永平親王にかんして

永平親王は、村上天皇の第八皇子である。母は、藤原師尹の女・芳子。芳子は、村上天皇の後宮において女御としてときめき、第六皇子・昌平親王、そして第八皇子・永平親王をもうけた。昌平親王は、『日本紀略』に応和元年（九六一）、六歳で薨じた記事がある。[1]幼くして亡くなったわけだが、永平親王もさほど長生きとは言えない。同じ『紀略』に永延二年（九八八）、薨じた記事があり、『尊卑分脈』によれば二十四歳だったという。[2]その短命さゆえか、彼の事績を伝える記録はわずかである。反面、『栄花物語』『大鏡』[3]には、彼の人となりを伝える長大なエピソードが挿入されており、「しれ者」（日陰のかづら①五〇八、五〇九）との評価を下されている。

『栄花物語』をいわゆる「歴史物語」として読むならば、「この親王は、先天的要因によるものか、後天的か、どうもあまり頭がよろしくなかった、むしろ悪かったらしい」ということになろう。だがこの論集の主旨に沿い、「歴史物語」として読んだ場合、この長大なエピソードはどのような輝きを放つのであろう。本稿はその試みのささやかな第一歩である。

二　史実の永平親王

まず、永平親王の一生を把握するため、わずかであるが残される古記録類の記述をもとに、年譜にして確認していきたい。

康保元年（九六四）四月、中宮・藤原安子が主殿寮にて崩御（『紀略』）。

康保二年（九六五）、永平誕生、一歳（『分脈』より逆算）。

康保三年（九六六）、二歳。四月、親王宣下（『紀略』）。

康保四年（九六七）、三歳。五月、父・村上天皇が清涼殿にて崩御（『紀略』）。七月には、母・女御藤原芳子が卒去した（『紀略』）。

安和元年（九六八）、四歳。七月、法性寺にて母・女御芳子の周忌法要が行われる（『紀略』）。

安和二年（九六九）、五歳。七月、法性寺にて叔父の右中将藤原済時が親王の外祖父で左大臣・藤原師尹の五十歳の賀により法会を行った（『紀略』）。ところが十月には、師尹が薨去した（『紀略』）。

天禄三年（九七二）、八歳。済時の娘・藤原娍子（のちの三条皇后）誕生（『小記目録』(4)より逆算）。

天延元年（九七三）、九歳。娍子誕生（『栄花物語』より逆算）。

天元二年（九七九）、十五歳。正月四日、「八宮臨時客事」（『小目』）とあり、『大鏡』における親王大饗はこのことと考えられている。二月二十日、小一条第にて永平親王の元服式が行われた。左大臣・源雅信が加冠役で、理髪は頭中将・源正清。禄の品と合わせて、雅信には馬一頭、正清には鷹一羽が贈られた。式の後、永平親王は初参内。宴が催され、四品に叙された（『紀略』『小右記』(5)）。

天元四年（九八一）、十七歳。五月、兵部卿・四品致平親王（村上第三皇子）が中山において出家する（『紀略』）。

永延元年（九八七）、二十三歳。七月、式部卿・為平親王（村上第四皇子）。兵部卿・具平親王（村上第七皇子）が左右相撲司の別当となる由の宣旨が下される（『紀略』）。九月、中務卿・一品兼明親王（醍醐皇子）が薨去した（『紀略』）。

永延二年（九八八）、二十四歳。十月十三日、兵部卿・四品永平親王が薨去した（『紀略』『分脈』）。

右をまとめると、康保二年（九六五）に誕生し、二歳で親王宣下。三歳のとき、父・天皇と母・女御を亡くした。五歳のとき、さらに外祖父を失う。十五歳の正月、「臨時客」を催すと、翌二月には元服を迎え、四品に叙される。この成人後、生前の彼自身の事績にかんする記録は管見に入らず、永延二年（九八八）、兵部卿にあり、四品のまま二十四歳で薨去した。

当時、式部卿、中務卿、兵部卿の長官には、親王が任じられ、適任者がいないと欠官とされた。桜井の二つの論考［桜井二〇一四a・二〇一四b］を参考にし、右の記録を合わせて考えると、成人した十五歳のときまで兵部卿には異母兄・致平親王がいた。その後、永延元年（九八七）、式部卿に異母兄・為平親王、兵部卿に異母兄・具平親王があることを確認できる。中務卿には、貞元二年（九七七）より、兼明親王（前中書王。同年、左大臣から勅により親王となる。『紀略』）があったが、永延元年の薨去を受け、まもなく中務卿に具平親王（後中書王）がつき、兵部卿に永平親王がついたと考えられる。着任の時期はあきらかでないが、一年ほどで永平親王は薨去してしまった、というわけである。

三　『栄花物語』の永平親王

次に、『栄花物語』に描かれる永平親王にかんする叙述をみていく。具体的な本文は、次節以降において必要な箇所を引用して考察を加える。まず左に内容を簡略にしたものを列記し、概要を示す。(1)〜(3)は永平親王が取り上げられている箇所である。(A)～(E)は母・芳子をはじめとした小一条流の人々にかんする箇所、＊はその間で、年次や年齢が示されている箇所である。年次や年齢の表記は□で囲み、必要に応じ括弧を用いて補ってある（次節以降も同じ）。【　】に入っている漢数字は、新編全集①において付せられている章段番号である。

〈巻第一　月の宴〉

(1)村上天皇の皇子女の一人として、八の宮は兄・六の宮に比べ健やかに成長。【一五】

(A)母・宣耀殿女御が箏の琴が巧みで、村上天皇からの伝授をうけること。そこに同席した兄弟・済時も上手となること。【一七】

(B)祖父大臣・師尹は、近しい、遠い、好き、嫌いがはっきりとして、癖のある人づきあいをするところがあったこと。【一八】

＊天皇（冷泉）安和二年八月十三日、退位。東宮（円融）は御年十一で即位した。【六五】

(C)祖父大臣・師尹が（安和二年）十月十五日御年五十にて薨去。【六六】

＊天禄二年、帝（円融）御年十三になり、元服。【七三】

(2)八の宮（永平親王）の容姿端麗なことと反対に、心ばえがあやしいこと。

居所を、小一条の寝殿とし、叔父の済時が後見・養育していること。

八の宮が、済時の娘に心寄せていること、済時は心外に思っていること。

済時の甥の実方、息子・長命君が枇杷殿（延光室・敦忠女「大北の方」のもと）で養育されていること。

ふたりが八の宮を笑いぐさにしていること。

八の宮は姫君めあてに、枇杷殿へ出入りしていること。

八の宮が十二ばかりの年に、実方、長命らが宮を馬に乗せ、笑いものにすること。

冷泉院の后宮と八の宮との養子話が浮上し参り初め。かわいらしい直衣姿であるものの、八の宮は一言も発しない。

その後、何度か后宮の御所へ参上するも、八の宮は一言も発しない。

后宮の病気見舞いに参上し、済時から習った言葉を啓し、退出後、得意がる。

天禄三年（正月）一日、后宮の御所へ八の宮拝礼。挨拶の言葉として病気見舞いの折の言葉を繰り返す。女房らから失笑され、気分を害し、早々に退出。済時に事の次第を話し、呆れられる。【七八】

〈巻第十　日陰のかづら〉

(D)宣耀殿女御（娍子）を立后するに際し、四月吉日、父・済時へ贈大臣の宣旨。
済時の姉妹・宣耀殿女御（芳子）が寵愛を得ながら女御止まりであったこと。
(3)村上天皇と彼女の間に生まれた八の宮が痴れ者であったこと。
(E)同じ小一条大臣の孫として娍子が立后することを、世間では素晴らしいと評していること。【九】
（長和元年）四月二十八日、藤原娍子、立后。皇后宮となった娍子を世は幸いの例と評すること。
道長も同様に語り、所生の皇子女を八の宮と比べ優秀であることに触れる。【一〇】
三条帝と皇后宮（娍子）、和歌を交わす。【一一】

巻一・月の宴の(1)では、村上天皇の皇子女を母親とともに挙げていく、という文脈中にある。そのためつづく(A)、(B)も同様なのだが、編年体の叙述となっていない。「健やか」としたところの本文は「平らか」である。昌平親王が元服に達しない年齢のうちに亡くなったのに比べ、永平親王は無事に成人に達したことを表現していよう。

＊冷泉天皇が安和二年八月十三日に退位し、次に天皇位についた円融が十一歳であった、という記述は『紀略』と一致する。同年十月のこととして語られる、(C)の藤原師尹が五十歳で薨去するところも同様である。ところがつづく＊円融天皇の元服にかんする箇所は、年齢十三歳に矛盾はないものの、実際の元服は十四歳の、翌年天禄三年正月のことであった。一年ほど早いこととして元服が語られているわけである。

「かかるほどに」とつづいて、同じ天禄二年のこととして(2)の永平親王のエピソードが挿入されてくる。ここで永平親王が心を寄せているとされる藤原娍子は、第二節の年譜と照らし合わせてみれば、誕生しているかもおぼつかない。永平自身も七歳のはずだが、十二歳くらい、とあり、ずいぶん後のことが前倒しして語られているようである。

天禄二年（九七一）、「冷泉院の后宮」である昌子内親王は、二十二歳。夫・冷泉が譲位後、内裏から冷泉院に移ったのに同行せず、自身の屋敷である三条宮に暮らしていた［土居二〇一七］。円融天皇の御代のはじめ、藤原媓子が天禄四（天延元）年に立后するまでは、引き続き中宮位にあり、天禄二年正月二日は『紀略』によれば「中宮大饗」を行っている。つまり、『栄花物語』によって、永平親王の参り初めが行われた、と語られる頃、昌子内親王はいまだ中宮の位にあって、三条宮でその務めを果たしつつ暮らしていたのである。

天禄三年には、正月三日に円融天皇の元服式が行われたためであろう、『紀略』によれば「中宮大饗」は正月九日、例年に比べ一週間ほど後に行われている。『栄花物語』が語る天禄三年の正月の実際は、昌子内親王は天皇の元服と、大饗にからみ多忙を極め、年頭の挨拶を個別に受ける状態にあったかは疑問である。そうなると永平親王との養子縁組にかんする話は、事実であったとすれば、もっと後のことを、ここへ挿入していることになろう。もっと言えば、養子縁組の話をここへ入れるために、天禄二年時、永平親王の年齢を「十二ばかり」としてしまっていると考えられる。

巻十・日陰のかづらでは、三条天皇の後宮において、宣耀殿女御として皇子女をもうけた藤原娍子の立后を語る文脈において、永平親王への言及がある。立后の日とされる四月二十八日が、『紀略』では二十七日と、一日ずれているようだが、長和元年（一〇一二）、永平親王は薨去して久しい。そのため過去の人物として、物語現在の娍子の皇子女と比べられている。

『栄花物語』の中には、ここでみてきたような矛盾する年代記述は、ほかの箇所にもみられる。例えば、中村康夫『皇位継承の記録と文学』の第三章は、「皇位継承」をキーワードにして、こうした矛盾する記述はいかなるものなのか捉えようとした最新の研究と考えられる［中村二〇一七］。

永平親王にかんする巻一・巻末の語りについては、斎藤浩二が矛盾する年代記述にふれながら、その意図を探っている［斎藤一九九五］。同時に『大鏡』の師尹伝とも比較し、『大鏡』は、「済時への人物批判、広く言えば師尹一統への」貶めとしての性格が明瞭に看取される、とする。『栄花物語』では、「もっと直接的な動機」として「三条院の後宮にあって宿命的な対立関係におかれた宣耀殿の女御娍子（済時女）と、中宮妍子（道長次女）、その妍子を高め、娍子を低めることこそ、八の宮暗愚譚挿入」としている。

さらに斎藤は、本節でみてきた巻一・月の宴にある八の宮の語りと、巻十・日陰のかづらにある娍子と、その子ども達への道長の物言いとの照応を挙げつつ、単に九条家を高める意図もさることながら、妍子所生の「禎子内親王の将来を祝福する伏線として、首巻巻末に年紀を無視して書き加えられたものであろう」と推測する。説得力のある論考で、その後の原岡文子の論考などは、斎藤論を踏まえて述べられている〔原岡一九九六〕。斎藤論は、ただそこにとどまらず、『栄花物語』における八の宮の語りを「説話」として、歴史物語の一部としてよりも、独立性が高く、「中世説話文学の発生の原動力」を考える上で、「一つの消極的な役割を果し得る」と指摘する。中世説話文学の萌芽をみている、と捉えられるが、こうした別の意味合いを考える、ということは、斎藤自身、提出した考えをもってしても、なぜここに永平親王のこのような長大な語りが入るのか、という問題が、今ひとつ解決出来ていなかった、あるいはここに入った理由がひとつではない、ということに自覚的であった、ということではないだろうか。

四　成人前の物語

本節では、第三節で確認した小一条流の列でなく、村上天皇の皇子女の列から永平親王をみてゆくために、適宜、本文を引用し、考察する。まず巻十の、物語世界における後代からの永平親王批評を一度、脇におき、巻一を対象に、巻末の永平親王にかんする語りを位置づけたい。

巻一は、年代として宇多天皇から円融天皇までの御代、六代、八十五年間を扱っている。だが、宇多・醍醐・朱雀天皇にかんする叙述は短く、系譜、所生の皇子女について触れる程度である。大半は、村上天皇の御代にかんする叙述であり、「天皇の外戚関係に基づく藤原北家（とくに九条流。以下略）の発展史を後宮を中心に叙述することに眼目があった(6)」とされる。

永平親王は、村上天皇の第八皇子である。村上天皇の皇子女にかんしては、母親である女御・更衣が一通り紹介された後、「一の御子」である広平親王の誕生と、憲平親王の誕生、立太子という次代を決する緊張感の中に語り起こされている。

つづいて三番目以降の皇子女について、第二節で触れた異母兄弟の親王ほか、内親王を含め列挙される。その中に永平親王も登場する。第三節で(1)とし、概要を示した箇所である。

> はかなくて年月も過ぎて、この御方々（村上天皇のキサキたち）、われもわれも劣らじ負けじと、みなただならずおはして、御子たちいとあまた出で来集りたまひぬ。按察の御息所、男三の宮（致平）・女三の宮（保子）生みたてまつりたまひつ。また、この九条殿の女御、男四（為平）、五の宮（守平）生れたまひぬ。また、宣耀殿女御、男六（昌平）、八の宮（永平）生れたまへりけれど、六の宮ははかなくなりたまひにけり。八の宮ぞ平らかにておはしける。麗景殿女御、男七の宮（具平）、女六の宮（楽子）生れたまひにけり。式部卿宮の女御、女四の宮（規子）ぞ生みたてまつりたまへりける。広幡の御息所、女五の宮（盛子）生れたまへり。按察の御息所、男九の宮（昭平）生れたまふなどして、また、九条殿の女御、女七（輔子）、九（資子）、十の宮（選子）など、あまたさしつづき生ませたまひて、なほこの御有様世に勝れさせたまへり。かくいふほどに、おほかた男宮九人、女宮十人ぞおはしける。
>
> （月の宴①二七～二八。カッコ内は論者による補い）

右の「宣耀殿女御」が母・藤原芳子のことで、二人の皇子、昌平、永平については、第一～三節でみてきたとおりである。

注意したいのは、「男〜の宮」たちの「〜」、数字による順番は、必ずしも生まれた順ではないことである。例えば、第六皇子の昌平親王は、『紀略』薨去時の記事にある「年六」から逆算すると、天暦十年生まれとなり、第五の守平親王より早い出生となる。(7) また第九皇子の昭平親王は、天暦八年生まれで、やはり第五の守平親王、第六の昌平親王よりも早い出生となる。この順番は何も『栄花物語』独自のものではなく、『尊卑分脈』でも共通で、当時の公認のものであろうから、特にここでは深入りしない。生まれた順番でゆくと、「おほかた男宮九人、女宮十人」とされる村上天皇の皇子女、男女を通じて永平親王が恐らく最後になることを押さえておきたい。第二節の年譜において、最初に村上天皇の中宮・藤原安子の崩御を挙げておいた。彼女の死は、第十皇女（選子内親王）を出産してまもなくのことであった。それより後に、永平親王は生まれているのだが、右の引用本文からは、そうした年齢の状況が読み取れない。

村上天皇の皇子女が一通り紹介された後、物語は女御ほか、後見する公卿たちについて語っていく。そして再び東宮の様子から、皇子女たちの様子が、村上天皇やほかの人々にかんする語りの中に差し挟まれ展開する。

かくて、東宮四つにおはしまし年の三月に、元方の大納言なくなりにしかば、そののち、一の宮も女御もうちつづきうせたまひにしぞかし。そのけにこそはあめれ、東宮いとうたてき御物の怪にて、ともすれば御心地あやまりしけり。（中略）

やうやう御元服のほども近くならせたまへれば、御女おはする上達部、親王たちは、いたう気色ばみ申したまへど、かくおはしませば、ただ今さやうのこと思しめしかけさせたまはぬに、先の朱雀院の、女御子（昌子）またなきものに思ひかしづききこえさせたまひしを、さやうに思しめしたるは、后に据ゑたてまつらん御本意なるべし。さればその宮参らせたまふべきに定めありて、こと人々、ただ今は思しとどまりにけ

り。　　（月の宴①三四～三五）

東宮・憲平が四歳の年は、天暦七年（九五三）にあたり、その三月に藤原元方が卒することは、『公卿補任』[8]の同年卒伝にみえ、史実との矛盾がない。広平親王と、その母である祐姫は、元方の死後、まもなく死んでしまうような語り口であるが、史実としては二十年後のこと、となる。ここでは、元方、祐姫、広平親王の死霊が、東宮・憲平を幼少より苦しめる病の原因とされている。

つづいて元服を迎えようとする東宮・憲平、元服時の添い臥に選ばれる昌子内親王の条となる。この二人は同年齢である。『紀略』『村上天皇御記』[9]によると応和元年（九六一）十二月、十二歳の年末、昌子内親王に対し女子の成人式である髪結いの儀が行われ、内親王は三品に叙されている。東宮・憲平は、『紀略』によると応和三年二月、十四歳の年に元服が行われ、その夜、昌子内親王が妃として憲平のもとへ入っている。

つまり、引用の箇所は、恐らく東宮・憲平が十二～十三歳の年、応和元～二年、元服前のころを語っているのである。元服式そのものは語られていない。

かかるほどに、后宮も帝も、四の宮（為平）をかぎりなきものに思ひきこえさせたまひければ、その御気色にしたがひて、よろづの殿上人、上達部、靡き仕うまつりてもてはやしたてまつりたまふほどに、やうやう十二三ばかりにおはしませば、御元服の事おぼしいそがせたまふ。御女持たまへる上達部は、いみじう気色ばみきこえたまふに、宮の大夫と聞ゆる人、源氏の左大将（源高明）、えもいはずかしづきたまふ一人女を、さやうにとほのめかしきこえたまひければ、帝も宮も御気色さやうに思しければ、喜びてよろづしととのへさせたまひて、やがてその夜参りたまふ。例の宮たちは、わが里におはし初むることこそ常のことなれ、これは、女御、更衣のやうに、やがて内裏におはしますに参らせたてまつりたまふべき定めあれば、例の女御、

更衣の参りはさることなり、これはいとめづらかにさま変り今めかしうて、御元服の夜やがて参りたまふ。（月の宴①三六～三七）

右は、為平親王の元服にまつわる語りである。為平親王は、憲平親王と同じ藤原安子腹で、第四親王。第三親王の致平親王の元服前後の語りがなく、第四親王へと進むのは、中村康夫が指摘するように、為平親王が「皇位継承」に絡み、その後、安和の変が起こったためであろう〔中村二〇一七〕。

話を引用部分へ戻すと、為平親王が「十二三」歳の年齢のころとは、『紀略』からの逆算により応和三年（九六三）から四年となる。先述した憲平親王の元服と同日の婚姻は、応和三年二月のことであった。そして為平親王が実際に元服式を迎えるのは、『紀略』により康保二年（九六五）八月、彼が十四歳でのことである。さらに源高明の娘と婚姻にいたるのは、『村記』により康保三年十一月のことであったと知られる。

そこからすると引用冒頭の「かかるほどに」とは、「かれこれするうちに（時は流れ）」の意となろう。先の応和元～二年を過ぎて「かれこれ」の中に、具体的に語られなかった応和三年二月の兄・東宮の元服・婚姻も入っていると考えられる。そうした中で、同じ応和三年頃から為平親王の元服の準備が始まった、ということである。

憲平・為平、どちらの場合も元服が近い、ということで娘を添い臥にと志す公卿らが「気色ば」む、とある。元服と同時に婚姻が行われるという前提に立てば、元服に先立ち「妃」[10]の選定が行われることになる。選定に要する期間も必要になろうし、実際に妃が決まれば婚姻のための準備期間も必要になろう。

論者は、幼少より宮中で育った昌子内親王の成人式前後に、宮外に里第となる屋敷を、恐らく村上天皇が準備させたであろうことを指摘した〔土居二〇一七〕。憲平と同じ歳であるのに、一年以上、先行して行われた成人式、その前後の期間で行われた里第の準備。憲平の元服時、その妃となることを前提にこれらが行われていたとすれば、妃の選定から実際に婚姻にいたるまで二年近くを要していることになる。

同様に為平の場合も、元服の準備から、一～二年を要して実際に元服にいたる、と考えながら、ここの条を読むべきであろう。それ故に、準備に入る年齢が「十二三ばかり」と揺れているのである。十四歳で元服すべく、妃の選定が行われ、宮中での「御元服の夜」、左大将の娘が添い臥として入った、と語られる。実際のところ、源高明の娘が為平の親王妃として宮中へ入ったのは、元服から一年以上経過してのことであった。妃の選定自体、難航したことが考えられる。あるいは宮中に迎える「嫁取婚」を採用したことに原因があるかもしれないが、そうした「妃」の選定における緊張感を『栄花物語』は語らずに、憲平の元服・婚姻同様、為平の元服・婚姻も滑らかに事が進行したかのように語っている。

中村には、右にみてきた憲平の元服、為平の元服・婚姻を含め、他の事項との年次、順序などの矛盾を明らかにした上での詳細な分析がある〔中村二〇一七〕。参考に値するが、憲平の元服・婚姻の時期を、為平のそれにかんする「十二三ばかり」を根拠に、「十二三歳の頃と読んでさしつかえないものと思われる」とする。そして為平の元服・婚姻を「応和三年から四年のこと」と、為平が十二～三歳の時期に元服・婚姻をすませてしまう、と先に引用した本文を読んでいる点は、私見と異なる。

この後、物語は、重明親王、藤原師輔の薨去、安子の懐妊から出産、薨去、葬送、その後の法要とつづく。その間に人々の動静が織り込まれる。安子崩御の応和四年（九六四）、十六歳と考えられる保子内親王にかんするエピソードも入ってくる。

かかるほどに、按察の更衣の御腹の女三の宮（保子）、琴をなんをかしく弾きたまふと聞しめして、帝、「いかでその宮の琴聞かん。参らせたまへ」と、御息所にたびたびのたまはせければ、母御息所いとうれしく思して、したてて参らせたまへり。上、昼間のつれづれに思されけるに渡らせたまひて、「いづら、宮は」と聞えたまへば、「こなたに」と聞えたまへれば、ゐざり出でたまへり。十二三ばかりにて、いとうつくしげに気高きさましたまへり。気近き御けはひぞあらせまほしき。帝、いづれも御子のかなしさは分きがたう思しめされて、うつくしく見たてまつらせたまふに、母御息所におぼえたまへりと御覧ずべし。御息所もきよげにおはすれど、もの老い老いしく、いかにぞやおはして、すこし古体なるけはひ有様して、見まほしきけはひやしたまはざらん。姫宮はまだいと若くおはすれば、あてやかにをかしくおはするに、御琴をいとをかしう弾きたまへば、「聞きたまふや。これはいかに弾きたまふぞ」とのたまはすれば、母御息所、三尺の几帳を御身にそへたまへるを、几帳ながらゐざりよりたまふほど、なま心づきなく御覧ぜらるるに、「『ものと何と道をまかれば経をぞ一巻見つけたるを、取りひろげて声をあげて読むものは、仏説の中の摩訶の般若の心経なりけり』と弾きたまふにこそ」とのたまふに、詮方なくあやしう思されて、ともかくものたまはせぬほど、いと恥ずかしげなり。そのをりにあさましう思されたりける御気色の、世語になりたるなるべし。かやうなることもさしまじりけり。（月の宴①五二～五四）

母「按察の更衣」は藤原正妃。保子内親王の年齢の表記から、実際はもっと前の出来事が、「かかるほど」の語により挿入的に置かれている。永平親王のエピソードがずいぶん前倒しで置かれていたのとは、ちょうど逆になる。これまで確認してきた東宮・憲平や為平親王のエピソードから考えると、恐らく女子の成人式である裳着の前の出来事として語るために「十二三ばかり」とあるのだろう。もうじき成人式を迎えようとする内親王の成長ぶりと同時に、その母の「世語」となった失敗談を伝えている。

この後、物語は村上天皇の病悩、崩御、御世替わりへと進むが、ここには冷泉即位後における皇太子問題が、ところどころに差し挟まれる。為平親王を皇太子にすえる可能性が取りざたされるが、それが断たれ、守平親王が東宮となる。失意の舅・源高明が語られ、為平が「童におはしましをり」の狩の様子が世間で回顧される。狩が行われたのは、康保元年（九六四）と考えられており、この時、為平親王は十三歳。翌年、十四歳に元服を迎えるのであった。

父帝、母后の寵愛が深く、供奉の公達の顔ぶれもかなりなもので、誰が後見となっても為平親王の将来が明るい様子を示すエピソードである。大々的に狩を行うこと自体、成人を迎えるにふさわしく成長した為平親王をアピールするもので、「御元服の事おぼしいそがせ」た、という先の引用部分を語り直す、あるいは補うようでもある。「かかるほどに」の中に一緒にせず、世間の口端にのぼるかたちで、元服・婚姻前の為平親王の盛儀を語る。立太子が叶わなかった悲哀が深まる、まさに物語的な方法と言えよう。そして物語は安和の変へと向かうのである。

安和の変の後は、「はかなく月日も過ぎて」と、冷泉天皇の譲位となる。東宮・守平が即位し、二歳の師貞親王が東宮となった。この時、天皇となった守平の年齢は十一歳。この後、語られる元服の年齢（十三歳）が史実と異なる点は、第三節でみたとおりである。

かくいふほどに、天禄二年になりにけり。帝、御年十三にならせたまひにければ、御元服の事ありけり。九条殿の御次郎君とあるは、今の摂政殿の御さしつぎなり、兼通と聞ゆ、このごろ宮内卿と聞ゆ、その御姫君参らせたてまつりたまふ。（中略）女御いとをかしげにおはしければ、上いと若き御心なれど、思ひきこえさせたまへり。　（月の宴①七五）

引用からは、元服と婚姻が同時のような印象を受ける。だが、実際の元服は十四歳の天禄三年であり、女御・

藤原媓子の入内は『紀略』によれば天禄四年のことであった。一年ずつずれるのだが、為平親王の時と同様、同時に行われたような語りとなっている。

村上天皇の皇子女について語る際、物語はあくまでも子どもとして語ろうとするためか、元服（成人）前の時期にこだわりを持っているようである。これは、本節で具体的にとりあげなかった皇子女についても共通している。東宮・憲平、そして為平親王、守平親王については、成人後の様子もところどころにみられる。やはり子どもとしての位置づけから、実際に即位した憲平・守平、二人の天皇の御世について巻一の中で語りおさめてしまおうとしていると考えられる。そこには、二人の間にいた為平親王の存在も重く、とりあげられることになる。

五　「十二ばかり」の物語

前節をふまえ、巻一巻末の永平親王にかんする語りを、本文を引用しながら改めてみてゆきたい。先に引用した円融天皇の元服・婚姻から、物語は資子内親王、選子内親王のその後にふれるなどして、永平親王の語りとなる。

かかるほどに、かの村上の先帝の御男八の宮、宣耀殿女御の御腹の御子におはします、いとうつくしくおはしませど、あやしう、御心ばへぞ心得ぬさまに生ひ出でたまふめる。御叔父の済時の君、今は宰相にておはするぞ、よろづにあつかひきこえたまひて、小一条の寝殿におはするに、この宰相は枇杷の大納言延光の女にぞ住みたまひける。母は中納言敦忠の御女なり、えもいはずうつくしき姫君捧げ物にしてかしづきたまふ。かの八の宮は、母女御もうせたまひにしかば、この小一条の宰相のみぞよろづにあつかひきこえたまふに、まだ幼きほどにおはすれど、この八の宮いとわづらはしきほどに思ひきこえたまへれば、ゆゆしうてあへて見せたてまつりたまはずなりにたり。幼きほどはうつくしき御心ならで、うたてひがひがしく痴ればみて、またさすがにかやうの御心さへおはするを、いと心づきなしと思しけり。宰相の御甥の実方の侍従も、この宰相を親にしたてまつりたまふ。この姫君の御兄にて、男君は長命君といひておはす。大北の方とりはなちて、枇杷殿にてぞ養ひたてまつりたまひける。その君達もただこの宮をぞもて笑ひぐさにしたてまつりたまひければ、ともすればうちひそみたまふを、いとどをこがましきことに笑ひたてまつりたまへるに、にくさは姫君をいとめでたきものに見たてまつりたまひて、つねに、参り寄りたまひけるを、宰相むげに心づきなしと思しなりにけり。（月の宴①七七〜七八）

「かかるほどに」は、物語で円融天皇が元服したとされる「天禄二年」前後くらいになるわけだが、叔父の藤原済時が万事の面倒をみている、とあるので、三歳で両親を、五歳で母方の祖父をなくした永平親王の成長を、環境もふくめ、もっと前の時期から語り直していると言える。容姿は可愛らしいのだが、気性に問題のあることがまず指摘されている。幼少で両親をうしなったため、実質的な養育にあたる藤原済時とともに語られることになるのは、自然なことであろう。小一条の屋敷を居所とし、済時の姫君に心寄せる。従兄弟達に「もて笑ひぐさ」にされ、「笑」われている、とあるように「痴れ」者として、話題に事欠かなかったようである。

この八の宮、十二ばかりにぞなりたまひにける。この御心ざまの心得ぬ歎きをぞ、宰相はいみじう思したる。実方の侍従・長命君など集りて、「馬に乗りならはせたまへ。乗らせたまはぬはいと悪しきことなり。宮たちはさるべきをりをりは馬にてこそ歩かせたまへ」とて、御厩の御馬召し出でて、御前にて乗せたてまつりて、ささと見騒げば、面いと赤くなりて、馬の背中にひれ伏したまへば、いみじう笑ひののしるを、宰相かたはらいたしと思すに、「抱きおろしたてまつれ、恐しと思すらん」とのたまへば、さざと笑ひののしりて、抱きおろしたてまつりたれば、馬の髻を一口含みておはするを、宰相いとわびしと見たまふ。女房たちなど笑ひののしる。（月の宴①七八～七九）

「十二ばかり」という年齢表記については、すでに史実と異なることは第三節で確認した。第四節での考察を踏まえると、元服前のエピソードとして語るための年齢設定であると言えよう。そのような大事な年齢を迎えても、一向に性状が、一人前の親王にふさわしくならないことに対する済時の不安が語られている。乗馬という、親王であれば元服前に身につけておきたい技能にかんする失敗談、笑い話である。前段の従兄弟達が永平を「もて笑ひぐさ」にしている、具体的エピソードともなっている。従兄弟の二人だけでなく、馬を扱う従者や下男、「女房」といった屋敷内の者達からも永平親王が笑われてしまっている。

かかるほどに冷泉院の后宮、御子もおはしまさず、つれづれなるを、「この八の宮子にしたてまつりて通はしたてまつらん」となんのたまはするといふことを、宰相伝へ聞きたまひて、「いといとうれしうめでたきことならん。かの宮は宝いと多く持たせたまへる宮なり。故朱雀院の御宝物はただこの宮にのみこそはあむなれ。この宮は幸ひおはしける宮なり。宝の王になりたまひなんとす」とて、吉日して参り初めさせたまへり。中宮、さりとも、かの宮、小一条の宰相教へたてたらむ心のほどこよなからんと思して、迎へたてまつらせたまふ。宰相いみじうしたてて率てたてまつりたまへれば、見たてまつりたまふに、御かたちにくげもなし。御髪などいとをかしげにて、よほろばかりにおはします、うつくしき御直衣姿なりや。（中略）ものなど申させたまひけるに、すべて御答なくて、ただ御顔のみ赤みければ、かぎりなくあてに、おほどかにおはするなめりと思しけり。そののち時々参りたまふに、なほもののたまはず。あやしう思しめすほどに、后宮、悩ましうせさせたまひければ、宰相、宮の御とぶらひに出し立てたてまつらせたまふ。「参りてはいかが言ふべき」とのたまはすれば、「『御悩みのよしうけたまはりてなん』とこそは申したまはめ」など、教へられて参りたまへれば、例の呼び入れたてまつりたまふに、ありつることをいとよくのたまはすれば、宮悩ましう思せど、うつくしう思しめして、「さはのどかにまたおはせよ」など聞えさせたまふ。まかでたまひて、宰相に、「ありつること、いとよく言ひつ」とのたまへば、いで、あな痴れがましやと、いと心づきなう思して、「いかで『言ひつ』とは申したまふぞ。それはかたじけなき人を」と聞えたまへば、「おいおい、さなりさなり」とのたまふほど、いたはりどころなう心憂く見えさせたまふをわびしう思すほどに、天禄三年になりぬ。

一日には、かの宮、御装束めでたくしたてて、宮へ参らせたてまつりたまふ。聞えたまふべきことを、このたびは忘れて教へたてまつりたまはずなりにけり。宮には、八の宮参らせ給ひて、御前にて拝したてまつりたまへば、いといとあはれにうつくしと見たてまつらせたまふ。心ことに御茵などまゐり、さるべき女房たちなど華やかに装束きつつ出でゐて、「入らせたまへ」と申せば、うちふるまひ入らせたまふほど、いとうつくしければ、「あなうつくしや」など、めできこゆるほどに、茵にいとうるはしくゐさせたまひて、「何ごとをきこえたまふべきにか」と集りて、（中略）聞えあへるほどに、うち声づくりて申し出でたまふことぞかし、いとあやし。「御悩みのよしうけたまはりてなん参りつること」と申したまふものか。去年の御悩みのをりに参りたまへりしに、宰相の教へきこえたまひしことを、正月の一日の拝礼に参りて申したまふなりけり。宮の御前あきれてものものたまはせぬに、女房たち何となくさと笑ふ。「世語にもしつべき宮の御ことばかかな」とささめき、忍びもあへず笑ひののしれば、いとはしたなく、顔赤みてゐたまひて、「いなや、叔父の宰相の、去年の御心地のをり『参りしかばかう申せ』と言ひしことを、今日は言へば、などこれがをかしからん。もの笑ひいたうしける女房たち多かりける宮かな。益なし。参らじ」と、うちむづかりてまかでたまふ有様、あさましうをかしうなん。小一条におはして、「あさましきことこそありつれ」と語りたまへば、宰相「何ごとにか」と聞えたまへば、「今は宮にすべて参らじ。ただ殺しに殺されよ」とのたまはすれば、「いなや、いかにはべりつることぞ」と聞えたまへば、「『御悩みのよしうけたまはりてなん参りつる』と申しつれば、女房の十二十人と出でゐて、ほほと笑ふぞや。いとこそ腹だたしかりつれ。されば急ぎ出でて来ぬ」とのたまへば、殿、いとあさましういみじと思して、すべてものものたまはず。「いなや、ともかくものたまはぬは、まろが悪しう言ひたることとか。去年参りしに、さ申せとのたまひしかば、それを忘れず申したるは、いづくの悪しきぞ」とのたまふを、いみじと思し入りためり。（月の宴①七九〜八二）

長くなったが、大部分を引用した。本節、先の二箇所の引用と連続している長大な語りの後半部分である。「かかるほどに」とあるところから分けたが、「天禄二年」前後、永平親王が元服前の時分、といったところであろう。冷泉院の后・昌子内親王が、永平親王を養子として迎えよう、という意志を示したので、恐らくその居所である三条宮へ永平親王が参上するようになった、そのときのエピソードである。参り初めの際、容姿が描写され、その髪型からも成人前であることがはっきりとしている。

可愛らしい外見であるが、まったくしゃべらない永平親王。永平親王の「顔」、あるいは「面」が「赤」いという描写は、先の乗馬の、また『大鏡』[11]の大饗のエピソードにおいてもみられる。「さ（さ）と笑」う、「笑ひののし」る、といった表現も三箇所の引用に共通している。いくつかの笑い話が、ある程度パターン化して、保子内親王の母・藤原正妃の「世語」同様、人々の間で語り伝えられていた可能性を見出せよう。

内容に戻ると、病気見舞いの折、済時に事前に教えられたことで、ようやく口を開き、昌子内親王の機嫌をとる。ところが、正月の拝礼で再び同じことを言い、女房達から失笑を買う。親王本人は、自分が言ったことのおかしさを理解できず、女房達の態度に腹を立て、早々に退出。小一条の屋敷に戻り、その様子を済時にぶちまけ、呆れられるのであった。

永平親王をめぐる養子縁組については、(1)済時との関係は、永平親王が「親王」のままの、実質的な養親としてのものであり、(2)昌子内親王との関係は、養家へ通うかたちで成立し、財産継承をともなう可能性が高いもの、と考えられる〔倉田二〇〇四〕。倉田実は「しかし、この後、財産がどうなったのかは分からない[12]」としている。平安時代における養子制度の理解・把握のため、物語の事例を分析する立場から慎重な態度だが、他のところで指摘されている養子縁組の特徴を援用すれば、この点は明らかになるように思う。

倉田によれば、「通過儀礼は養子縁組の公表の場になる[13]」という〔倉田二〇〇四〕。昌子内親王との養子縁組が成立して公表されるとすれば、永平親王の着袴もしくは元服時に、昌子内親王側の何らかの関与がみられることになろう。着袴の記録は管見に入らなかった。物語においてこの養子話が「十二ばかり」と元服前の年齢設定で語られている流れにあることを踏まえれば、実際の養子縁組の時期が十二歳、あるいはそれより早かった[14]としても元服の際に、公表に通じるサインがみられてもおかしくはない。例えば、昌子内親王の三条宮で元服の儀が行われる、あるいは、加冠役や理髪役への禄の品々が昌子内親王の側から贈られる、といったことである。

第二節で、永平親王が天元二年（九七九）二月、十五歳で元服したことを確認した。小一条第にて行われ、左大臣・源雅信が加冠役で、理髪は頭中将・源正清であった。禄の品々も贈られた。『紀略』『小右』に記録が残るが、禄の贈り主にかんする特記は無く、藤原済時が主催し、必要な品々を用意したと考えるのが妥当であろう。

この元服の前、天元二年の正月四日に「八宮臨時客」と『小目』にあり、『大鏡』に伝えられる親王大饗のことと考えられている。『大鏡』を参考にする限り、大饗が行われたのは小一条の屋敷であろう。『紀略』によれば、同じ正月の九日、昌子内親王は皇太后宮大饗を行っている。饗所は三条宮と考えられ、中宮大饗を行ってきたときからの恒例行事として行われているようである。東海林亜矢子の論考には、一覧表で中宮ならびに皇太后宮大饗が示されている［東海林二〇〇六］。そこからは一見して、昌子内親王が大饗の開催を重んじていたことを読み取ることができる。天元二年は、親王大饗（臨時客）→皇太后宮大饗→永平親王元服という順で行われるが、永平親王側の行事にかんして昌子内親王の関与は伝えられてない。昌子内親王は粛々と自らが主催する行事を行い、二つの家が永平親王を縁にして、交流をしている節はみられない。

先の引用本文に戻る。昌子内親王家の女房達に笑われた永平親王は、退去時に「参らじ」と心の中で思い、その後、小一条の屋敷で済時に対しても「今は宮にすべて参らじ」と断言する。通いを基本とした養子縁組であれば、通いをやめる、つまり通わなくなることは即ち、養子縁組の解消に直結しよう。語られているような正月の拝礼での一度の屈辱から、永平親王が昌子内親王のもとへ通わなくなったとは考えにくい。何度か失敗を重ねる内に、三条宮へ通えなくなり、養子関係が事実上、解消してしまったのではないだろうか。元服前に養子縁組の話が持ち上がって、しばらく通ったものの、元服のころまでには話が持ち上がる前の状態に戻ってしまっていた、というわけである。これでは、可能性として指摘されていた「財産継承」も結果として、済時が期待したようにはならなかったであろう。実際は、昌子内親王より永平親王の方がずいぶん早く亡くなっていることから「継承」という事態そのものを迎えなかった、とも言い得る。

実際のところが何度かの失敗の積み重ねによるにしろ、物語では、その一度の失敗が引き起こした笑いにより、永平親王が三条宮へ通うことをやめると宣言し、幕を閉じる。永平親王にまつわる笑い話が、誇張されて、つまりは大げさに物語化されて、ここにおさめられているのである。教えられたことを繰り返し言上してしまう愚かさとともに、大人にならねばならない時期に周囲を不安にするような幼さから、子どもになさんとする相手に対し、子どもにならぬと断言してしまう愚かさも、二重に語られている。

元服が視野に入る年齢に達しながら、婚姻はおろか、一人前の親王としてもおぼつかない。まったくの子どもであるのに、「子にす」という意向に反し、自らの愚行で失笑を買い、さらなる愚行を重ねて幸いを手放す。為平親王が元服前に、華々しく狩を行い、将来が明るいものと思われたのと実に対照的である。

六　村上天皇の皇子女の列の最後に

以上、『栄花物語』巻一におさめられる永平親王にかんする語りを引用してみてきた。『大鏡』の永平親王にかんする語りを引用して比較検討することはしなかったが、すべて成人前の事柄をおもしろおかしく伝えている点は、注目に値しよう。

この背景に、永平親王が短命であったことや、成人後は人の口端にのぼるような行動を慎んでいた可能性も考えられる。だが『栄花物語』巻一の場合、村上天皇のほかの皇子女達についても、元服（成人）前の様子を主に語ろうとしている傾向が確認できた。永平親王ほか二代の天皇を含め、皇子女達があくまでも子どもとして扱われ、語られているのである。

村上天皇には、多くの皇子女があった。巻一、その子ども達にかんする語りは、「一の御子」の誕生から、次の皇太子にからむ緊張の中に始まっていた。生まれたばかりで皇太子になった憲平は、心身おぼつかず、物の怪に悩まされる。何とか即位するものの、その次をになう皇太子位をめぐり、安和の変が起こった。第四皇子・為平親王の舅である源高明が処分される。子ども達の一生、ないし半生は、皇位継承をめぐり、実に重苦しい、悲劇的な「物語」となっている。

そのような中、「世語」の語がみられる、⑴保子内親王とその母・按察の更衣、⑵永平親王のエピソード、この二つの語りは思わず読み手の笑いを誘う。特に永平親王のエピソードの場合、笑われる対象が母など身内・親族ではなく皇子本人である。ここから、なぜ親王である村上天皇の皇子の不名誉な話をここまで赤裸々に、長々と語るのか、という「歴史物語」研究上、至極もっともな疑問が浮上する。だが元服前であるが故に、周りが「笑ひぐさ」にしても、あるいは失敗について「笑ひののし」ったとしても、仕方がないといった、一種の許容が物語世界の人々、そして読み手側の人々にはあったと思われる。こうした許容、寛容さは、『栄花物語』が「物語」であるという前提があろう。

永平親王は、「歴史物語」の登場人物達の一人として、村上天皇の皇子女の中で最後に生まれた者として、巻一巻末に登場する。皇子女達の物語を笑いの中で締めくくるための「しれ者」として。

（1）応和元年八月二十三日条に「無品昌平親王薨。年六。今上第六子。」とある。なお、『日本紀略』本文の引用、参照に際しては『日本紀略』後篇（新訂増補国史大系、吉川弘文館、一九六五）を使用した。以下、同じ。書名は二回目以降、『紀略』と表記する。

（2）『尊卑分脈』本文の引用、参照に際しては『尊卑分脈』第三篇（新訂増補国史大系、吉川弘文館、一九八〇）を使用した。以下、同じ。書名は二回目以降、『分脈』と表記する。
（3）『大鏡』本文の引用、参照に際しては新編日本古典文学全集『大鏡』（小学館、一九九六）を使用した。以下、同じ。
（4）『小記目録』本文の引用、参照に際しては『小右記』十（大日本古記録、岩波書店、一九八二）を使用した。以下、同じ。書名は二回目以降、『小目』と表記する。
（5）ここの『小右記』本文については、『龍門文庫善本叢刊』別編二（花鳥餘情、勉誠社、一九八六）、ならびに『花鳥余情　源氏和秘抄　源氏物語之内不審条々　源語秘訣　口伝抄』（源氏物語古註釈叢刊、武蔵野書院、一九七八）を参照した。なお、書名は二回目以降、『小右』と表記する。
（6）『栄花物語』①の解説、五四〇頁。
（7）『栄花物語』①の引用箇所の頭注一三には、「『紀略』の誤りか」とある。
（8）『公卿補任』本文の引用、参照に際しては国立国会図書館デジタルコレクション『国史大系　第九巻　公卿補任前編』（吉川弘文館）を使用した。以下、同じ。書名は二回目以降、『補任』と表記する。
（9）『村上天皇御記』本文の引用、参照に際しては『続々群書類従　第五　記録』（国書刊行会、明治四十二・七）を使用した。以下、同じ。書名は二回目以降、『村記』と表記する。
（10）この「妃」は、東宮・憲平であれば「東宮妃」、為平であれば「親王妃」を指す。
（11）『大鏡』一二一頁。「御おもていと赤くなりて」。
（12）〔倉田二〇〇四〕一一六頁。
（13）〔倉田二〇〇四〕六〇頁。
（14）「天禄二年」時は、永平親王は七歳。第三節でも確認したが、昌子内親王は二十二歳。夫・冷泉の退位後であるが、中宮位にあり、多忙を極め、子がなくつれづれ、といった状況にない。

（引用文献）

［倉田二〇〇四］倉田実『王朝摂関期の養女たち』（翰林書房、二〇〇四）
［斎藤一九九五］斎藤浩二「村上天皇八の宮永平親王暗愚譚―栄花物語における一つの説話に関する小考―」（『栄花物語論稿』武蔵野書院、一九九五）
［桜井二〇一四a］桜井宏徳「致平親王年譜―付　関連和歌資料集成―」（『成蹊大学文学部紀要』四九、二〇一四・三）
［桜井二〇一四b］桜井宏徳「宇治十帖の中務宮―今上帝の皇子たちの任官をめぐって―」（『中古文学』九三、二〇一四・五）
［東海林二〇〇六］東海林亜矢子「中宮大饗と拝礼」（『史學雑誌』一一五―一二、二〇〇六・十二）
［土居二〇一七］土居奈生子「〈大宮〉考―古記録・史料にみる昌子内親王―」（『名古屋大学国語国文学』一一〇、二〇一七・十一）
［中村二〇一七］中村康夫『皇位継承の記録と文学』（臨川書店、二〇一七）
［原岡一九九六］原岡文子「永平親王暗愚譚をめぐって―女の説話・男の説話―」（『むらさき』三三、一九九六・十二）

村口進介

『栄花物語』の立后と「一の人」

歴史認識の形成

一　歴史叙述の基点としての立后

「世始りて後、この国の帝六十余代にならせたまひにけれど、この次第書きつくすべきにあらず、こちよりてのことをぞしるすべき。世の中に宇多の帝と申す帝おはしましけり。その帝の御子たちあまたおはしましけるなかに」（月の宴①一七）と起筆した『栄花物語』は、叙述が本格化する村上朝では後宮を主対象とする、勅撰国史とは一線を画した独自の天皇紀を志向していたが、村上朝の末年、冷泉天皇が即位する康保四年（九六七）以降、正編の最終年である万寿五年までの六十二年間、わずかな例外を除いて、年変わり表現を用いた編年体によって展叙してゆく。

『栄花物語』正編は、村上天皇紀と冷泉朝以降の編年体の併置によって成り立っている[(1)]とされるゆえんであるが、この冒頭部における歴史叙述の方法の変化について、福長進は「村上朝の歴史叙述のうち未だ年単位の叙述が確立していないところで、年・月・日が付されている事象」が「忠平薨去、憲平親王誕生および立太子、安子立后、師輔出家および薨去、安子薨去および法事、月の宴」という「九条流の歴史において重要なできごと」、すなわち「後宮関係の出来事と捉えうるもののうち実権勢力（特に九条流）の動静に深く関わる事象」であることに着目し、これらが「型を切り崩す要素」として働いた結果、「後宮が歴史叙述の枠組として機能しえなくな」り、「年単位の歴史叙述」が要請されたと述べた〔福長一九九五・二〇一一a〕。福長氏が九条流の発展史の視角から、天皇紀の方法を食い破ってゆく要素と見なした村上天皇紀中の年月日を明示した事項に、あらためて注目したい。

村上朝の記事で年月日を伴って記される事項は、次のとおりである。[2]

村上天皇即位　△**天慶九年四月十三日**　＊四月二十日（『貞信公記』『日本紀略』）
忠平薨去　○**天暦三年八月十四日**
憲平親王誕生　○**天暦四年五月二十四日**
憲平親王立太子　○　**七月二十三日**
安子立后　×**天徳二年七月二十七日**　＊十月二十七日（『紀略』『扶桑略紀』）
師輔出家　○天徳四年五月二日
師輔薨去　○　**四日**
師輔の法事　△　六月十余日　＊六月二十二日（『紀略』）
安子崩御　○**応和四年四月二十九日**
安子の法事　○　六月十七日
月の宴　×康保三年八月十五日　＊閏八月（『紀略』[3]）
村上天皇崩御　○**康保四年五月二十五日**

先に言及されたものの他に、村上天皇の即位および崩御を加えることができる。この一覧から月の宴、そして師輔と安子の薨去にまつわる法事などの付加的な事項を除いた、太字の事項に着目すれば、これらは⑴天皇の生誕・立太子・即位・崩御、⑵外戚の薨去、⑶后の立后・崩御にまとめることができる。天皇との外戚関係を軸に九条流の発展史を綴る『栄花物語』が、その趨勢を占うのに重要なこれらの事項へ関心を寄せることはもっともであり、そこに年月日を刻むことで承接する記事を時間の枠組みのなかに収めるだけでなく、内容的なまとまりも生む。

安子立后は「かかるほどに、天徳二年七月二十七日にぞ、九条殿の女御、后に立たせたまふ」（月の宴①三〇）と記されるが、承前には村上後宮を彩る広幡御息所、宣耀殿女御の逸話、ついで実頼、師輔、師尹の性格が描写され、「孤立した性格の強い記事」が並ぶ。「かかるほど」などの「接続詞的語句」や「年次・月日次の記事」は、このような羅列的な記事を「客観的・先験的な時間」の「線上に懸けつらねるための鉤」であり［渡瀬二〇一六a］、年月日表記が話題の中心を指し示し、叙述内容を分節する役割も担っていたと思われる。

編年体で綴られてゆく冷泉朝以降の歴史叙述においても、⑴⑵⑶の事項が概ね正確な年月日を伴なって記され続けるのはそのためであろう。いま円融朝を例に事項毎に示すと以下のとおりである。

⑴円融天皇即位	○安和二年八月十三日	
師貞親王立太子	○安和二年八月十三日	
懐仁親王誕生	○（天元三年）六月一日	
円融天皇譲位	○（永観二年）八月…二十七日	
⑵左大臣師尹薨去	○（安和二年）十月十五日	
左大臣在衡薨去	×（天禄元年）正月二十七日	＊十月十日（『略紀』『公卿補任』）
摂政実頼薨去	○　五月十八日	
大納言師氏薨去	○　七月十四日	
摂政伊尹薨去	○天禄三年十一月一日	
関白兼通薨去	○（貞元二年十一月）八日	

(3)媓子立后　　○天延元年七月一日

中宮媓子崩御　　○（天元二年）六月二日

遵子立后　　○天元五年三月十一日

『栄花物語』の歴史叙述の特徴」の一つに「事件の年代の配列の順序が比較的正確」であることが挙げられ[4]、その「配列の方法については、三種類のケースがみられ」、それは「a編年体の中に、さらにもう一度、その記事の年月日が書き出される箇所」、「b記事の月日のみが書かれる箇所」、「c月日も記さず、記事のみが配列されている箇所」であり、aの場合には「ほとんど記事の記述に誤りがな」く、cの場合には「史実との一、二年のずれがあるものもしばしばみられる」という[5]。

(1)(2)(3)がaのケースに該当するのに対し、例えば「女御の入内・退出といった話柄」がcのケースに多いことはすでに指摘がある。加納重文はcのケースについて「この種の正確な史料が乏しいといった事情もあるかもしれない」としつつ、作者の「親しく見聞した事柄（後宮女房社会の話柄）については、特に史料によって正確に記すよりも、見聞の記憶によってかなり自由に記述しているところに、いわゆる物語性の創造という点では有効な面があっただろう」と、「見聞の記憶」による「誤記」としたが〔加納一九九二〕、aやcの事項に偏りのあることからすれば、ここには記事の意図的な配置を看取してよいと思われるが、その点については後述のなかで触れたい。

編年体で綴られる冷泉朝以降も(1)(2)(3)の事項が正確な年月日を伴って記され続ける点に着目すれば、『栄花物語』はこれらの事項を基点にし歴史叙述を展開したと考えられ、本稿ではこのなかから立后を取り上げ、それが一つの歴史認識を形成してゆく具体相を明らかにしたい。

本節の最後に歴史叙述の方法が天皇紀から編年体へ切り換わった点について付言しておく。円融帝の生誕記事を欠く以外、各帝の生誕から崩御までの事項(1)は隈なく、概ね正確な年月日を伴って記される。これらの事項が天皇紀を形成する基本的な情報であることからすれば、編年体で綴られる冷泉朝以降の歴史叙述においても、即位前紀が記されなくなるなどの変質はあるものの、天皇紀の方法は編年体のなかに組み込まれるかたちで維持されているとも言えよう。「村上天皇紀と冷泉朝以降の編年体の併置」と言えば、あたかも天皇紀の方法を手放したかのような印象を受けかねないが、物語を推進してゆく枠組みとして編年体が前景化し、天皇紀を包摂したものと冷泉朝以降の歴史叙述を捉えることもできるのではなかろうか。

二　立后と「一の人」(1)

立后を基点とする歴史認識の形成の観点からまず注目したいのは、円融朝の二つの立后である。

歴史的事実		『栄花物語』の記述	
天禄元年五月二十日	伊尹任摂政	（天禄元年）五月二十日	伊尹任摂政
天禄三年正月三日	天皇元服	天禄二年	天皇元服
十月二十七日	権中納言兼通内覧	**＊記載なし**	**媓子入内**
十一月一日	摂政伊尹薨去	天禄三年十一月一日	摂政伊尹薨去
十一月二十七日	兼通任内大臣	＊記載なし	内大臣兼通任**摂政**

兼内覧

天延元年二月二九日	**媓子入内**
七月一日	媓子立后
天延二年二月二八日	兼通任太政大臣
三月二六日	兼通任関白
貞元二年十一月八日	関白兼通薨去
貞元三年四月十日	**遵子入内**
八月十七日	**詮子入内**
天元元年十月二日	関白頼忠任太政大臣、源雅信任左大臣、兼家任右大臣
天元二年六月三日	媓子崩御
天元三年六月一日	懐仁親王誕生
十月二十日	尊子内親王入内
天元五年三月十一日	遵子立后

（天延元年）七月一日	媓子立后
＊記載なし	兼通任関白
天延二年	兼通任太政大臣
（貞元二年十一月）八日	関白兼通薨去
（天元元年）十月二日	関白頼忠任太政大臣、源雅信任左大臣、兼家任右大臣
＊記載なし	**詮子入内**
（天元二年）六月二日	媓子崩御
＊記載なし	**遵子入内**
（天元三年）六月一日	懐仁親王誕生
天元五年三月十一日	遵子立后

立后に至る状況が概観できるよう、関連事項を含めた史実との対照表を掲げた。円融朝においても(1)(2)(3)の事項が正確な年月日を伴って記される一方で媓子、遵子、詮子の入内はいずれも年月日を伴わず、遵子と詮子の場合には入内順も前後するなど、史実との齟齬が認められる。この点にも留意しつつ、本節ではまず媓子の立后から取り上げる。

(A)(ア)かくて摂政には、またこの大臣（伊尹）の御さしつぎの九条殿の御二郎、内大臣兼通の大臣なりたまひぬ。かかるほどに年号かはりて天延元年といふ。よろづにめでたくておはします。女御（媓子）いつしか后にと思しいそぎたり。(イ)はじめの摂政殿（伊尹）の、東宮の御世の事を見果てたまはずなりぬることをぞ、人もあはれがりきこえける。(ウ)かくてその年の七月一日、摂政殿の女御、后にゐさせたまひぬ。中宮と聞えさす。はじめの冷泉院の中宮（昌子内親王）をば皇太后宮と聞えさす。中宮の御有様いみじうめでたう、世はかうぞあらまほしきと見えさせたまふ。帝、一品宮（資子内親王）の御方、中宮の御方と通ひ歩かせたまふ。内裏わたりすべて今めかし。(エ)堀河殿とぞこの摂政殿をば聞えさする、今は関白殿とぞ聞えさすめる。

（花山①八九〜九〇）

薨去した伊尹に代わって内大臣兼通が摂政に就く(ア)から、伊尹を悼む(イ)を挟み、(ウ)の媓子立后、そして兼通が「今は関白殿」であるという(エ)まで、ひと連なりの記事を構成している。

対照表に太字で示したように、(A)には史実との齟齬が二点指摘できるが、これらはいずれもある一つの文脈を形づくるための、意図的な記事の配置であったと考えられる。

齟齬の一つ目に兼通の任「摂政」がある。『公卿補任』など一部の史料は「関白」とするが、[6]「摂政」とするものは『栄花物語』の他にはない。通説によればこの時点の兼通は内覧で、天延二年（九七四）に太政大臣へ昇ったのち、関白を務めたとされ、[7](エ)で「堀河殿」が「この摂政殿」だと断ったうえで、急いで「今は関白殿とぞ聞えさすめる」と上書きする筆致はこの辺りの事情を踏まえた書きなしを窺わせるだけに、かえって歴史的事実に還元しえない「摂政」に意図的な改変を看取したい。

(ア)の傍線部に、摂政となった兼通が媓子立后へ向けて準備に勤しむという一文があり、それを承けて(ウ)の立后記事にあらためて「摂政殿の女御」と記し、媓子の立后が兼通の任摂政を契機とすることを強調している。(ウ)の傍線部「かうぞあらまほしき」には、(ア)と(ウ)の二重傍線部「めでたし」の響きあいも手伝って、摂政の娘の立后を理想とする物語の姿勢が読み取れる。

加えていま一つの齟齬、媓子の入内時期についても、歴史的事実で言えば兼通の任内大臣兼内覧と関連づけられる媓子入内を、物語は年次を二年前倒し天皇元服に引き付けて記す。結果的にこの記事の配置も任摂政と立后を直接結びつける方向に作用しており、すなわち(A)の史実との齟齬はいずれもが、兼通の任摂政と媓子の立后を関連づけて語るための書きなしであったと言えよう。

このように(A)を理解してみると、一見前後との脈絡を欠いて挿入された感のある前摂政伊尹を悼む(イ)も、実際には懐子は東宮師貞の即位を待たずに亡くなるので立后は叶わないのだが、[8]にもかかわらず世人の感慨としてこのように記す背景に、摂政の娘が立后することへの希求が揺曳していると見るのは少々穿ちすぎであろうか。[9]

三　立后と「一の人」(2)

立后を摂政あるいは関白も含めた「一の人」との相関で位置づけようとする文脈は次の遵子立后においても認

められる。

入内の経緯からたどり跡づけてゆきたい。薨去した兼通に替わって関白となった頼忠は早々に、「大姫君をいかで内に参らせたてまつらんと思す」（花山②九八）と入内の意向を抱くも、中宮媓子を憚って保留。入内が実現したのは媓子が崩御した後の冬であった。

> (B)その冬、関白殿の姫君（遵子）内に参らせたてまつりたまふ。世の一の所におはしませば、いみじうめでたきうちに、殿の御有様なども奥深く心にくくおはします。梅壺（詮子）はおほかたの御心有様気近くをかしくおはしますに、このたびの女御はすこし御おぼえのほどやいかにと見えきこゆれど、ただ今の御有様に上も従はせたまへば、おろかならず思ひきこえさせたまふなるべし。（同一〇一）

「世の一の所におはしませば」の一節が、「一の人」の権勢を背景にした入内を印象付け、(A)の媓子の場合と同じく「いみじうめでたし」と寿ぐ一方、波線部では、先に入内し親しみも興趣もある詮子に対して、遵子への恩寵が不安視されている。

生前の兼通への反発も手伝って媓子在世中に断行された詮子の入内は、「右大臣（兼家）はつつましからず思したちて、参らせたてまつりたまふ、ことわりに見えたり」、「中宮（媓子）をかくつつましからず、ないがしろにもてなしきこえたまふも、昔の御情なさを思ひたまふにこそはと、ことわりに思さる」（同九九）と繰り返し批判的な言辞を織りまぜつつも、いずれの文も「ことわりに」で結び、左遷の憂き目を被った意趣返しとしての妥当性が語り手、頼忠を含む上層貴族の総意として認められている。そしてこの二文に挟まれて「参らせたまへるかひありて、ただ今はいと時におはします」の一文がある。媓子に憚ることなく遵子に先んじて入内した「かひ」あって詮子は帝からの寵愛を得たという。またその「御有様」は「愛敬づき気近くうつくしう」（同九九〜

一〇〇）いらっしゃったとあり、(B)の波線部はこれら一連の叙述を踏まえる。詮子の「（御）有様」に対して、波線部を逆接で承ける二重傍線部「ただ今の御有様に上も従」うの一節が強調するように、(B)で同じ「御有様」の語句で前面に押し出されているのは頼忠である。

このように遵子と詮子の入内記事は対比的に意義づけられており、詮子の入内記事を史実と違え、遵子に先行して配するのも、このような文脈を形成するための配置であったと思われ、(B)に直接して、「いかにしたることにか、かかるほどに梅壺例ならず悩ましげに思したれば」（同一〇一）と語り出される詮子の懐妊記事も、先行して入内したことによる寵愛の帰結として、おのずと受けとめられる。

詮子が出産を控えて内裏を退出するに際して、「さべき上達部、殿上人みな残るなう仕うまつりたまふ。世はみなこの東三条殿にとまりぬべきなめりと見えきこえたり」（同一〇二）と、兼家に人望の集まる世情が記される。頼忠はそれを「いと世の中をむすぼほれ、すずろはしく思」いつつも、「さはれ、とありともかかりとも、わがあらば女御をば后にも据ゑたてまつりてんと思しめすべし」（同一〇二～三）と、いかなる状況であろうと自らが関白であれば立后もできようと、遵子立后への強い意欲を見せる。そして円融帝はこの頼忠の意向を汲むかたちで、第一皇子所生の詮子ではなく、遵子の立后を企図する。

(C)帝、太政大臣の御心に違はせたまはじと思しめして、「この女御后に据ゑたてまつらん」とのたまはすれど、大臣、なまつつましうて、一の御子生れたまへる梅壺を置きてこの女御のゐたまはんを、世人いかにかは言ひ思ふべからんと、人敵はとらぬこそよけれなど、思しつつ過ぐしたまへば、「などてか。梅壺は今はとありともかかりとも、かならずの后なり。世も定めなきに、この女御の事をこそ急がれめ」と、つねにのたまはすれば、うれしうて人知れず思しいそぐほどに、

（同一〇六～七）

詮子を差し置いて遵子が立后することへの世評を慮って躊躇する頼忠を、円融帝は『源氏物語』の桐壺帝が藤壺の立后を弘徽殿女御に説き伏せた「春宮の御世、いと近うなりぬれば、疑ひなき御位なり。思ほしのどめよ」（新編全集「紅葉賀」①三四七）を彷彿とさせる言葉で励まし[10]、翌天元五年（九八二）三月十一日、遵子は中宮に立つ。

「これにつけても右大臣あさましうのみよろづ聞しめさるる」といった兼家の不満を差し挟みつつ、「いへばおろかにめでたし。太政大臣のしたまふもことわりなり」と頼忠のふるまいを是認する一方で、頼忠の懸念どおり、「やすからぬことに世の人なやみ申して」と世評は芳しくなく、「素腹の后」という綽名まで負うが、物語はそれを逆接で切り返し、「されどかくてゐさせたまひぬるのみこそめでたけれ」と立后それ自体は「めでたし」と寿ぐ（同一一二）。「世人」の批判を円融帝へ向ける一方〔中村二〇〇二〕、「わがあらば」と立后への意欲を示した頼忠のふるまいに「ことわり」を認める点に、娘の立后を「一の人」との脈絡で見定めようとする物語の認識が窺われる。

このような文脈で立后を取り押さえる物語のあり方は、次の諟子の入内記事にも見られる。花山朝でも引き続き関白を務める頼忠は、他の予定者に先駆けて諟子を入内させた。

(D)いつしかとさべき人々の御女どもを気色だちのたまはす。太政大臣この御世にもやがて関白せさせたまひ、中姫君十月に参らせたまふ。前を払ひ、われ一の人にておはしませば、さはいへど御心のままに思し掟つるもあるべきことなりとぞ見えたる。　（同一一九）

この直後にも「かくやむごとなくおはしませば、いといみじう時にしも見えさせたまはねど、大臣、后にはわれあらばと思すべし」（同）と、遵子の場合と同じく、帝の寵愛が薄くとも、自分が関白であるかぎり立后も可能だとする。(D)の傍線部に直接する「御心のままに思し掟つるも」は立后までも含意しようが、[11]実際には立后のなかった諟子について、このような記述の見えることは、「一の人」との脈絡で立后を見定める視点が定着したことを示していよう。

四　歴史認識の形成

前節までに検討したような歴史叙述が、どのような意味をまとい、一つの歴史認識を形成しているかについて考えておきたい。

媓子、遵子の立后について日本史学の瀧浪貞子氏は、歴史的に「立后が、所生皇子の立太子を実現する上での有効な手段であったこと」を確認したうえで、「関白兼通が娘媓子を入れてただちに立后したのも、その兼通兄弟の争いの余慶で関白となった左大臣頼忠が娘遵子を立后させたのも同じ理由によるもので、皇子の立太子・即位を実現して外戚の立場を得るためであった」と述べた〔瀧浪一九九五〕。

しかし、彼女たちが皇子を儲けることはついになく、結果的に所生皇子のいない藤氏の立后の先例を切り拓くかたちとなった。とりわけ「一の御子おはする女御を措きながら、かく御子もおはせぬ女御の后にゐたまひぬること、やすからぬことに世の人なやみ申して」（花山①一一一）とされる遵子立后にどのような理路を見出し、正統性を担保するかは物語の大きな課題であり、その解答が「一の人」との脈絡で取り押さえることであった。

巻第三十六根あわせに後朱雀帝の女御、生子（教通女）の立后をめぐる次の叙述が見える。

(E)十四日に、斎宮（良子内親王）准三宮の宣旨下り、年官年爵賜はらせたまふ。この折にやと世の人思ひ申したりつる梅壺の御事（生子の立后）、さもあらずなりぬれば、（教通ハ）いみじう思し嘆かせたまふ。女御殿（生子）も、殿（教通）の思しめしたる御気色を御覧ずるに、わりなく苦しう思しめさる。関白殿（頼通）を、つゆ御心寄せなく情けなくおはしますと、恨めしう思ひ申させたまふ。一の人の御女ならぬ人の、御子おはしまさぬがならせたまふ例はまたなきことと（後朱雀帝ハ）思しめして、せさせたまはぬなりけり。

（③三三三～四）

入内以来、寵愛を蒙り、世評の高さにもかかわらず、ついに生子の立后は叶わなかった。それは傍線部のように、「一の人」の娘でなく、所生皇子のいない女御の立后例がないことを帝が勘案した結果であり、[12]ここには『栄花物語』の歴史叙述の視座をなすもの」〔福長二〇一八〕としての藤氏の娘の立后条件が明確に示されている[13]〔福長二〇一二〕。むろん「一の人」の娘で、かつ皇子を生んでいることが最も望ましく、遵子と詮子の立后争いにおいても懐仁親王誕生を承けて記される「かくて関白殿の女御（遵子）さぶらはせたまへど、御はらみの気なし。大臣いみじう口惜しう思し嘆くべし」（花山①一〇四）、あるいは出産後「里がち」な詮子を帝は「やすからぬこと」と「思しめ」すが、兼家は「わが一の人にあらぬを、何かはなど、思しめすなりけり」（同一〇六）という叙述には、右の二つの条件が満たされぬことへの相克を読むことができよう[14]。

この「一の人」との脈略で立后を見定める叙述のあり方についていま一つ、別の面から捉えたい。九条流の発展史を意図する『栄花物語』にとって媓子、遵子の立后はそれを妨げる事象と見なされるが、この並びには定子の立后記事も加えることができる。

(F)摂政殿（道隆）、御気色たまはりて、まづこの女御、后に据ゑたてまつらんの騒ぎをせさせたまふ。われ一の人にならせたまひぬれば、よろづ今は御心なるを、この人々のそのかしにより、六月一日后に立たせた

まひぬ。世の人、いとかかるをりを過ぐさせたまはぬをぞ申すめる。（さまざま①一七二）

一条帝の「御気色たまはりて」、道隆が定子立后へ動く様は遵子の場合の頼忠と同じであるが、高階一族による「そそのかし」もあったにせよ、「世の人」の批判は兼家の病臥中に立后を断行した道隆に向けられており、傍線部が権勢をほしいままに、専横的にふるまう道隆像をかたどる。

(F)に直接して、中宮大夫となるも道隆への反発から、中宮に寄りつかない道長を「御心ざまもたけしかし」（同）と評する一文があるが、遵子立后の際には兼家が「いとど御門さしがちにて、男君達すべてさべき事どもにも出でまじらはせたまはず」（花山①一一二）といった猛烈な反発を見せていた。この共通点を捉えて「このような二人の反発は、個人的な政治的意欲の表れとしてではなく、遵子立后・定子立后が、師輔―兼家―道長と展開する歴史の流れ（九条流の発展）と相即しない出来事であるがゆえに、異例な反応として記されるのであろう」という指摘がある。(15)

この指摘を本稿の関心に引きつけて言えば、この「相即しない出来事」には媓子立后も含められ、そのいずれもが「一の人」との脈絡で語られることにあらためて注意したい。(16)これ以降の立后記事、例えば道長娘、妍子、威子は所生皇子のいない立后例であり、「一の人」との脈絡で語られてもよい事象ながら、そのような記述は見えず、むろん道長が「われあらば」といった意欲を見せることもない。

これに関わっては渡瀬茂に、『栄花物語』に「敗者の政治的意志は描かれても、勝者の政治的意志は描かれない」、「勝者たちの政治的意志を肯定する論理をこの作品は持たない」との指摘があり〔渡瀬二〇一六b〕、福長進はそれを「「政治的意志」は、それが否定されるところにかろうじてあらわれているということであろう」と換言している〔福長二〇一一b〕。(F)の傍線部、道隆の「われ一の人にならせたまひぬれば、よろづ今は御心なるを」

は、(D)の頼忠の「われ一の人にておはしませば、さはいへど御心のままに思し掟つるも」と同文的反復であり、これらも「敗者の政治的意志」の一つと見てよかろうが、(F)で道隆へ向けられた批判的な眼差しは、すでに(D)にも胚胎していたように思われる。

遵子の時には兼通、媓子に義理立て、入内を遅らせるなど敬譲の態度を示した頼忠であったが、諟子の入内記事(D)では、忯子、姫子よりも後の入内である史実を改変したうえ、傍線の直前の「前を払ひ」によって、「一の人」の権勢を嵩にかかり、他の「御女ども」に先んじて諟子の入内を断行する頼忠像をかたどる。「前を払ひ」はやや意味の取りづらい一節であるが、[17]西本願寺本、富岡本に従って「まづほかをはらひ」で本文を立てる『栄花物語詳解』の施注、「かく外より、女御をたてまつらむとするを、はらひのけて、我御女をまゐらせたるは、あまりなりと思へども、頼忠は、関白なれば、我心のままにはからひつるも、然るべく、道理に見えたりとなり」が、いかにも示唆的である。

このように「一の人」との脈絡で立后を見定める文脈には、九条流の発展に「相即しない出来事」である媓子や遵子、定子の立后を物語のなかにおさめるとともに、「一の人」の権勢によって立后を実現する頼忠、道隆を九条流の発展を妨げる人物として位置付けようとする論理が読み取れるのではないだろうか。

立后を「一の人」との脈絡で捉える歴史叙述は、兼通から頼忠、頼忠から道隆へと書き継ぐなかで徐々に醸成されたものであり、その過程で九条流の発展史に相即しない立后を物語に定位する意味も担っていったと思われる。歴史叙述の基点として正確な年月日を伴って記される立后記事が一つの歴史認識を形成する機制の一端について、物語の展開に即し立后記事をたどることから明らかにした。

（1）新編全集①「解説」五五二頁。本文の引用は新編日本古典文学全集（小学館）により、巻名・冊番号・頁数を記し、傍線など私に付した。以下同。

（2）年月日が史実と一致するものに○、月が異なるものに×、日が異なるものに△を付し、適宜＊印に正しい月日と史料名を略号で示した。年変わり表現によって補った和暦には（　）を付した。以下、同じ。

（3）『西宮紀』『扶桑略紀』は「八月」とする。

（4）新編全集①「解説」五五〇頁。

（5）新編全集①「解説」五五三頁。

（6）ほかに『扶桑略記』『百錬抄』『二代要記』などが「関白」とする。

（7）山本信吉「平安中期の内覧について」（『摂関政治史論考』吉川弘文館、二〇〇三）など参照。

（8）師貞が即位したのちの永観二年十二月十七日に皇太后を追贈（『紀略』）。

（9）次節で述べる遵子立后は頼忠の「関白」と脈絡づけられており、その意味において兼通を「摂政」とした真意は不明だが、伊尹の「摂政殿」を意識した書きなしであったかもしれない。

（10）『源氏物語』が遵子と詮子の立后争いを参照したことは言うまでもない。

（11）新編全集・花山①一一九、頭注一四。

（12）根あはせ③三三四、頭注二六は傍線の思惟の主体を頼通とするが、『栄花物語詳解』の「御門の、生子を后にたて給はぬよしをいへり。（中略）教通のしきりにねがひ奉るにもかかはらず、宣旨をも下し給はぬなりけりとの意なり」に従い、後朱雀帝とする。［福長二〇一二］も同様に解する。

（13）内親王の場合、ここで示される立后条件は考慮されない。その例として昌子内親王が挙げられる（月の宴①六一）。［福長二〇一二］を参照。本稿も多くの示唆を得た。

（14）兼家の思惟に対し、『栄華物語詳解』は「かばかり女御を寵愛し給はんには、など我をも摂籙にあげて、一門共に寵遇を蒙らざるべきと、女御の寵をたのみて、御門を要する意を含めたるにて、上に、御門の御本性の雄々しからぬを侮り奉るよし記せるをうけたる也」と施注する。

(15) 花山①一一二、鑑賞注。さまざま①一七三、頭注一五にも同様の指摘が見える。[福長二〇一一b]も参照。

(16) ここには娍子の事例も加えてよいか。娍子立后に先立って済時へ「贈大臣の宣旨」が下されるが、実際には贈右大臣であるところ、『栄花物語』が「贈太政大臣」とするのは「一の人」との脈絡を意識しての処理ではなかったか(ひかげ①五〇七)。[福長二〇一二]に「遵子や娍子の立后については、それぞれの個別の事情についても触れてはいるが、基本的には本記事に現れる立后条件を満たしていることを前提にした吟味であった」との指摘がある。

(17) 旧大系本は「この本文意味不通」(上巻九〇頁、頭注六)、『栄花物語全注釈』一は「しばらく『詳解』の説に従って解する」(二六八頁)と、それぞれ施注する。

(引用文献)

[加納一九九二] 加納重文「記述の誤りをめぐって」(『歴史物語の思想』京都女子大学、一九九二)

[瀧浪一九九五] 瀧浪貞子「女御・中宮・女院」(論集平安文学3『平安文学の視角─女性─』勉誠社、一九九五)

[中村二〇〇二] 中村康夫「〈みかど〉造型上の問題」(『栄花物語の基層』風間書房、二〇〇二)

[福長一九九五] 福長進「『栄花物語』」(『時代別日本文学史事典 中古編』有精堂出版、一九九五)

[福長二〇一一a] 福長進「編年的年次構造」(『歴史物語の創造』笠間書院、二〇一一)

[福長二〇一一b] 福長進「「花山たづぬる中納言」巻について」(『歴史物語の創造』)

[福長二〇一二] 福長進「『栄花物語』に見える立后条件」(『むらさき』第四九輯、二〇一二・十二)

[福長二〇一八] 福長進「『栄花物語』続編の歴史叙述─立后と摂関継承問題をめぐって─」(『日本文学研究ジャーナル』第六号、二〇一八・六)

[渡瀬二〇一六a] 渡瀬茂「栄花物語の「かくて」の機能」(『栄花物語新攷─思想・時間・機構─』和泉書院、二〇一六)

[渡瀬二〇一六b] 渡瀬茂「政治的意志の否定」(『栄花物語新攷─思想・時間・機構─』)

星山　健

『栄花物語』「みはてぬゆめ」巻の構造

不敬事件へと収斂する物語

世始りて後、この国の帝六十余代にならせたまひにけれど、この次第書きつくすべきにあらず、こちよりてのことをぞしるすべき。（①一七）

『栄花物語』首巻「月の宴」冒頭は右のとおり、各帝の御代を記すものとして始められている。しかしながら、正編の閉じめの巻「つるのはやし」の終わり近くには、以下の文言が配されている。

殿の御前の御有様、世の中にまだ若くておはしましより、おとなび、人とならせたまひ、公に次々仕まつらせたまひて、唯一無二におはします、出家せさせたまひしところの御事、終りの御時までを書きつづけきこえさするほどに、今の東宮、帝の生れさせたまひしより、出家し道を得たまふ、法輪転じ、涅槃の際まで、発心の始めより実繋の終りまで書き記すほどの、かなしうあはれに見えさせたまふ。（③一八一〜一八二）

ここでは、この物語は道長の生涯を書き記すものであったとされ、「今の東宮、帝」（東宮敦良親王と後一条天皇）は、むしろそれに従属するものとして捉えられている。つまり、『栄花物語』正編は最終巻に至るまでに、その語るべき主たる対象が歴代の帝から道長へと置き換えられているのである。

では、その交替はどのような過程を経てなされたのだろうか。前稿〔星山二〇一八〕においては、帝の後宮の物語として始められた『栄花物語』正編が巻三に至って大きく変容し、帝や東宮がそれまでのような存在感を失う一方、兼家の子・孫達が物語内において確かな位置を占めてくることを明らかにした。巻三では、道長による無類の栄花達成という今後の展開に向け含みを持たせながら、総体として兼家一家の動向を追うことがその中心的課題とされているのである。

それを踏まえ、本稿において取り上げたいのが、続く巻四「みはてぬゆめ」である。その後半およそ三分の二、詮子の出家以降については、政権の移行を主な話柄とした、兼家の子・孫達の物語といってよいであろう。それに対し、巻の前半およそ三分の一は、済時女娍子の東宮入内(1)をはじめ、兼家一家とは直接結びつかない記事も多く、一読するに雑多な印象を受ける。しかしながら、物語の展開を丁寧に読み解いていくならば、やはりそこにも兼家の子・孫達の物語、具体的には伊周・隆家による花山院への不敬事件へと収斂していく要素が多々見られるのではないだろうか。

なお、稿者は『栄花物語』正編を一篇の作り物語のように見なし、想定読者の視座を重視しながら、その総合的解釈を試みる立場を取る。よって、現存史料との異なりが従来指摘されている箇所なども特別視することなく、あくまでもすべてこの物語の記述内容に沿って読解を進めることを先に断る。稿者の立場の詳細については、別稿［星山二〇一五］をご参照いただきたい。

一　花山院の懸想

巻四前半において印象的な姿を見せる人物として花山院がいる。まず、その登場場面に注目したい。以下、巻四の冒頭部を引用する。

(1)かくてこの円融院の御葬送、紫野にてせさせたまふ。そのほどの御有様思ひやるべし。ひととせの御子の日に、このわたりのいみじうめでたかりしはやと、思し出づるも、あはれに悲しければ、閑院の左大将、

　紫の雲のかけても思ひきや春の霞になして見んとは

行成の兵衛佐いと若けれど、これを聞きて、一条の摂政の御孫の成房の少将の御もとに、

　おくれじと常のみゆきはいそぎしを煙にそはぬたびの悲しさ

など、あまたあれど、いみじき御事のみおぼえしかば、みな誰かはおぼゆる人のあらん、さて帰らせたまひぬ。御忌のほどの事ども、いみじうあはれなりき。さべき殿ばら籠りさぶらひたまふ。

そのころ桜のをかしき枝を人にやるとて、実方の中将、

墨染のころもうき世の花盛りをり忘れても折りてけるかな

これもをかしう聞えき。世の中諒闇にて、ものの栄えなきことども多かり。（①一八二〜一八三）

(2)花山院所どころあくがれ歩かせたまひて、熊野の道に御心地悩ましう思されけるに、海人の塩やくを御覧じて、

旅の空夜半の煙とのぼりなば海人の藻塩火たくかとや見ん

とのたまはせける。旅のほどにかやうのこと多くいひ集めさせたまへれど、はかばかしき人し御供になかりければ、みな忘れにけり。さて歩きめぐらせたまひて、円城寺といふ所におはしまして、桜のいみじうおもしろきを見めぐらせたまひて、ひとりごたせたまひける、

木のもとをすみかとすればおのづから花見る人になりぬべきかな

とぞ。あはれなる御有様も、いみじうかたじけなくなん。

一条の摂政の上は、九の御方ともに東院に住ませたまひて、この院をいかで見たてまつらんと思しけれど、ただ今の御有様、さやうに里などに出でさせたまふべうもあらずなん。（①一八二〜一八三）

巻三巻末が円融院の死去で終えられていたことを考えれば、巻四冒頭が(1)のようにその葬送記事で始まるのは自然な流れであろう。それに続くのが(2)、もう一人の院、花山に関する記事である。火葬の煙を和歌に詠み込む

こと、そのとき詠まれた和歌の多くが忘れ去られてしまったとする省筆の草子地を有すること、続いて桜を題材に和歌が詠まれることなどからして、両話が一対性をもって本巻冒頭に配されていることは明らかであろう。

巻三における花山院関係の記事は以下の一カ所のみである。

かの花山院は、去年の冬、山にて御受戒せさせたまひて、その後熊野に詣らせたまひて、まだ帰らせたまはざんなり。いかでかかる御歩きをしならはせたまひけんと、あさましうあはれにかたじけなかりける御宿世と見えたり。（①一五二）

受戒後の熊野籠もりが明かされることをもって、彼はその後物語世界からも遠ざけられていた。それが、このような形をもって再び語りの俎上に載せられてくるのである。

右の(1)(2)は、「一条の摂政」（伊尹）の縁者を取り上げる点においても共通する。(2)の終わりの箇所では、その伊尹室と娘九の御方が、東院にて花山院の帰京を希う。后妃に対し常軌を逸した寵愛ぶりを示した帝位時代とは打って変わり、修行巡歴の旅に暮らし、俗世を顧みるはずなどないと思われた花山院が、彼女らの願い通り「里」へと下ったとき、問題が生じ始める。

かかるほどに花山院、東院の九の御方にあからさまにおはしましけるほどに、やがて、院の御乳母の女、中務といひて、明暮御覧ぜしなかに、何とも思し御覧ぜざりける、いかなる御さまにかありけん、これを召して御足など打たせさせたまひけるほどに、睦まじうならせたまひて、思し移りて、寺へも帰らせたまはで、つくづくと日ごろを過ぐさせたまふ。九の御方、わが見たてまつらせたまふをばさるものにて、世におのづから漏り聞ゆることを、わりなうかたはらいたく思されけり。今はこの院におはしましつきて、世の政を掟てたまふ。世にもいと心憂きことに思ひきこえさす。飯室にも、さればこそ、さやうにもの狂ほしき御有様、さることおはしましなんと思ひしことなりと、心に思さるべし。

かやうなる御有様おのづからかくれなければ、御封などもなくて、いかにいかにとて、后宮、摂政殿など、聞きいとほしがりたてまつらせたまひて、受領までこそ得させたまはざらめ、年官年爵、御封などはあべきことなり、いとかたじけなきことなりと、定めさせたまひて、さるべき年官年爵、御封など奉らせたまへば、いとど御里住み心やすくひたぶるに思されて、東院の北なる所におはしまし所作らせたまふ。

（①一九一～一九三）

花山院は仮初めに九の御方のもとを訪れた際、乳母の子として接点がありながらそれまで特別な関心もなかった中務と逢瀬を交わし、彼女故にしばらくこの邸に留まることとなる。それを聞き知った「后宮」（詮子）、そして「摂政殿」（道隆）が花山院の経済面を案じ、彼に年官年爵・御封を奉ると、彼は一層「御里住み」を心地よきものと思い、寺へも帰らず、そこに住み着いてしまう。

院ものの栄えあり、をかしうおはしましに、まいて今は、何ごともさはれと、ひたぶるに思しめしたるも、はかなき世になどかさはと見えさせたまふ。かかるほどに中務が女、若狭守祐忠といひけるが生ませたりけるも、召し出でて使はせたまふほどに、親子ながらただならずなりて、けしからぬ事どもありけり。九の御方、いとど心憂くあさましう思さるべし。あはれなる御有様なり。

（①一九四）

かつての道心を失い、自暴自棄な態度に陥った花山院は、やがて中務のみならずその娘とも関係し、母子ともに懐妊させるという「けしからぬ」事態までも引き起こす。そして、その乱行は邸内にとどまるものではなかった。このように、出家の身でありながら愛欲の限りを尽くした先にたどり着いたのが、為光女への懸想であり、それに端を発する伊周・隆家との事件なのである。

本巻における花山院は、前巻以来の禁欲的な求道者の姿で登場するものの、周囲の彼に対する愛情や配慮がかえって彼を堕落させていく。具体的に述べるならば、伊尹室や娘の九の御方らの求めに応じて一度里に下りると、帝位時代に戻るがごとく、彼は再び奔放な女性関係を楽しみ始める。そして、詮子・道隆の彼への厚遇が、結果として彼を一層「里」に引きとどめることとなり、結果として彼らの甥・子息にあたる伊周・隆家を破滅へと至らせる事件に花山院を導くこととなるのである。

二　伊周の誤解

前節において取り上げた花山院と同じく、兼家一家と直接的な関係を有しないにもかかわらず巻四前半において一定の紙数を占めるのが、太政大臣為光一家の記事である。

一条の太政大臣は、六月十六日にうせさせたまひぬ。後の御諡、恒徳公と聞ゆ。女御の御後は、ただ法師よりもけにて、世とともに御おこなひにて過ぐさせたまふ。法住寺をいみじうめでたく造らせたまひて、明暮そこに籠らせたまひてぞおこなはせたまふ、あはれにいみじうぞ。　（①一八九〜一九〇）

為光については、巻二における娘忯子（花山院寵妃）の死亡記事以後、言及は少ない。巻三では、九条流の繁栄を讃える中において右大臣という高位にあることが称賛され(2)、兼家による大臣大饗に尊者として招かれたこと(3)が記されるにとどまり、それ以上の具体的記述は見られなかった。それがこの巻四に至ると、彼の死を契機として、その遺族の物語が紡ぎ出される。

御太郎、松雄君とておはせし男にて、このごろ東宮権大夫にておはす。今一所、中将と聞ゆ。その中将、この四月の祭の使に出で立ちたまひしかば、よろづにしたてさせたまひて、おしかへして、あやしの御車にて御覧じて、使の君渡りはてたまひにしかば、ことごとは見んとも思さで帰らせたまひにしも、世の人思ひ出でて悲しがる。（①一九〇）

子息とのエピソードを語る右までは、およそ追悼記事としてふさわしいものと言えよう。興味深いのはそれに続き、その子女達の紹介が詳しく始められることである。

女君たち今三所一つ御腹におはするを、三の御方をば寝殿の御方と聞えて、またなうかしづききこえたまふ。四、五の御方々もおはすれど、故女御と寝殿の御方とをのみぞ、いみじきものに思ひきこえたまひける。（①一九〇）

「女子はただ容貌を思ふなり」とのたまはせけるは、四、五の御方いかにとぞ推しはかられける。父に先立たれた上、男兄弟がいまだ東宮権大夫と中将では、もはや入内の可能性もなくなったであろう娘達について、その容姿にまで踏み込んだ言及がなされている。そして、話題は相続問題にまで及ぶ。

御法事やがて法住寺にてなり。一条殿、いみじうなべての所のさまならず、いかめしう猛に思し掟てたりつれば、一所うせさせたまひぬれば、いとおはしましにくげに荒れもていくも心苦しう。この寝殿の上の御処分にてぞありける。よろづの物ただこの御領にとぞ、思し掟てさせたまひける。（①一九一）

豪奢であったからこそ主を亡くし荒廃が懸念される一条殿を相続したのは、鍾愛の姫三の君であった。

かくて一条の太政大臣の家をば女院領ぜさせたまひて、いみじう造らせたまひて、帝の後院に思しめすなるべし。（①二〇〇）

やがて、その邸は詮子に伝領され、為光の娘達はそれに伴い転居した。詮子がなぜこの時期に一条殿の入手を望んだのか、物語として分明ではない。(4) 前後の文脈から推測するに、出家に至るまでの病悩を経験し、自身の目の黒いうちに一人子である一条帝に対し、その退位後も憂い無きよう備えてやりたいと考えたという設定だろうか。

いずれにせよ、その転居後、為光の娘達をめぐり、問題の事件が起こる。

かかるほどに、一条殿をば今は女院こそは知らせたまへ、かの殿の女君たちは鷹司なる所にぞ住みたまふに、内大臣殿忍びつつおはし通ひけり。寝殿の上とは三の君をぞ聞えける、御かたちも心もやむごとなうおはすとて、父大臣いみじうかしづきたてまつりたまひき、女子はかたちをこそといふことにてぞ、かしづききこえたまひける、その寝殿の御方に内大臣殿は通ひたまひけるになんありける。

かかるほどに、花山院この四の君の御もとに御文など奉りたまひ、気色だたせたまひけれど、けしからぬこととて聞き入れたまはざりければ、たびたび御みづからおはしましつつ、今めかしうもてなさせたまひけることを、内大臣殿は、よも四の君にはあらじ、この三の君のことならんと推しはかり思いて、わが御はらからの中納言に、「このことこそ安からずおぼゆれ。いかがすべき」と聞えたまへば、「いで、ただ己にあづけたまへれ。いとやすきこと」とて、さるべき人二三人具したまひて、この院の、鷹司殿より月いと明きに御馬にて帰らせたまひけるを、威しきこえんと思し掟てけるものは、弓矢といふものしてとかくしたまひければ、御衣の袖より矢は通りにけり。（①二二八～二二九）

まず、「内大臣」（伊周）が三の君のもとに通い出すが、そこでは、「御かたちも……かしづききこえたまひける」と、改めて彼女の美貌と父の寵愛について触れられている。次いで、花山院が四の君に懸想を始めるのだが、その際なぜ伊周は、「よも四の君にはあらじ、この三の君のことならん」と思ったのだろうか。以下、本物語における伊周がなぜそのような誤解をしたと設定されているのかを探る。

「女子はただ容貌を思ふなり」とのたまはせけるは、四、五の御方いかにとぞ推しはかられける。
（①一九〇、再掲）

伊周とておそらく四の君の容貌を見たことはないと思われるが、為光のことばをもとに彼も右の語り手と同じことを想像し、あの好色な花山院が望むのは三の君に違いないと判断したのであろう。特に花山院にとってこの三の君は異腹とはいえ、かつて寵愛した忯子の妹である。伊周は当然、花山院が彼女を喪い、その失意故に帝位をも捨て去ったことを知る。(5) ならば、花山院が忯子の形代として求めるべきはその美貌ゆえに忯子とともに父にかしづかれた三の君であろう(6)と伊周が推測したとして不思議でない。

また、その伊周の判断には自身の妹に関する結婚問題も絡んでいるかもしれない。

三の御方みながなかにすこし御かたちも心ざまもいと若うおはすれど、さのみやはとて、帥宮にあはせたてまつらせたまひつ。宮の御心ざし、世の御ひびきわづらはしう思されたれば、あはれなり、わが御心ざしはゆめになし。殿もことわりに、とりわき思し見たてまつらせたまふ。
（①一九九）

姉妹の内、大君定子が入内し帝寵を一身に集め、次いで中君原子も東宮に参入し華やぐ中、三の御方も帥宮敦道親王と娶される。しかし、「みながなかにすこし御かたちも心ざまもいと若うおはすれど」と語られる彼女に宮の愛情が向けられることはなく、父道隆もそれを無理からぬことと受け止めたという。同腹の姉妹間でのその違いを目の当たりにした伊周であるからこそ一層、為光女の中で花山院が関心を持つべきは、「御かたちも心もやむごとなうおはす」（①二二八）とされる三の君と思ったのではないだろうか。

そして、伊周の誤解には、為光女の転居も関わるのではないか。彼女らの新居である「鷹司なる所」(8)がどの地を指すかは不明である。(7) しかし、一家の主を喪い、二町を占める豪邸の維持・管理が難しくなったことが一条殿を手放した理由であろうから、新居は一条殿に比べ敷地面積も狭く、小ぶりな邸であったと思われる。為光の生前、三の君が「寝殿の上」と呼ばれたのは、彼女が一条殿の寝殿に居住していたからであり、逆に言えば、「四、五の御方」はそこから離れた対屋などにいたのであろう。それが、手狭な「鷹司なる所」に転居すれば、自ずから彼女らの居住空間も以前に比して近づくことになる。花山院の目指す女性が姉妹のうち誰であるのか、そこに通う伊周にも分かりづらかった理由は、そこにもあるのではないだろうか。となれば、この観点から見ても詮子は結果として、問題の事件の一端を担っていることとなる。

いずれにせよこの巻は、生前の為光の言、道隆女の結婚問題、為光女の転居と重ねて記すことにより、伊周の誤解をある種必然的なものとして描き出しているのである。

三　まとめ

巻四「みはてぬゆめ」は、東宮への娍子入内の経緯を追うなど、後宮の物語であった巻一・二への回帰的要素も見受けられる巻である。しかし、詮子出家以降の物語は、道隆病没を受けての政権の移譲過程を丁寧になぞることにより、巻三以来の、兼家一家の物語としての側面が強く押し出されている。

また、一見雑多な印象を受ける前半も、単にその時々の出来事が乱雑に収められているわけではない。たとえば、娍子の入内後、その兄弟らの紹介がなされた後には、以下の記事が配されている。

摂政殿のよろづの兄君は、宰相にておはす。粟田殿は内大臣にならせたまひぬ。中宮大夫は大納言にならせたまひぬ。大千代君は中納言になりたまひぬ。小千代君は三位中将にておはしつるも、中納言になりたまひ

ぬ。いつもたださるべき人のみこそはなり上がりたまふめれ。（①一八七〜一八八）

道綱・道兼・道長・道頼・伊周らを「さるべき人」と呼び、その昇進を当然視することをもって、新たな後宮勢力となった済時一家ではなく、あくまでも兼家一家の側が政治的、そして物語的中心に位置することが改めて強調されているのである。

また特に、前半におけるトピックスとも言える花山院の下山、そして為光の死去は、いずれも最終的に伊周・隆家の不敬事件へと収斂していく。花山院への警告に弓矢で脅すという暴力的手段を取ったことは、彼ら兄弟の短慮としか見なしようがない。しかし、その事件は単なる偶発的なものではなく、花山院は花山院で、受戒後の禁欲的修行生活から為光女への懸想に至るまでにはしかるべき経緯があり、伊周は伊周で、その懸想が自らの思い人三の君に対するものと誤解するにはしかるべき理由があるものとして物語られている。多様な歴史的事項をおよそ編年的に取り込みながらも、それらを巻末の重要事件と密接な因果関係を持たせた有機的構造体の物語として、この巻四のあり方はこれまで以上に評価されてしかるべきではないだろうか。

（1）巻三とは打って変わり、巻二における花山帝以来の詳しさをもって後宮の問題がクローズアップされるのであり、巻十三「ゆふしで」における三条院の死去・娍子腹皇子敦明の東宮退位まで続く一連の物語のはじまりであるが、その問題については稿を改めて論じたい。

（2）①一六四。

（3）①一六七。

（4）新全集（①二〇〇）頭注は『小右記』『日本紀略』の記事をもとに、詮子の一条殿入手時期を伊周・隆家の花山院への不敬事件以後とする。首肯すべき見解であるが、本稿においては冒頭で宣言したとおり、あくまでもこの物語の記述に沿って読み解く立場を取る。

（5）花山院の出家理由について、例えば『大鏡』などは兼家・道兼父子の陰謀説を記すが、本稿においてはあくまでも巻二「花山たづぬる中納言」の記述をもって理解する。

（6）①一九〇。

（7）『栄華物語詳解』巻二（明治書院、一八九九）は、「拾芥抄に、鷹司殿、土御門南、万里小路東、従一位倫子家、或富小路とあり。これとは異なるか。又は後に倫子の住み給へるによりて、しか記せるか」とする。しかし、『栄花物語全注釈』（一）（角川書店、一九六九）が指摘するように、倫子宅である鷹司殿は、本物語において前巻以来「土御門殿」と呼ばれており（①一五四、二〇三、二〇四）、ここでいう「鷹司なる所」とは異なるものと思われる。

（8）①一九一。

（引用文献）
［星山二〇一五］星山健「『栄花物語』正編研究序説―想定読者という視座―」（『文学・語学』二一三、二〇一五・八）
［星山二〇一八］星山健「『栄花物語』「さまざまのよろこび」巻論―帝後宮の物語から兼家一家の物語へ―」（『中古文学』一〇一、二〇一八・五）

＊なお、引用に際しては適宜、巻数及び頁数を記した。また、付した傍線はすべて稿者によるものである。

久保堅一

二人のかぐや姫

『栄花物語』巻第六「かかやく藤壺」の彰子と定子

一　問題の所在

福長進が「『栄花物語』の歴史の捉え方から個々の叙述に至るまで『源氏物語』の影響は大きく、『源氏物語』の存在抜きには『栄花物語』の達成はあり得なかったと言っても、過言ではなかろう」〔福長二〇一一a〕とまとめているように、『栄花物語』にとって『源氏物語』の存在は極めて大きい。よって、『栄花物語』における『源氏物語』の受容については、これまでに多くの知見が積み重ねられてきた。それは重要な研究テーマであり、今後もさらに深められてゆくべきだろう。だがその一方で、『源氏物語』以外の作り物語の受容となると、その探究は進展しているとは言いがたいのではあるまいか。もちろんこのことは『源氏物語』の存在がたいへん大きいだけに、一面、仕方のないこととは言えよう。また、他の作り物語の受容を探ることが、必ずしも『源氏物語』の場合ほどに『栄花物語』の特質に迫る射程を持つとも限らないだろう。しかし先行研究において、たとえば、「「歴史物語」たる『栄花物語』は、『源氏物語』を頂点とする「作り物語」の存在なくして生まれなかったであろうというのが、現在の学界の定説となっている」〔増淵一九九八〕といった説明がなされているように（傍線等は引用者による。以下同様）、『栄花物語』は、『源氏物語』を中心にしつつも、それ以外の作品も含めた作り物語というジャンルから多くを吸収し、その物語世界を構築していると考えられる。『栄花物語』が『源氏物語』以外の作り物語をどのように摂取しているのか、その具体的な様態を指摘することは、たとえささやかなものであったとしても、『栄花物語』と作り物語との関係を広く考察するための足がかりを提供するはずであり、それが積み重なることによって『栄花物語』の特質を明らかにすることにもつながってゆくだろう。

本稿は、以上のような問題意識のもと、『栄花物語』における『竹取物語』の受容について考察するものである。『栄花物語』のなかの『竹取物語』と言えば、東宮（のちの後朱雀天皇）妃である嬉子の葬送を描いた次の箇所に明示的な引用を見出すことができる。

> 今宵（＝八月十五夜）の月はめでたきものといひ置きたれど、まことに明きはいとありがたうのみありけるに、今宵の月ぞ、まことにかぐや姫の空に上りけんその夜の月かくやと見えたる。風さへ涼しく吹きたるに、ときどきこの御あたり近う、赤雲の立ち出づるは、わが君（＝嬉子）の御有様と見ゆるに、詮方なく悲しかりける。
>
> （楚王のゆめ②五二六～七）

嬉子の葬送は折しも万寿二年（一〇二五）の八月十五日のことであった。物語は、嬉子が荼毘に付されたことや父道長の悲嘆を語りながら、当夜の月の明るさを『竹取物語』に言及することで強調している。そこには、「煙にて上が」り「いづれの雲とも御覧じわくべくもあらぬ」（五二五）ようになった嬉子を、月に昇っていったかぐや姫と重ね合わせる意図があるのだろう［河添一九九八］。すでに、紫の上や宇治の大君など、逝去した女性たちをかぐや姫に重ねることは『源氏物語』においてなされているので、右の箇所はそうした『源氏物語』の『竹取物語』受容に倣った部分なのかもしれない(1)。ともあれ、『栄花物語』作者が『竹取物語』も視野に入れていたことは嬉子の例から見ても間違いない。そして私見によれば、『栄花物語』と『竹取物語』との関わりは、右のように死去してしまった女性の描写に限定されるものではなく、より多様な広がりを持っていたと考えられる。本稿は、巻第六「かかやく藤壺」の主人公とも言える二人の女性、彰子と定子をめぐる『竹取物語』引用を指摘したい。

二　彰子――かしずかれるかぐや姫

巻第六「かかやく藤壺」は、長保元年（九九九）から同二年にかけて、彰子の入内、立后を中心に記述した巻である。ただし、彰子と入れ替わるように参内、退出する定子についても詳細に記されており、この巻における定子の存在感は彰子と同じくらいに大きい。本節では先に登場する彰子を取り上げ、彼女と一条天皇との会話を記す最初の場面（後掲Ⓐ）に着目したい。

当該場面までの彰子と一条天皇の関係について簡略に見ておけば、まず、入内を果たした彰子をめぐって、その「照り輝」くほどに美麗な在所や調度類の豪華さが強調され、一条天皇がそれらに魅了される様子が描かれる。もちろん『栄花物語』は、「御しつらひ有様はさもこそあらめ、女御（＝彰子）の御有様もてなし、あはれにめでたく思し見たてまつらせたまふ」（かかやく藤壺①三〇四）と、一条天皇がほかならぬ彰子自身の美質に惹かれていることを語るのも忘れない。それに続いて一条天皇の心中は、語り手から「姫宮（＝脩子内親王）をかやうにおほしたてまつらばやと思しめさるべし」（同）と推量され、さらに「ただ今この御方（＝彰子）をば、わが御姫宮をかしづき据ゑたてまつらせたまへらむやうにぞ御覧ぜられける」（三〇四〜五）と、実の娘を養育するかのように年若い彰子（十二歳）を慈しむ一条天皇が語られてゆく。

本稿が着目する次の場面も、右の親子のような関係性の上に描かれているのだろう。

Ⓐ昼間などに大殿籠りては、「（彰子ガ）あまり幼き御有様なれば、参りよれば翁とおぼえて、われ恥づかしうぞ」などのたまはするほども、（一条天皇ハ）ただ今ぞ二十ばかりにおはしますめる。（中略）御笛をえもい

はず吹きすまさせたまへれば、さぶらふ人々もめでたく見たてまつる。うちとけぬ御有様なれば、「これうち向きて見たまへ」と申させたまへば、女御殿、「笛をば声をこそ聞け、見るやうやはある」とて、聞かせたまはねば、「さればこそ、これや幼き人。七十の翁の言ふことをかくのたまふよな。あな恥づかしや」と戯れきこえさせたまふほども、さぶらふ人々、「あなめでたや。この世のめでたきことには、ただ今のわれらが交らひをこそせめ」とぞ、言ひ思ひける。なにはのことも並ばせたまふ人なき御有様におはします。

（三〇五～六）

一条天皇と彰子の関係を論じる際にしばしば言及される場面である。笛を持ってこちらを見るように促す一条天皇に対し、笛とは見るものではなく聞くものと応じる彰子、それに対して一条天皇が自分のことを「七十の翁」と言っておどけてみせるというやりとりが記されている。『栄花物語』が描く二人のこうした関係については「（彰子の―引用者注）あまりの幼さに当惑し、扱いかねている二十歳の一条の様子を読み取ることができよう」［倉本二〇〇三］という解釈もあるが（一〇四ページ）、見たように、彰子を娘のように慈しむ一条天皇の姿がこれ以前に語られていたことからすれば、右の場面に彼の戸惑いを読むのは難しい。やはり、自分にまだうちとけない彰子を受け入れて戯れる一条天皇の包容力や、それによって華やぐ場を描出して、寵愛される彰子を讃える場面と捉えるべきだろう。

さて、そのように確認した上で興味深いことは、右の場面に物語――『源氏物語』との響き合いが指摘されていることである。冨倉徳次郎は、「二十歳の男性（一条天皇）が十二歳の女子（彰子）を迎えた様相」を作者が描いたことには「あるいは源氏物語の若紫の巻における、十二歳の紫の上と、十八歳の源氏の君との邂逅にも比すべきものという視点があったかもしれない」と述べ［冨倉一九六二］、深澤三千男は、「彰子が十二歳で二十歳の一条帝のもとに入内し、一条帝は自らを七十歳の翁に見立てて父性的な愛を注ぐ点は、十七・八歳の源氏の十歳余の若紫君の幼な妻化しての養育（ただし情交抜き）や、四十歳の源氏の十四・五歳の女三宮を父代りに引受けて幼な妻にして、父性的な庇護《ケア》をする点と共通的」であるとする［深澤一九九二］。確かに、男が若い（幼い）女と出会うという設定は『源氏物語』に先蹤を求めることができようし、この時の一条天皇と彰子の年齢を考えれば、光源氏と紫の上の関係が近いとは言える。作者の脳裏には、若紫巻の光源氏と紫の上の姿があるいはあったのかもしれない。だが、そうであったとしても、この場面の一条天皇が言う「七十」とは光源氏に比してあまりにも高齢ではあるまいか。「七十の翁」という妙に具体的な表現は、『源氏物語』との関連を見ようとしたとき、違和として浮かび上がってしまうように思う。

　そもそも、なぜ一条天皇は自らを「七十の翁」に見立てたのだろう。若い彰子に対して自分は年寄りのようだ、と言いたいのならば、具体的な年齢は不要であり、単に「翁」とだけ言えば十分のはずである（実際に(A)のはじめの部分ではそう言っている）。この点について、諸注は一条天皇の冗談とみるほか特に具体的な指摘はしていない。むろん実際に「戯れ」なのだから、老齢の通念として「七十」と誇張して言ったまでと見ることもできる[2]。しかし、このことばが娘のように思う彰子に向けられたことからすれば、一条天皇の発話の背後には『竹取物語』の次の部分があったのではなかろうか。

(1)翁、かぐや姫に言ふやう、「我子の仏、変化の人と申ながら、こゝら大きさまでやしなひたてまつる心ざし、おろかならず。翁の申さん事は聞き給てむや」と言へば、かぐや姫、「なに事をか、のたまはん事は、うけたまはらざらむ。変化の物にて侍けん身とも知らず、親とこそ思たてまつれ」と言ふ。翁、「うれしくものたまふ物かな」と言ふ。「翁、年七十にあまりぬ。今日とも明日とも知らず。この世の人は、をとこは女に婚ふことをす、女は男に婚ふ事をす。そののちなむ、門ひろくもなり侍る。いかでか、さることなくてはおはせん」。かぐや姫のいはく、「なむでふ、さることかし侍らん」と言へば（後略）　（七〜八）

これは求婚譚の序盤、五人の求婚者たちの熱心な懸想を見た翁が、かぐや姫を誰かと結婚させようと説得を試みる部分である。ここで翁が言っていたのが「翁、年七十にあまりぬ」ということばであった。[3]一条天皇の発話は、「翁」「七十」という語のほか、それが娘のような存在に発せられたものでもある点で翁のことばと重なる。一条天皇は、自らを右の場面の竹取の翁に擬して「七十の翁」と言ったのではないだろうか。それは、「これうち向きて見たまへ」という誘いを拒んでうちとけない彰子を、翁の説得に素直に従わないかぐや姫になぞらえて、自分は竹取の翁のようにあなたにはほとほと手を焼いてしまう、とおどけてみせた「戯れ」と考えられる。そのように見ることができるならば、『竹取物語』の次のくだりも視野に入ってこよう。

(2)（嫗ガ）かぐや姫に、「はや、かの御使に対面し給へ」と言へば、かぐや姫、「よきかたちにもあらず。いかでか見ゆべき」と言へば、「うたてもの給ふかな。御門の御使をば、いかでかおろかにせむ」と言へば、かぐや姫の答ふるやう、「御門の召してのたまはん事、かしこしとも思はず」と言ひて、さらに見ゆべくもあらず。産める子のやうにあれど、いと心はづかしげに、おろそかなるやうに言ひければ、心のまゝにもえ責めず。女（＝嫗）、内侍のもとに還り出て、「口をしく、このをさなき者は、こはく侍る者にて、対面すまじき」と申。　（五一〜二）

こちらは、かぐや姫がどれほどの女か見て参れ、という帝の命令を受けて内侍の中臣ふさ子が翁の家を来訪した箇所である。嫗がふさ子と対面するようにと促しても、かぐや姫はそれを拒む。彼女を責めることもできない嫗の、ふさ子への言い訳めいた発話のなかに「をさなき者」とあるのに注意したい。一条天皇の「これや幼き人」という表現は、かぐや姫の扱いに困り果てる嫗の「をさなき者」ということばを引いたものではあるまいか。⑵で語られるのは帝の権威をものともせず、その使者に「見ゆべくもあら」ぬかぐや姫の態度であるが、レベルが異なるものの彰子もまた帝の意向に従わず、笛を――つまりは一条天皇を――「見る」ことを拒んでいたのであった。一条天皇は、翁だけでなく嫗のことばをも踏まえることで、自分とまさに「対面」しない彰子に、「御門の召してのたまはん事、かしこしとも思はず」と言い放つかぐや姫の姿を重ねていると考えられる。

そして、一条天皇のこの冗談は、その場にいる女房たちにも即座に理解されていたに違いない。一条天皇の発話を聞いた彼女たちが「あなめでたや」とただちに言ったのは彼の機知を讃嘆しているのであろうし、その直後に「この世の……」と続けているのは、⑴における翁の「この世の人は……」という言い回しを引用しているのだろう。女房たちは「翁、年七十にあまりぬ」の部分を利用した一条天皇のあとを引き取るように、翁の同じ発話を踏まえたのだと思われる。とすれば、自分たちの宮仕えの幸せを言うそのことばは、言外に「門ひろくもなり侍る」という部分を響かせて、彰子と一条天皇が子宝に恵まれることを予祝する意図もあったと読むこともできよう。

以上のように見てくれば、場面(A)の一条天皇は、『竹取物語』の⑴や⑵の部分を念頭に置いて、彰子をかぐや姫に、自らをかぐや姫に手を焼く竹取の翁（と嫗）に擬して「戯れ」ていることになる。それは、まだ若い彰子に対する一種の愛情表現なのだろう。こうしたやりとりが果たして現実に両者のあいだでなされたのかは、わからない。(4) 本稿としては、二人の会話が事実だったかどうかは問題にせず、それよりもむしろ、『竹取物語』を受容して彰子を美しいかぐや姫のように描こうとする『栄花物語』の表現機構があったと見て、そちらの方を重視したい。

いったいこの巻は、「かかやく藤壺」という巻名が付されているように、彰子の栄華を称讃するところに主題の一つがある。入内した彰子の後宮は、先にも少し触れたようにその在所「藤壺」が「御しつらひも、玉もすこし磨きたるは光のどかなるやうもあり、これは照り輝きて……」(三〇二〜三)と表現されるなど、「やや神的な色彩をさえ帯びて」〔中村二〇〇二〕描かれている。のちの巻第八「はつはな」でも「中宮の参らせたまひしをりこそ、耀く藤壺と世の人申しけれ」(はつはな①四四三)と振り返られていて、彰子は光り輝くような存在としてかたどられていると言えよう。こうした彰子をめぐる記述は、「かかやく日の宮」と称された『源氏物語』の藤壺を強く意識したものであろう。[5] そして同時に、翁や帝の前で「光りみち」ていたかぐや姫の姿もそこには受容されているのではあるまいか。[6] そうした観点から、この巻に至って初めて具体的に記される彰子の次のような容姿に目を向けてみたい。入内について語られた直後の記事である。

姫君の御有様さらなることなれど、御髪、丈に五六寸ばかり余らせたまへり、御かたち聞えさせん方なくをかしげにおはします、まだいと幼かるべきほどに、いささかいはけたるところなく、いへばおろかにめでたくおはします。見たてまつり仕うまつる人々も、あまり若くおはしますを、いかに、ものの栄えなくやなど思ひきこえさせしかど、あさましきまでおとなびさせたまへり。(三〇一)

ここで強調されているのは彰子の「おとな」ぶりである(新全集頭注・三〇一)。裳着を済ませたとはいっても十二歳とまだ幼いはずの彰子が、驚くほどに大人の女性として成長していることが語られている。もちろんこれは彰子を讃美する筆致にほかならず、また、年齢のほどよりも成熟しているという設定も光源氏をはじめ物語文学のなかに複数の先蹤を見出せるものであろう。が、まだ幼い年齢にもかかわらず容姿が大人同様になっている女性という点を重視すれば、やはり、この児、やしなふ程に、すく〳〵と大きになりまさる。三月ばかりになるほどに、よき程なる人に成ぬれば、髪上げなどさうして、髪上げさせ、裳着す。（四）

と記されていたかぐや姫が彷彿としよう。裳着を終えたばかりの彰子の大人びた姿は、『竹取物語』を意識して描かれているように思われる。そして、先に見た一条天皇の「これや幼き人」「七十の翁」といった発話も、こうした彰子をめぐる『竹取物語』受容の一環として位置づけられるのではないだろうか。

若年でありながら早くも成熟した彰子は、その住まいを輝かし、自らを「翁」に見立てる一条天皇から娘のような存在としてかしずかれる――。この巻は、その前半部において、『竹取物語』を要所に引用することで、彰子を大切に養育されるかぐや姫になぞらえているのである。それは、彰子の非凡な美しさや一条天皇の深い愛情を描き出す方法の一つなのだろう。

以上を確認した上で、定子をめぐる『竹取物語』引用に目を転じたい。

三　定子――昇天間近のかぐや姫

述べたように、この巻第六は彰子の栄華を記述するところに主題が認められるのだが、物語は定子の存在にも言及し、「定子が有力な后妃であることを確認」（新全集頭注五・三〇二）してゆく。特に、女院詮子が、彰子を「いとやむごとなくいつかしきもの」に思う一方で、定子を「心苦しういとほしきもの」に思っているという心中（三〇七～八）が記され、「彰子と定子が、詮子の心中表現というかたちで改めて対照的に定位」（新全集頭注・三〇七）されて以降、本格的に定子が記述の中心に据えられてくる。

長保二年の二月に彰子が内裏を退出したあと、一条天皇の「このひまにいかで一の宮（＝敦康親王）見たてまつらむ」（三〇八）という願いが叶うかたちで、定子たちの参内が実現する。敦康を目にする一条天皇や詮子、道長らを描いたのち、物語は定子と一条天皇とが久しぶりに対面する場面を設ける。本稿はその部分に着目したい。

(B)（一条天皇八）よろづ心のどかに、宮（＝定子）に泣きみ笑ひみ、ただ御命を知らせたまはぬよしを夜昼語らひきこえさせたまへど、宮例の御有様におはしまさず、もの心細げにあはれなることどもをのみぞ申させたまふ。「このたびは参るにつつましうおぼえはべれど、今一度見たてまつり、また今宮（＝敦康）の御有様うしろめたくて、かく思ひたちはべりつるなり」と、まめやかにあはれに申させたまふを、上、「いなや。いかなればなどかくはのたまはするぞ」など聞えさせたまへど、「なほものの心細くのみおぼえはべる」など、常なるまじき御ことどもをのみあれば、「うたてゆゆしう」と仰せらる。「身をばともかくも思ひたまへず。ただ幼き御有様のうしろめたさに」など、いみじう申させたまひけり。（三一一）

ここでは一条天皇に心細さを訴えながら敦康の将来を案じている定子が語られている。知られるように、定子はこの参内で媄子内親王を懐妊し、三月には内裏を退出、そして十二月に平生昌邸で出産ののち逝去する。史実ではこの間の八月にも参内しているが、『栄花物語』はそのことを記さないので、具体的に描かれた二人の対面としてはこれが最後の場面となる（二人の会話は退出の直前にも記されてはいる（三一二））。ここで「例の御有様におはしまさず」と語られ、「常なるまじき御ことどもをのみ」口にする定子は、自らの死を意識した存在として描かれていよう。

さて、この場面(B)の定子と一条天皇については、桐壺更衣と桐壺帝の姿が踏まえられていることが指摘されている。後藤幸良は、桐壺更衣をはじめ、やがて死を迎えようとする人物たちの意識に用いられることばとして「もの心細し」「もの心細げなり」に着目し、その様相を『源氏物語』を中心に検討しており、その考察のなかで『栄花物語』の右の二人を取り上げて、「熱烈な愛を訴える帝と、「もの心細げに」死の予感におびえ、残される子の将来を不安に思う女。明らかに『源氏物語』の、それも桐壺帝と更衣が二人に重ね合わされている」とする〔後藤二〇〇八〕。また、中島和歌子は、一条天皇が定子の退出を引き止めることにも触れながら、「三歳の皇子の行く末を案じ、帝に託す様」は「退出の引き延ばしと共に、桐壺更衣と共通する」と述べる〔中島二〇一三〕。後藤論、中島論ともに汲まれるべき見解であろう。その上で本稿は、場面(B)の二人には、桐壺更衣と桐壺帝だけでなく、かぐや姫と竹取の翁の姿も受容されていることを指摘したい。

実は、定子とかぐや姫との重なりはすでに中島によって論及されている〔中島二〇一三〕。中島論は先行作品の引用という観点から『栄花物語』が描く最晩年の定子の造型について考察した研究であり、先述した桐壺更衣のほかにも、藤壺、紫の上、かぐや姫の受容を指摘している。このうちかぐや姫に関しては、定子が最後まで「心細し」という心情を抱き続けている点を軸に、その他の細部の設定や表現にも広く『竹取物語』と共通、類似する点を見て、(7) 定子がかぐや姫を踏まえて描かれていることを論じる。定子におけるかぐや姫の受容や、両者の共通点としての「心細し」への注目については従うべきだろう。しかし、中島論では場面や文脈に即した丁寧な比較がなされてはおらず、その点で検討の余地が残る。定子とかぐや姫とは、何よりも両者が〈心細さ〉を口にする場面においてこそ重ねられているのではないか。改めて先の場面(B)の定子を見てみよう。そこで「例の御有様におはしまさず」とされる定子には、「もの心細げに」「ものの心細くのみおぼえはべる」と〈心細さ〉が繰り返し用いられ、さらに〈心細さ〉に続いて「あはれなることども」と〈あはれ〉の語が確認できる。これらの点に注意したい。なぜなら、『竹取物語』では、昇天が近づきつつあるかぐや姫をめぐって次のように記されているからである。

(3) 七月十五日の月に出でゐて、せちに物思へる気色なり。近く使はるゝ人〻、竹取の翁に告げていはく、「かぐや姫の、例も月をあはれがり給へども、このごろとなりては、たゞことにも侍らざめり。いみじくおぼし嘆く事あるべし。よく〳〵見たてまつらせ給へ」と言ふを聞きて、かぐや姫に言ふやう、「なんでふ心地すれば、かく物を思ひたるさまにて、月を見たまふぞ。うましき世に」と言ふ。かぐや姫、「見れば、世間心細くあはれに侍る。なでふ、物をか嘆き侍べき」と言ふ。
かぐや姫のある所に至りて見れば、なほ物思へる気色なり。これを見て、「あが仏、何事思ひたまふぞ。おぼすらんこと、何事ぞ」と言へば、「思ふこともなし。物なむ心細くおぼゆる」と言へば（後略）

（六〇～一）

ここではまず侍女たちによって、「このごろとなりては、たゞことにも侍らざめり」と「例」とは異なるかぐや姫の様子が翁に告げられる。彼女を心配する翁に対して、かぐや姫は「世間心細くあはれに侍る」「物なむ心細くおぼゆる」と〈あはれ〉の語とともに〈心細さ〉を繰り返し口にしている。言うまでもなく、こうしたかぐや姫の様子は来月に迫る昇天を意識したものにほかならない。いま、その昇天を死と置き換えるならば、自身の死を予感しながら一条天皇に〈心細さ〉と〈あはれ〉を訴えていた定子の姿は、まさに(3)のかぐや姫と重なるものと言えよう。とすれば、定子の不吉なことばを「いなや」と否定したあとに続く一条天皇の「いかなればなどかくはのたまはするぞ」という口吻は、次のような翁の発話と響き合うのではないか。

(4) 八月十五日ばかりの月に出居て、かぐや姫、いといたく泣き給。（中略。自分が月の都の人であること、十五日に迎えが来ることを告白する）いみじく泣くを、翁、「こは、なでふ事のたまふぞ。竹の中より見つけきこえたりしかど、菜種の大きさおはせしを、わが丈立ちならぶまで養ひたてまつりたる我子を、何人か迎へきこえん。まさに許さんや」と言ひて、「われこそ死なめ」とて、泣きのゝしる事、いとたへがたげ也。

（六二一～二）

かぐや姫の告白を聞き、驚愕した翁の最初のことばに目を向けたい。一条天皇のことばは翁の発話が彷彿とするような措辞と言えよう。むろん一条天皇は翁のように激昂しているのではなく、定子に発言の理由を問うているのだが、別れを自覚した女のことばに驚き、うろたえる男の発話という位相からしても、両者はよく似ている。一条天皇のことばは(4)の翁の発話を踏まえたものであり、それは(3)の部分の受容と相俟って、定子を昇天が迫るかぐや姫に、一条天皇を悲嘆する翁に重ねるために機能しているのだろう。(8)

以上からすれば、場面(B)の定子と一条天皇には、桐壺更衣と桐壺帝だけでなく、(3)や(4)のかぐや姫と竹取の翁の姿もが受容されていると言える。『栄花物語』に記されたような会話が二人のあいだで実際になされたのかどうかは不明というほかはないが、物語上の二人の最後の対面として描かれた(B)が、『源氏物語』と『竹取物語』との二つの先行作品を引用して構築された濃密な場面であることは確かである。ただし、皇子を託して死にゆくキサキと帝の別れをかたどる上で、桐壺更衣と桐壺帝が引き寄せられることは自然なこととも言えようが、それに加えてかぐや姫と竹取の翁をも踏まえていることは、見ようによっては過剰でもある。それでもなお『竹取物語』が引用されているのは、昇天間近のかぐや姫としての定子の造型が物語において重要な意義を担っているからだろう。かぐや姫との重なりは、一つには定子のすぐれた美しさを示唆し、さらには、待ち受ける自分の死を彼女が確かに意識していること、その死がけっして回避できないものであることを浮かび上がらせる。我が子を案じる母后としての不安のほかに、避けられない離別をひとり自覚した人間の孤独な悲しみが定子の思念に加えられているのである。そして、そうした意義は、この場面で完結しているわけではなさそうだ。視野に入れるべきは、巻の前半でやはりかぐや姫になぞらえられていた彰子の存在である。この巻における彰子、定子とかぐや姫との重なりは、照応するように施されているのではあるまいか。

四　二人のかぐや姫──『竹取物語』引用の意義と手法

ここまで、巻第六「かかやく藤壺」に『竹取物語』が受容され、彰子と定子の二人がかぐや姫に重ねられていることを確認してきた。最後にその意義を見定め、あわせてこの巻に見える物語引用の手法について考えたい。

これまでの考察を振り返れば、この巻の前半では、彰子が翁にかしずかれるかぐや姫に、巻の後半では、定子が昇天を間近に控えたかぐや姫に、それぞれ重ねられていた。そして、かぐや姫の姿が引用されることで、彰子についてはその美しさや一条天皇の愛情が強調され、定子については死を予感した孤独が浮かび上がっていた。このようにまとめてみると、それぞれ巻の前半と後半とで中心的に記述される一条天皇の二人のキサキのうち、一方にはある種の明るさをまとったかぐや姫の姿が投影され、他方にはかぐや姫の抱く悲嘆の影が差していると見られよう。二人の姿は、実に対照的とは言えないだろうか。もとより、両者の『竹取物語』受容の箇所は、一条天皇の戯れのことばや彰子の容姿の記述、また、定子と一条天皇の対話などさまざまであり、その様態も一様ではない。だが、特に(A)と(B)の場面に注目すれば、そこでは〔彰子──一条天皇〕と〔定子──一条天皇〕という二組の夫妻が、どちらも〔かぐや姫─竹取の翁〕を下敷きにして描かれていたのであった。このことは、物語上、

(A)が彰子と一条天皇の会話を記した最初の場面であり、(B)が定子と一条天皇の対面を描いた実質最後の場面であることを考え合わせるならば、やはり大きな意味を持っていよう。この巻は、彰子と定子の人生上の重要な地点を、あえて『竹取物語』という同一の典拠を利用して象徴的に描き出している。そうすることで、この時の両者の生を対比的に位置づけているのではないか。かぐや姫の姿が重ねられた二人の造型や位相は映発し、その照応によって、一条天皇に愛される光り輝かんばかりの彰子と、一条天皇（や子どもたち）との別離が待ち受ける翳りを帯びた定子とが、物語のなかに対照的な存在として定位されているのである。

ここで参照するべきは、この巻の彰子と定子の対比的な位相がすでに先行研究によって論及されてきたことであろう。早く三条西公正が『栄花物語』の「栄華と凋落」の叙述として取り上げて〔三条西一九三二〕以降も、先行論は、史実では二月である彰子の立后が定子退出と同じ三月の出来事とされていること〔高橋一九七〇〕〔松村一九七二〕や、前節で触れたように詮子の心中思惟において彰子と定子が対置されること〔池田一九八六〕〔福長二〇一一b〕などに特に着目しながら、両者を対比的に描く巻第六の構想や方法を論じてきた。いずれも首肯できる見解であり、本稿が見てきた『竹取物語』受容もそれらと軌を一にするものと見定められるだろう。その点ではこの巻が『竹取物語』を利用した意義は従来の研究成果と重なるものと言えるが、その上でなお、この巻に彰子と定子という二人のかぐや姫が現出していることは、物語引用の観点から重視されるべきことと考える。『竹取物語』と言えば、昇天や美女の発見、男の惑い等がモチーフとして摂取されることが多いなかで、かぐや姫の言わば人生を、輝きを放ち翁にかしずかれる〈明〉の面と、地上世界との離別の悲嘆に沈む〈暗〉の面とに分節し、それぞれを一つの巻のなかで二人の女性に割り振った上で対比するという手法は、享受史のなかでも特殊な、実に巧みなものとして評価できるのではないだろうか。

こうした手法は、実はずっと素朴なかたちですでに巻第一「月の宴」に見えていた。中宮安子の亡きあと、妹の登子が村上天皇の望みによって入内した直後の記事に見出せる『源氏物語』引用である。

(C)さて（登子ハ）参りたまへり。登花殿にぞ御局したる。それよりとして御宿直しきりて、こと御方々あへて立ち出でたまはず。故宮（＝安子）の女房、宮たちの御乳母などやすからぬことに思へり。（中略）御方々には、宮の御心のあはれなりしことを恋ひしのびきこえたまふに、かかることさへあれば、いと心づきなきことにすげなくそしりそねみ、やすからぬことに聞えたまふ。参りたまひて後、すべて夜昼臥し起きむつれさせたまひて、世の政を知らせたまはぬさまなれば、ただ今のそしりぐさには、この御事ぞありける。

（月の宴①五一）

村上天皇が安子の逝去から間も置かずに登子を入内させ、彼女を格別に寵愛することが批判的に記されている。新全集の頭注二八（五一）にもあるように、傍線部は『源氏物語』桐壺巻を下敷きにしていよう。よく知られた「はじめより我はと思ひあがりたまへる御方々、めざましきものにおとしめそねみたまふ。同じほど、それより下臈の更衣たちはましてやすからず」（桐壺①一七）や「天の下にも、あぢきなう人のもてなやみぐさになりて」（同一八）等の部分を踏まえることで、寵愛される登子は桐壺更衣に重ねられている。ここで興味深いことは、その一方で、他のキサキたちに偲ばれる故安子もまた次のような桐壺更衣の面影を継承していることである。

もの思ひ知りたまふは、（亡キ桐壺更衣ノ）さま容貌のめでたかりしこと、心ばせのなだらかにめやすく憎みがたかりしことなど、今ぞ思し出づる。さまあしき御もてなしゆゑこそ、すげなうそねみたまひしか、人柄のあはれに情ありし御心を、上の女房なども恋ひしのびあへり。

（桐壺①二五）

右の傍線部は、(C)の傍線部にも活かされているようだが、注目したいのは波線部である。亡き桐壺更衣の人柄が「あはれ」であったとその「御心」を「恋ひしのび」合うという表現は、(C)の波線部に引用されている。場面(C)は、桐壺更衣の像について「中宮安子には肯定的な部分を、妹尚侍登子には否定的な部分をと二人に分担させている」〔加藤一九八九〕のである。なお安子に関しては、この(C)に先立って、懐妊した彼女の退出を村上天皇が引き止めるところに、更衣の退出を桐壺帝が許可しない場面が受容されていたので（月の宴①四二）、(C)の波線部もその延長として捉えるべきかもしれないが、いまは、先行する物語の一登場人物から二つの側面を取り出し、それぞれを二人の人物（それも天皇を挟んだ二人の女性）に分担させて対比するケースが早くも見出せることを重視したい。本稿が論じてきた彰子と定子におけるかぐや姫引用は、(C)に見られる手法を大きく発展させたものと位置づけられよう。

そのような手法を『栄花物語』がどれほど用いているのかについては、現段階では調査が及んでおらず課題である。が、それを可能にする背景について想像してみるならば、おそらく『栄花物語』の作者たちは、物語の登場人物のイメージを類型的に捉える（昇天したかぐや姫に重ねられる嬉子の例にあらわれていよう）一方で、局面や場面ごとにも登場人物の造型を評価、批評するという多角的な読み方もしていたのだろう。それは文学作品の読み方としてはごく当たり前のものなのかもしれないが、そこに想定されるのは一個人の読書行為ではなく、『枕草子』に「物語のよきあしき、にくき所なんどをぞ定め言ひそしる」（「返る年の二月二十余日」の段）とあるような、女性たちの物語批評・鑑賞の場ではあるまいか。思い起こせば、フィクションではあるが『源氏物語』絵合巻の藤壺御前の物語絵合では、『竹取物語』をめぐる女房たちの批評の応酬が語られていたのであった（絵合②三八〇～一）。『竹取物語』を提出した左方は「かぐや姫のこの世の濁りにも穢れず、はるかに思ひのぼれる契りたかく、神世のことなめれば、あさはかなる女、目及ばぬならむかし」と男たちと結婚せずに昇天したことを称揚するが、反論する右方は「かぐや姫ののぼりけむ雲居はげに及ばぬことなれば、誰も知りがたし」と切り返し、かぐや姫の素姓を「下れる人」と批判したあと、「ひとつ家の内は照らしけめど、ももしきのかしこき御光には並ばずなりにけり」と対句仕立てにして、翁の家を照らす光輝を認めながら、かぐや姫が結局は入内しなかった点を非難していた。このような、登場人物の人生の部分部分に注目し、時にはそれらを対比しながら評価、批評し合う読み方が背景にあって、〈明〉と〈暗〉のかぐや姫は形成されていたのではないか。

本稿が見てきた巻第六の『竹取物語』受容は、『源氏物語』におけるそれのような主題的な重みを担い得るものとは見えない。しかし、同一の典拠を用いることで人物の対照性を際やかに表現することは、多くの人々の動静や人生を描く『栄花物語』にとっては大きな意義を持っていたはずである。彰子と定子の生を物語の表現上で交差させる機構として、主題の軽重とは別の軸で評価されるべきだろう。そして何より、この巧みな物語引用は、右に述べた物語批評・鑑賞の場を背後に想定することが妥当であるならば、やはりそうした場に親しんでいたであろう読者（女性たち）に、引用を読み解き、連関させる愉悦をもたらしたことと考えられる。その愉悦とともに、かぐや姫に擬される彰子と定子の生や、両者が体現するキサキたちの光と影は、印象深くまた説得的に読者の心に刻まれたのではないだろうか。

以上、『栄花物語』巻第六における『竹取物語』受容を指摘し、その意義や手法、背景などについて考察をめぐらしてきた。本稿が対象にしたのは一巻に過ぎないが、『栄花物語』が作り物語を利用して物語世界を構築していた営みの一端は示せたと思う。冒頭にも述べたように、『栄花物語』にとって『源氏物語』の存在は極めて大きい。だが、他の作り物語もまた確かに『栄花物語』には摂取されている。現存する作り物語は限られているため限界もあろうが、広くその受容を探る試みが重ねられることによって、『栄花物語』の研究は深まってゆくはずである。

（1）［福長二〇一一a］は、『源氏物語』御法巻における紫の上の葬送に『竹取物語』引用を指摘する［河添一九九八］を踏まえ、嬉子の葬送の叙述は「『竹取物語』引用を回路として御法巻と通底する」とし、「嬉子に先立たれた道長の嘆きは、『竹取物語』の翁や帝のそれに、さらには光源氏の惑乱に比すべきものとして描出されている」と述べる。

（2）［曽田一九六七］は、(A)の一条天皇の発話も含めて平安文学における七十歳の用例を挙げ、「七十才を以て、老齢でもそれは就中人生の一段落する時期と見做す」通念が平安時代には確立していたとする。

（3）竹取の翁の年齢は、物語後半で「翁、今年は五十ばかりなりけれども」（六四）とも記されており、「七十にあまりぬ」という発言との矛盾が指摘されている（［曽田一九六七］も論及する）。この問題については諸説が提示されているが、本稿は立ち入らない。

（4）(A)の場面について、［冨倉一九六二］は「もとより作者が、あるいは作者の用いた資料の作者が事実眼にし、耳にしたことではあろう」とするが、［加納一九九二］はその描写を「虚構のそれとほぼ考えられる」としている。

（5）［鳥羽一九六八］は、「美しく豊かなイメージ」を持つ『源氏物語』の「藤壺」や「かがやく」ということばを借りることで、『栄花物語』は「彰子の入内記事に深さやかがやきを添えようとしたのであろう」と論じている。なお、諸注が指摘するように、内裏は長保元年六月に焼亡していたため、史実では彰子が入内した内裏は一条院、彼女の在所は東北対であり、『栄花物語』の記す「藤壺」ではなかった。

（6）『源氏物語』朝顔巻末に出現する藤壺について『竹取物語』受容を指摘した［鈴木（高橋）二〇一〇］は、「『竹取物語』の女君の呼称の響きを「かかやく日の宮」に認めることはおそらくたやすいはず」と述べる。ならば、その在所が「照り輝」くと表現され、「耀く藤壺」と称される彰子にかぐや姫が引用されることもけっして不自然ではあるまい。

（7）中島論の挙げる共通点は、定子が、「心ざし」（浦々の別①二七二、二七九）や「文」（同二五八）・「消息」（かかやく藤壺

①三一七）を受けた「帝」と別れること、定子の逝去は十六日でありながら媄子出産の日付「十五日」のみが記されること（とりべ野①三三五）、遺される男が帝と身内に分かれていること（伊周を竹取の翁とする）などである。ほかに、定子の泣く表現の一つ「涙に浮きてのみおはしませば」（かかやく藤壺①三一三）が『竹取物語』の「涙にうかぶ」（七六）と類似していることも指摘する。だがこのうち、「心ざし」は、厳密には『竹取物語』では求婚者や翁に関わって用いられている語であり、帝には見えない。また「涙にうかぶ」はかぐや姫に関する表現ではなく、帝の歌に用いられているものである。それらをもって単純に定子とかぐや姫を重ねることには疑問が残る。

（8）一条天皇の発話は諸本間で異同があり、梅沢本（底本）「いかなれはなとかくはの給はするそ」、西本願寺本・陽明文庫本「とかくはのたまはするそ」、富岡甲乙両本「なとかくはのたまはするそ」となっている（[松村一九七一][松村一九八五]を参照）。『竹取物語』受容の点からも文意の点からも、梅沢本や富岡本のかたちに従いたい。

〈引用文献〉

[池田一九八六] 池田尚隆「栄花物語の方法―その〈編年体〉を中心として―」（『国語と国文学』一九八六・一二）

[加藤一九八九] 加藤静子「『栄花物語』―源氏物語の影―」（『解釈と鑑賞』一九八九・三）

[加納一九九二] 加納重文『歴史物語の思想』「第Ⅰ編 栄花物語　第一章 性格」（京都女子大学、一九九二）

[河添一九九八] 河添房江「源氏物語の内なる竹取物語」（『源氏物語表現史―喩と王権の位相―』翰林書房、一九九八）

[倉本二〇〇三] 倉本一宏『一条天皇』（吉川弘文館、二〇〇三）

[後藤二〇〇八] 後藤幸良「『源氏物語』の始まり―「もの心細し」をめぐって―」（『平安朝物語の形成』笠間書院、二〇〇八）

[三条西一九三二] 三条西公正『岩波講座 日本文学　栄華物語―題名及び巻名に関する提案―』（岩波書店、一九三二）

[鈴木二〇一〇] 鈴木（高橋）早苗「『源氏物語』朝顔巻の藤壺―『竹取物語』のかぐや姫を視座として―」（『中古文学』八五、二〇一〇・六）

[曽田一九六七] 曽田文雄「平安文献にみる七十才」（『滋賀大国文』四、一九六七・三）

[高橋一九七〇] 高橋伸幸「『栄花物語』の方法」（『国語国文』一九七〇・一）

［鳥羽一九六八］　鳥羽重子「栄花物語における藤原彰子―源氏物語からの影響の受け方―」（『言語と文芸』一〇―四、一九六八・七）
［冨倉一九六二］　冨倉徳次郎「女性の文学としての栄花物語」（『古典日本文学全集9　栄花物語』筑摩書房、一九六二）
［中島二〇一三］　中島和歌子「最晩年を中心とする『栄花物語』の定子の人物造型をめぐって―紫のゆかり、かぐや姫、『産経』―」（『語学文学』五二、二〇一三・一二）
［中村二〇〇二］　中村康夫「〈みかど〉について」（『栄花物語の基層』風間書房、二〇〇二）
［深澤一九九一］　深澤三千男「『源氏物語』と『栄花物語』㈢」（山中裕編『王朝歴史物語の世界』吉川弘文館、一九九一）
［福長二〇一一ａ］　福長進「序論」（『歴史物語の創造』笠間書院、二〇一一）
［福長二〇一一ｂ］　福長進「明暗対比的な構成」（『歴史物語の創造』）
［増淵一九九八］　増淵勝一「作り物語と歴史物語」（歴史物語講座刊行委員会編『歴史物語講座　第一巻　総論編』風間書房、一九九八）
［松村一九七二］　松村博司『栄花物語全注釈』二（角川書店、一九七二）
［松村一九八五］　松村博司『栄花物語の研究　校異篇』上巻（風間書房、一九八五）

＊引用は以下のとおり。『栄花物語』『源氏物語』『枕草子』…新編日本古典文学全集（小学館）。『栄花物語』と『源氏物語』は巻名・冊数・頁数を付した。／『竹取物語』…新日本古典文学大系（岩波書店）。頁数を付した。なお、句読点を含め表記を私に改めた箇所がある。また、紙幅の都合上、改行を適宜省略した。

（付記）本稿脱稿後に、横溝博「『栄花物語』と平安朝物語の関係―『うつほ物語』の影響、成熟する歴史語り―」（加藤静子・福長進編『日本文学研究ジャーナル　第六号　歴史物語の表現世界』古典ライブラリー、二〇一八）が発表された。横溝論は、『うつほ物語』に特に着目しながら、『栄花物語』における作り物語の受容について多角的に論じている。先行研究として言及することはできなかったが、本稿の問題意識と重なる論考である。

山下太郎

『栄花物語・初花』の〈語り手女房〉

語り換えの方法

一　叙述の話材

『栄花物語・巻第八はつはな』（以下、『初花』）は、この物語の各巻のなかで最も長大な巻である。叙述されている主な出来事（「話材」とする）を現出の順に資料㈠に列挙する。[1] なお、論述の便宜のために番号を付した。

［資料㈠］『初花』の主な話材

(1)田鶴君（頼通）の元服・春日祭勅使、(2)帰京後の伊周・隆家の現状、
(3)道長・公任・花山院の歌、(4)敦康親王、彰子の養子に、(5)一条帝御匣殿を寵愛、
(6)伊周・隆家の様子、(7)娍子・妍子の様子、(8)御匣殿の懐妊と逝去、
(9)道長子息たちの成長・昇進、(10)花山院・敦道親王・道長の賀茂祭見物、
(11)伊周・隆家の処遇、(12)内裏焼亡、(13)土御門第へ花山院行幸、(14)道長の御嶽詣、
(15)道長の姫君・倫子・彰子の様子、(16)彰子の懐妊、(17)花山院崩御、(18)媄子内親王の病悩、
(19)土御門第法華三十講、(20)媄子内親王薨去、(21)彰子と一条帝の有様、
(22)彰子敦成親王出産・産養など、(23)一条帝行幸、(24)敦成親王五十日祝、
(25)彰子・若宮内裏参入、(26)五節舞姫参入、(27)賀茂臨時祭、
(28)伊周の嘆き、(29)敦成親王成長・帝敦康親王を想起、(30)彰子再度の懐妊、
(31)頼通の結婚、(32)妍子東宮参入準備、(33)伊周周辺の敦成親王呪詛、(34)敦良親王誕生、
(35)伊周病悩、(36)妍子東宮参入、(37)伊周遺言　(38)伊周家の人々、(39)伊周薨去、

⑽済時中の君・和泉・道隆三の君と敦道親王、⑾具平親王薨去、⑿道長と為光四の君、⒀敦成親王賀茂祭見物、⒁敦明親王と顕光女延子の結婚、⒂頼宗・伊周大姫君結婚、⒃伊周中の君彰子に出仕、⒄帥宮敦道親王薨去、⒅敦康親王元服・帥宮、⒆一条帝譲位の意思

伊周など中関白家に関わる話材に傍線を施した。また、太傍線を彰子中宮の敦成親王出産とそれに伴う諸行事（資料㈠の⒇〜㉗）に付した。

『初花』は敦成親王誕生を中核とし、それまでの過程とその後の展開を叙述する。『初花』の誕生記は、『紫式部日記』（以下、『日記』とも）の敦成親王誕生記におおむね重なることから、『栄花物語』が『紫式部日記』を取用した結果と看做しうる。ただ、『日記』をそのまま引き写したのではなく、一定の整理や取捨選択のあることは、すでに指摘されている。しかし、どのように『初花』の叙述展開のなかに『日記』の叙述を取り入れたのか、その方法についてはまだ必ずしも分明にはされていない。当該の部分を比較対照するだけでなく、『初花』の叙述全体との連関を検討する必要があるだろう。(2) まずは、『初花』における話材の配列を見ておきたい。注目すべきは、中関白家の当主藤原伊周の動向である。伊周は『初花』の全体に渡って登場する、まるで物語の主人公のように。

『巻第四みはてぬゆめ』と『巻第五浦々の別』によれば、伊周と隆家は花山院誤射事件などにより失脚しそれぞれ配所に送られ、その後、定子所産の一条帝の一の皇子敦康親王の後見役として都に召還される。『初花』では、道長の意向により伊周に准大臣の位と御封が下賜されたこと（⑾）が示される。伊周の政治的な権力は、すでに失われている。二人は、道長のいわば恩情によって世を過ごしている状態である。だが、伊周

は一度は天下を手中に収めた「見はてぬ夢」を諦めきれない。［㉗賀茂臨時祭］の記事に続いて、［㉘伊周の嘆き］が配置され、さらに［㉝伊周周辺の敦成親王呪詛］のあったことが叙述される。そして、［㊲伊周遺言］では、伊周は、自分の死後に娘たちが宮仕えをすることを禁じ、子息道雅には出家を求める。もちろん、順守は不可能である。伊周の動向は、光あふれる道長家に対して、その眩さを際立たせる翳の機能を果たしている。［㉒彰子敦成親王出産・産養など］に先立って、［⑻御匣殿の懐妊と逝去］および［⑳媄子内親王薨去］が置かれ、直後に［㉘伊周の嘆き］が配されたことは、歴史的事実を編年に並べたというよりも『栄花物語』作者が意図的に選び取って配置したのである。御匣殿は伊周の妹、媄子内親王は定子所産の一条帝二女である。二者の死は、伊周の復権の望みを砕くのに十分であった。さらに引き続いての敦成親王誕生は、伊周の残る唯一の期待である敦康親王即位の可能性を奪うことになる。

『栄花物語』を『紫式部日記』と対照する際、『日記』の叙述に重なる、㉒から㉗までが主に取り上げられる。『新編全集』の頭注は、㉗について「『紫式部日記』引用部はここまで」とする。確かにその通りなのだが、その前後に置かれている「㉑彰子と一条帝の有様」と「㉘伊周の嘆き」は、『日記』の敦成親王誕生記を、『初花』の叙述のなかに位置付けるために加えられたのではないか。とすれば、『初花』においては、㉑から㉘までが敦成親王誕生記である。節を改めて検討する。

二　接続語の機能

［資料㈡］

『初花』敦成親王誕生記・始発部（傍線等は山下。以下同じ）

(A)かういふほどに、はかなう七月にもなりぬ。中宮の御気色も今はわざと御腹のけはひなども苦しげにおはしまし、たはやすからぬさまに思されたるも、見たてまつる人心苦しう思ひきこえさす。内よりは御使ひのみぞしきりに参る。なほほかよりは、承香殿に御心ざしあるとぞ、おのづから聞ゆれど、すべていづれの御方も参らせたまふこといとかたし。一品宮内裏におはしませば、ただその御方に渡らせたまひてぞ、御心も慰めさせたまふ。この二の宮の御事をぞかへすがへす思しめしける。

(B)秋のけしきにいり立つままに、土御門殿の有様いはん方なくいとをかし。池のわたりの梢、遣水のほとりの草むら、おのおの色づきわたり、おほかたの空のけしきのをかしきに、不断の御読経の声々あはれまさり、やうやう涼しき風のけはひに、例の絶えせぬ水の音なひ、よもすがら聞きかはさる。一日までは法興院の御八講とののしりしほどに、七夕の日にもあひ別れにけりとぞ。幾十の羊の歩みを過ぐし来ぬらんとのみこそおぼえけれ。

（初花三九六）

資料(二)―(A)の「かういふほどに……七月にもなりぬ」は、接続語「かういふほどに」に歴月推移の叙述が続く例である。出産を間近に控えた中宮と一条帝の様子が叙述され、傍線部では、助動詞〈けり〉の叙述によって、帝が薨去した媄子内親王を繰り返し想起する様が語られ、資料(一)―(15)の記事との連繋が図られる。(B)の傍線部「秋のけしきにいり立つままに」は、『日記』では「秋のけはひ入たつままに」となっていて、格助詞「に」が存在しない。[3] また、『初花』の「けしき」は「けはひ」となっている。「けしき（気色）」は視覚でとらえた自然の様子である。「けはひ（気配）」は五感でとらえた全体の雰囲気である。両者は、別語である。『初花』では、語り手が土御門邸の秋の「けしき」のなかにいり立つ。「七月にもなりぬ」と秋の訪れは暦月によってすでに示されている。『日記』に暦月の記載はなく、「秋のけはひ」がここで初めて土御門殿に「入りたつ」のである。行動の主体は、秋のけはひである。語り手はその様子を見ている。

次に、終結部を検討する。

［資料㈢］敦成親王誕生記・終結部

(A)かくて、臨時の祭になりぬ。使にはこの殿の権中納言出でたまふ。（後略）

かくて、この臨時の祭の日、藤宰相の御随身、ありし筥の蓋をこの君の随身にさし取らせて、いにけり。（後略）

(B)十二月にもなりぬれば、残りすくなきあはれなり。花蝶といひつるほどに、年もくれぬ。

(C)かくて、若宮のいとものあざやかにめでたう、山の端よりさし出でたる望月などのやうにおはしますを、帥殿のわたりには、胸つぶれいみじうおぼえたまひて、人知れぬ年ごろの御心の中のあらまし事どもも、むげに違ひぬるさまに思されて、（中略）いみじうあはれなることなりかし。中納言、僧都の君なども、世を同じうしながら、あさはかになかなか心やすげに見えたまふ。この殿ぞよろづ世とともに思し乱れたる世の憂さなめれば、いとど心苦しうなん。

(D)かかるほどに年かへりぬ。寛弘六年になりぬ。（後略）　　　（初花四二八）

『紫式部日記』と重なっているのは、資料㈢―(A)までである。(B)と(C)は『日記』にはない。『日記』では、(A)の賀茂臨時祭の記事に続いて、「しはすの二十九日」の帰参と「つごもりの夜」の盗賊侵入事件が記され、それぞれについての紫式部の述懐がある。私見によれば、『初花』の語り手は、紫式部ではない。いわば、見聞者であり語り手でもある無名の女房である。そのような設定がなされている。仮に〈語り手女房〉とする。資料㈢―(B)

は、『日記』の十二月に代わるものとしてここに置かれている。「十二月にもなりぬれば、残りすくなきあはれなり」は、個としての述懐ではなくいわば女房集団を代表しての述懐である。

資料㈢—(C)は、若宮生誕を受けての伊周の嘆き（資料㈠—㉘）を叙述する。『日記』に伊周への言及のないことについて、福家俊幸は、「この日記が主家のために記された女房日記であるとすれば、伊周方について言及がないのも当然といえる。わざわざそこに翳を持ち込むような伊周方について言及する必要はないからである」という。[4] 首肯すべきである。逆に、『初花』が翳としての伊周を持ち込むのは、『栄花物語』の必然であった。なぜなら、『栄花物語』は、道長の圧倒的な勝利、すなわち栄花を語るものだからである。伊周の完膚なきまでの敗北が語られなければならない。(C)の波線部は、隆家らと違ってあきらめきれない伊周の心情面でのさらなる敗北を認めその憂苦を述べる、『初花』の語り手による草子地的解説である。

資料㈢—(D)は、「かかるほどに年かへりぬ。寛弘六年になりぬ」と暦年推移の叙述で始まる。敦成親王の生誕に関連する叙述は(C)で終了し、彰子の第二子敦良親王の懐妊へと続く記事が開始する。

資料㈡と資料㈢では、「かうぃふほどに」「かくて」「かかるほどに」の接続語を四角で囲った。『日記』の敦成親王誕生記に、こうした接続語は使用されない。[5]『日記』全体においても同様である。いっぽう、『栄花物語』では、正編、続編を問わず、数多く使用されている。これらは、『初花』がその叙述のなかに『紫式部日記』を取用するために不可欠の要素であった。

［資料㈣］『初花』敦成親王誕生記の接続語（『新編全集』の頁を示す）

(1) かうぃふほどに、はかなう七月にもなりぬ。（三九六）

(2) かくて、宮の御事は、九月にこそ当たらせたまへるを、八月にとある御祈りどももあれど、また「それさべき

にも……」など聞えたまふ人々もあれば、げにと思しめさる。（三九七）

(3)かくいふほどに、八月二十余日のほどよりは、（後略）（三九九）

(4)かかるほどに、九月にもなりぬ。（四〇〇）

(5)さて、御戒受けさせたまふほどなどぞいとゆゆしく思しまどはるる。（四〇二）

(6)かくて、御臍の緒は、殿の上、（後略）（四〇三）

(7)かくて、事ども果てて、上達部には女の装束、御襁褓など添へたり。（四〇八）

(8)また、七日の夜は公の御産養なり。（四〇九）

(9)かくて、日ごろ経れど、（中略）神無月の十日余りまでは、御帳より出でさせたまはず。（四一一）

(10)かくいふほどに、行幸も近うなりぬれば、殿の内をよろづにつくろひみがかせたまふ、見どころあり。（四一二）

(11)かくて、若宮を、いとおぼつかなうゆかしう内に思ひきこえさせたまふに（後略）（四一二）

(12)かくて、こたみの料と造らせたまへる船ども寄せて御覧ず。（四一三）

(13)かくて、殿は入らせたまひ、上は出でさせたまひて、（後略）（四一六）

(14)かくいふほどに、御五十日、霜月の一日になりにければ、（後略）（四一七）

(15)かくて、例の作法の禄どもなどありて、いとしどけなげによろぼひまかでさせたまひぬ。（四二一）

(16)かくて、十七日に入らせたまふべければ、（後略）（四二二）

(17)かやうにて日ごろも経ぬるほどに、五節、二十日まゐる。（四二三）

(18)また、東宮亮の五節に、宮より薫物遣はす。（四二四）

(19)また、さ思はせんとたばかりたることとなれば、（後略）　（四二六）

(20)かくて、臨時の祭になりぬ。　（四二七）

(21)かくて、この臨時の祭の日、藤宰相の御随身、ありし笞の蓋をこの君の随身にさし取らせて、いにけり。　（四二八）

(22)かくて、若宮のいとものあざやかにめでたう、山の端よりさし出でたる望月などのやうにおはしますを、帥殿のわたりには（後略）　（四二八）

(23)かかるほどに、年かへりぬ。寛弘六年になりぬ。　（四三〇）

資料㈣の⑴から(22)までは、『初花』の敦成親王誕生記にある接続語を挙げた。(23)は、すでに触れたように新たな出来事の叙述の始めの部分にあたる。通覧して、まず気づくのは、「かくて」「さて」の「〜て」となっているものと、「かくいふほどに」「かかるほどに」などの「〜ほどに」となっているものの二種があることである。前者をⅠ型（[テ]型）、後者をⅡ型（[ホドニ]型）とする。さらに「また」は、Ⅰ型にもⅡ型にも入らない。これをⅢ型（[マタ]型）とする。なお、⒄の「かやうにて日ごろも経ぬるほどに」は、「かやうにて」だけを取ればⅠ型になるが「ほどに」に収束する。機能的にはⅡ型に入れてよいであろう。Ⅲ型の「また」は、本来、添加を表す副詞である。前件の事態に新たに同様の事態を付け加える。「また」によって連接される前件と後件とは極めて近接している。

Ⅰ型およびⅡ型は、前件の事態を受けて後件に連接する。ただ、Ⅰ型よりもⅡ型のほうが、前件と後件との時間的な懸隔をより長いものと捉えているといえるのではないか。

資料㈣—⑴には、「かういふほどに……七月にもなりぬ」とあり、(23)には、「かかるほどに、年かへりぬ。寛弘六年になりぬ。」とある。歴年・歴月の表示の有無はあるが、「なりぬ」に続く点で、⑷・⑽・⒁は同様にみることができる。⒄「かやうにて日ごろも経ぬるほどに」は、接続語それ自体のなかに、時間の経過を示す表現が含まれている。ある程度の長さを示すという点で「かかるほどに」に準じて扱うことができるだろう。
資料㈣―⒇は、「かくて、臨時の祭になりぬ」とあり、「かくて」に「なりぬ」が続いている。この「かくて」はⅡ型と同様にみるべきだろうか。
資料㈣―⒄は、「かやうにて日ごろも経ぬるほどに、五節、二十日まゐる」とある。中宮と若宮が内裏に参入し、五節舞姫が大きな行事として続く。⒄はその開始を記す。⒅「また」、⒆「また」、⒇「かくて」、(21)「かくて」とⅢ型とⅠ型の接続語が続く。ともに前件と後件とを時間的に近接するものと捉える。⒄から(21)までの叙述は、五節舞姫から賀茂臨時祭までを一連のものと把握しているのである。
(22)は、その間の若宮の様子を「山の端よりさし出でたる望月などのやうにおはします」と叙述し、次いで、伊周の嘆きを述べる。(22)の直前には、「十二月にもなりぬれば、残りすくなきあはれなり。花蝶といひつるほどに、年もくれぬ」（資料㈢―Ⓑ）とある。十一月末の賀茂臨時祭の記事に続けて、十二月の到来を述べ、その間の若宮の愛育に触れて、「年もくれぬ」で終わり、(23)始めの叙述の前提とする。

三 〈語り手〉の変換

『紫式部日記』には「かくて」「かかるほどに」などの接続語はなく、『初花』ではそれらが付加される。なぜその必要があったのか。

『日記』は、中宮彰子に仕える女房であり『源氏物語』作者でもある紫式部の女房日記である。それは、式部の私的な述懐を包みこみつつ、藤原道長家の最大の慶事である敦成親王誕生の記録を進める公的な日記である。道長は、『源氏物語』のパトロンであった。『日記』の御冊子作りの記事は、そのことを前提にしている。しかし、『初花』において、『源氏物語』関連の記事は、御冊子作りだけでなく、左衛門督（藤原公任）の「若紫やさぶらふ」の発言も採用されない。

その一方で、紫式部は、『初花』の登場人物として現出する。寛弘五年九月十五日「五日の産養」の項の「女房さかづき」の記事である。まず『初花』を挙げ『日記』を対照して示す。

［資料㈤］「女房さかづき」の記事（英字の大文字『初花』、小文字『日記』）

(A)上達部ども、殿をはじめたてまつりて、攤うちたまふに、紙のほどの論聞きにくらうがはし。歌などあり。

(a)上達部、座を立ちて、御橋の上にまいり給ふ。殿をはじめたてまつりて、攤うちたまふ。かみのあらそひ、いとまさなし。歌どもあり。

(B)されどもの騒がしさに紛れたる、尋ぬれど、しどけなう事しげければ、え書きつづけはべらぬ。

(C)「女房さかづき、などあるほどに、いかがは」など思ひやすらはる。

(c)「女房さかづき、などあるをり、いかがはいふべき」など口々思ひ心みる。

(D)めずらしき光さしそふさかづきはもちながらこそ千代をめぐらめ

(d)めづらしき光さしそふさかづきはもちながらこそ千代もめぐらめ

(E)とぞ紫ささめき思ふに、四条大納言簾のもとにゐたまへれば、歌よりも言ひ出でんほどの声づかひ、恥づかしさをぞ思ふべかめる。

(e)四条大納言に、「さしいでんほど歌をばさるものにて、声づかひ、用意いるべし」などささめきあらそふほどに、こと多くて、夜いたうふけぬればにや、とりわきてもささで、まかでたまふ。

（初花四〇八・日記二六九）

『新編全集』頭注は、「このあたり、……『日記』の紫式部に近づきすぎたため、文脈に無理が出たもの」（傍線は山下）とする。また、渡瀬茂は、この記事の「文章」について、次のように述べる。(6)

［資料(六)］「女房さかづき」の記事について

この文章は、栄花物語の文章としてもいささか整わないものである。本来一人称の視点よりしるされてあった紫式部日記の「私」の言動思念を栄花物語に移すにあたっての、三人称への変換がうまくなされていない。また、和歌の詠者の表示も、「むらさきささめき」が「めづらしき」の和歌の後に置かれているのも異様である。

白井たつ子が、資料(五)の叙述で文章が整っていない原因を『栄花物語』作者の「才能の欠如」に求めている。(7)それを受けて、渡瀬はさらに、『栄花物語』作者が本来排除すべきであった『日記』の一人称的叙述である紫式部の和歌を「捨て去るに忍びず……和歌の詠み手の言動をも、栄花物語中に残さざるを得なかった」と主張する。詠み手の言動の残存は、作者の未練の結果なのだろうか。

資料(五)―(A)の『初花』の「歌などあり」と『日記』の「歌どもあり」は、攤の勝負に伴って詠歌の場のあったことをいう。『初花』の書き手（あるいは語り手）は、その際の歌を、「されどもの騒がしさに紛れたる、尋ぬれど、しどけなう事しげければ、え書きつづけはべらぬ」(B)と付け加える。(A)の「歌など」について、騒然としたなかに紛れてしまい、また、記録もできないことを聞き手（あるいは、読み手）に対して弁解する。

(C)の「女房さかづき」以下は、『初花』も『日記』も、上達部の詠歌行為とは別のこととして叙述している。「女房さかづき」の求めは実際にはなかった。女房たちは取り越し苦労をしているのである。『初花』の「女房さかづき……いかがは」は、語り手を含む女房たちの心内語である。それを引用する「思ひやすらふ」は、詠作をためらうことをいう。主体は、語り手を含む女房たちである。このような個別的ではない一人称的主体を、筆者は「包括的一人称主体」と規定したことがある。(8) いわば、私ではなく〈私たち〉である。「女房さかづき……いかがは」は、上達部どもの酒宴に居合わせた女房たちに共通の思念であり、それを〈語り手女房〉が代表して述べている。『日記』の「女房さかづき……いかがはいふべき」は、「など口々思ひ心みる」で引用される。「口々」とあるので、はっきりとではないにしろ発話がなされたのであろう。「心みる」も歌を小声で試作したのである。そこで、「口々思ひ心みる」は、「女房さかづき」の指名を危惧して女房たちがそれぞれに歌を試作しあっていることになる。『初花』では、女房たちは試作歌を口にしない。歌を口にのぼらせるのは、「紫」すなわち紫式部だけである。(E)の「紫ささめき思ふ」の動詞「ささめく」は、小声でひそひそと話すこと、ささやくことである。『日記』では、「めづらしき」の歌の作者は、かならずしも紫式部ではない。「口々思ひ心みる」行為の結果として、女房たちのなかから生成したものとみることができる。事実として紫式部の詠作であったかもしれないが、『日記』の叙述において明示はされない。それを『初花』は、紫式部に焦点を絞り、「紫」の詠作とした。

紫式部は、その場の女房集団の中にいる。しかし、語り手ではない。『初花』は、敦成親王誕生記の語り手を、紫式部から別の無名女房へと変換したのである。語り手が紫式部ではないことを示すには、紫式部その人を登場させるのがもっとも有効な手段である。紫式部は、語る主体から語られる客体へと転換された。「紫ささめき」の「紫」は、そうした機能を果たしている。

資料(五)—(e)の『日記』の叙述において、「ささめきあらそふ」のは紫式部だけではない。紫式部を含む女房たちが、四条大納言藤原公任に遠慮して、詠唱の際の「声づかひ」について小声で言い合っているのである。[9]『初花』は『日記』に現出する動詞「ささめく」をそのまま使用しつつ、動作の主体を動作の対象へと転換した。いわば、語り換えている。

『紫式部日記』は、道長家に連なる人々にとって周知のテキストであった。さらに『栄花物語』制作当時の人々にも、相応に広く読まれていたに違いない。とすれば、今日の我々が、『初花』について『日記』の取用をみる以上に、当時の人々はそれを看取したはずである。しかし、そのことは問題ではない。問題なのは、むしろ『日記』がいかに『栄花物語』において語り換えられているかである。語り換えが入念になされなければ、取用された『日記』の叙述は、『初花』のなかで浮き上がってしまうだろう。それは、作者の企図ではなかったはずである。

ところで、『栄花物語』には、紫式部が「藤式部」の呼称で登場する場面が二箇所ある。『巻第九いはかげ』(『新編全集』①四七七)と『巻第十ひかげのかづら』(同①五〇二)である。いずれも、崩御した一条院を偲ぶ中宮彰子の心情を汲んで詠作する、詠者としての登場である。優れて公的な場面といえよう。対して、『初花』は、より私的である。女房としての歌であり、しかも詠唱による披露は実現しなかった。「ささめき」が聴取できるほどに密接して伺候している女房たちのなかに、〈語り手女房〉も紫式部もいる。紫式部がこの場面で、「紫式部」でも「藤式部」でもなく「紫」という親しい者たちのなかでの通称、いわば綽名で呼ばれることの必然性がここにある。

帝行幸の記事で土御門邸に随行した内の女房の装束を記す場面に、「柱隠れにてまほにも見えず」という草子地的叙述が、『初花』と『日記』に共通する。表現は同じだが、見る主体は異なっている。ただ、〈語り手女房〉も、紫式部と同様に配膳や介添えなどの役ではなく「見る」という職責を与えられている。見聞し書くことが役目である。

紫式部の書くべき出来事の範囲は、敦成親王誕生の経緯であった。〈語り手女房〉の書くべき範囲は、『初花』のすべての出来事である。敦成親王誕生はその一部である。『日記』の書き手は見聞を記憶し必要ならば記録し、時間を置かずに書き留める。ちょうど、『土左日記』の女のように出来事の現場に密着している。『初花』の書き手は、見聞した様々な出来事を整理し書きつけていく。出来事の現場と書くこととの距離は隔たっている。出来事相互の関連もあらためて位置付けていく必要がある。「かくて」「かかるほどに」などの接続語は、『初花』の書き手が、見聞を整理し順序だてていくために、そしてあらためて語るために必要だったのである。

渡瀬は、「かくいふほどに」について、「かくいふ」の草子地的な記載を含みつつ、主たる話題の叙述に結ぶ「ほどに」に収束することで、「一つの記事を、その記述を作品の叙述の展開全体の中へ位置付けるとともに、この記事に語られる事件を作品世界の時間的な流れの上に位置付ける役割をも果たす」という。[10]「かくて」と「かかるほどに」についても、草子地的記載を含まないという違いはあるが、全体として作品の叙述と作品世界との二重性を前提として機能する点では同断である。接続語はそれ自体が草子地的である。書き手（あるいは語り手）の立場から、出来事と出来事との関係を連接していく。その際、出来事と出来事との間の距離の設定は、書き手の側に属する接続語の機能である。換言すれば、『初花』の書き手は、接続語を付与することで、現場主義的な『紫式部日記』の語りを、構成主義的な『栄花物語』の語りへと語り換えたのである。例えていえば、前者が実況中継なら後者はルポルタージュである。

四　道長との贈答

敦成親王の五十日祝の記事の最後に道長と女房との贈答がある。

［資料㈥］道長との贈答（傍線部は『日記』との校異）

け（ナシ）恐ろしかるべき夜のけはひ（御酔ひ）なめりと見て、事果つるままに、宰相の君と（に）言ひ合わせて隠れなんとするに、東面に殿の君達、宰相中将など入りて騒がしかりければ、二人御几帳（御帳）の後にゐ隠れたるを、（とりはらはせたまひて）二人ながらとらへ（とらへ据ゑ）させたまへり。「歌（和歌）一つ仕うまつれ（さらばゆるさむ）」とのたまはするに、（のたまはす。）いとわびしう（わびしく）恐ろしければ、（聞ゆ。）

いかにいかが数へやるべき八千年のあまりひさしき君が御代をば

「あはれ仕うまつれるかな」と、二度ばかり誦ぜさせたまひて、いと疾く（疾う）のたまはせたる、

あしたづの齢しあらば君が代の千歳の数もかぞへとりてん

（初花四二一）

資料㈥では、『初花』の行文を基礎に、『日記』との校異を（　）内に示した。一見して明らかなように内容においても表現においても、大きな差異はない。しかし、『日記』について「いかにいかに」の歌の詠作者を紫式部とみるのであれば、『初花』においては〈語り手女房〉としなければならない。渡瀬のいう「三人称への変換」は本来存在しない。『栄花物語』の叙述はけっして三人称的ではない。むしろ一人称的とさえいえよう。

また、渡瀬は和歌の詠み手の明示のないことを問題視するが、[11]「いかにいかに」の歌については語り手の詠歌

であることは明白だし、「あしたづの」の歌についても、二重敬語の使用から道長の詠作であることは動かない。主体は明示するまでもなかったのである。

福家は「宰相の君ともう一人だれなのか、分明でない」としつつ、中宮彰子のサロンでの享受を前提として詠作者が紫式部であることは自明であったとする。[12] 史的事実としてその通りなのかもしれない。しかし、『初花』にそうは書かれていない。紫式部ではない〈語り手女房〉が殿に歌を強要され詠作したところ、道長は即座に「あしたづの」の詠歌を返した。そのことが重要なのである。「いかにいかが」の詠作者は、強いていえば誰でもよい。紫式部でなければならない必然性はない。むしろ、無名の女房の祝歌を喜んで受け取り反芻翫味し返歌をする道長の愉悦こそが眼目である。そのように考えると、詠作者は紫式部でないほうがよいともいえよう。叙述の表現に大きな変異はない。それでも語り換えはなされているのである。

五　語り換えの方法

『日記』の敦成親王誕生記は、語り手である紫式部を無名の〈語り手女房〉に変換し叙述の表現を整除することで、『初花』の中に位置付けられた。そこには、『栄花物語』作者による、方法としての語り換えがあった。おそらく語り換えの適用は、『日記』と『初花』との間に限らないであろう。現在は確認のできない、多彩な『栄花物語』の原資料も周到な語り換えののちに、『栄花物語』の叙述展開のなかに位置付けられたのである。『更級日記』の冒頭に物語る行為に関わる叙述がある。[13]

［資料㈦］『更級日記』冒頭

あづま路の道のはてよりも、なお奥つ方に生ひ出でたる人、いかばかりかはあやしかりけむを、いかに思ひ始めけることにか、(A)世の中に物語といふもののあんなるを、いかで見ばやと思ひつつ、つれづれなる昼間、宵居などに、(B)姉、継母などやうの人々の、その物語、かの物語、光源氏のあるやうなど、ところどころ語るを聞くに、いとどゆかしさまされど、(C)わが思ふままに、そらにいかでかおぼえ語らむ、いみじく心もとなきままに、等身に薬師仏をつくりて、手洗ひなどして、人まにみそかに入りつつ、「京にとく上げたまひて、(D)物語の多くさぶらふなる、あるかぎり見せたまへ」と、身を捨てて額をつき、祈り申すほどに、十三になる年、のぼらむとて、九月三日門出して、いまたちといふ所にうつる。　（二七九）

資料(七)の(A)と(D)では、物語を享受する行為について「見る」を使っている。対して、(B)と(C)では、「語る」を使う。(C)に「そらに……語らむ」とあり、(B)の「語る」もやはり、物語についてあれこれ語ることではなく、物語自体をそらに語ることであろう。

「見る」は声を出さずに文字を見ること、現在の黙読に近い読む行為である。形式的には近いけれども、本質的には違うのではないか。現在の黙読、すなわち、黙って読むこととは異なり、物語を「見る」主体、例えば、物語を見る少女孝標女の脳裏には語りの声がしっかりと響いているに違いない。「語る」は声を出して文字を音に再現しつつ読む行為である。現在の音読に相当するといえるだろうか。ただ、音読は、書かれてあるテキストを見ながら声に乗せる。しかし、『更級日記』には「そらに……おぼえ語らむ」とある。テキストを見て暗記し、すべて自らのなかに取り込んで、その上で「語る」のである。物語を読むことは、歌を詠むことと同様に、声に出してよむこと、すなわち語ることであった。資料(五)―(E)の『紫式部日記』によれば、歌を詠む行為は、詠むべき歌が五七五七七の言葉として作られただけではまだ成立しない。声に出して詠むことで完結するのである。事情は、語りにおいても同様なのではないか。物語すなわち書かれた語りは、「見る」ことによってではなく、声に語られることによって完結する。単なる音読ではなく語るのである。そのまま語ることもあれば、語り換えのなされることもあろう。『日記』もまた書かれた語りである。[14]そして、『紫式部日記』は『栄花物語・初花』へと語り換えられた。

『栄花物語』正編末尾には、「次々の有様どももまたまたあるべし。見聞きたまふらむ人も書きつけたまへかし」（『新編全集』③一八三）とある。[15]語り手は、今後の見聞者に対して「書きつけたまへかし」と要請する。[16]見聞するだけでは、他に伝わらない。声に出して語る必要がある。しかし、それでも時と場所を隔てては伝わらない。語りは文字に書いてはじめて遠く伝えることができる。書くことは、語ることに対立する概念ではなく、語るためのもう一つの手段である。見聞者が書きつけるためには、ひとまず見聞の出来事を語る必要がある。実際に声に出して語るか、心内で語るかは、どちらもありうるだろう。その語りが、書かれた語りとなることによって世を継いで伝えられていく。[17]書かれた物語も日記も、いわばレコードやＣＤのない時代に、時を超えて語りを伝えるメディアであった。「書きつけたまへかし」は、後続の見聞者に対して、自身と同じく見聞の語りを書きつけて歴史を後世に物語る者となれ、という正編語り手の誘惑なのである。その誘惑に応じたのが、続編の語り手であった。

（1）話材の名称は、［山中ほか一九九五］の段落小見出しを参照して、私に付与した。なお、引用本文も同書による。ただし、引用に際しては、表記等を適宜改めた箇所がある。

（2）こうした観点から両者を比較したものに、［福家二〇〇七］ならびに［福家二〇一五］がある。
（3）『紫式部日記』の本文は、［伊藤一九八九］による。表記等を適宜改めた。
（4）［福家二〇〇七］。
（5）［加納一九九二］。
（6）［渡瀬二〇一六a］。
（7）［白井一九七一］。
（8）［山下二〇〇一］。なお「包括的一人称」は、［土方二〇〇七］のいう「集合的一人称」と近似する。
（9）史実によれば、寛弘五年九月の時点では、公任は大納言になっていない。それをあえて「四条大納言」と呼ぶのは和歌の第一人者である公任に敬意を表してのことであると［萩谷一九七一］はいう。従うべきであろう。
（10）［渡瀬二〇一六b］。
（11）［渡瀬二〇一六a］。
（12）［福家二〇一五］。
（13）『更級日記』の本文は、［犬養一九九四］による。表記等を適宜改めた。
（14）［大橋一九六一］は、「日記物語」という概念を提唱している。作品としての日記とは、物語られた日記すなわち「日記物語」である、とする。また、「歴史物語」は物語られた歴史ということになる。
（15）本文は、［山中ほか一九九八］。
（16）『栄花物語』の「書く」については、［桜井二〇一二］に丁寧な議論がある。
（17）［玉上一九五八］は、「詞書を女房が読みあげるとき、物語は本当に物語りとなる」という。書かれた語りを読むことは、いわば物語りを再生することである。

（引用文献）
［伊藤一九八九］伊藤博校注、新日本古典文学大系『紫式部日記』（岩波書店、一九八九）

［犬養一九九四］犬養廉校注、新編日本古典文学全集『更級日記』（小学館、一九九四）
［大橋一九六一］大橋清秀「序論」（『和泉式部日記の研究』初音書房、一九六一）
［加納一九九二］加納重文「初花巻の資料取用」（『京都女子大学研究叢刊19　歴史物語の思想』（京都女子大学、一九九二）
［桜井二〇一二］桜井宏徳「歴史を仮名文で「書く」ということ―『栄花物語』論のための序章―」（『古代中世文学論考』第二七集、新典社、二〇一二）
［白井一九七一］白井たつ子「『紫式部日記』と『栄花物語』「はつはな」との比較の問題」（『日本文学研究資料叢書『歴史物語Ⅰ』有精堂出版、一九七一↑初出『文芸研究』五三、一九六六）
［玉上一九五八］玉上琢彌「源氏物語のことば」（『源氏物語音読論』岩波書店、二〇〇三↑初出一九五八）
［萩谷一九七一］萩谷朴『紫式部日記全注釈』上巻（角川書店、一九七一）
［土方二〇〇七］土方洋一「一人称叙述の生成」（『日記の声域―平安朝の一人称言説―』右文書院、二〇〇七）
［福家二〇〇七］福家俊幸「『紫式部日記』と『栄花物語』との距離」（山中裕・久下裕利編『栄花物語の新研究―歴史と物語を考える―』新典社、二〇〇七）
［福家二〇一五］福家俊幸「『栄花物語』と仮名日記―『紫式部日記』『更級日記』を中心に―」（加藤静子・桜井宏徳編『王朝歴史物語史の構想と展望』新典社、二〇一五）
［山下二〇〇二］山下太郎「土左日記の人称構造―「女」と〈私〉と〈私たち〉―」（『古代文学研究第二次』第一〇号、古代文学研究会　二〇〇一・一〇）
［山中ほか一九九五］山中裕・秋山虔・池田尚隆・福長進校注、新編日本古典文学全集『栄花物語』①（小学館、一九九五）
［山中ほか一九九八］山中裕・秋山虔・池田尚隆・福長進校注、新編日本古典文学全集『栄花物語』③（小学館、一九九八）
［渡瀬二〇一六a］渡瀬茂「はつはなの巻の「むらさきささめき」の一節をめぐって」（『栄花物語新攷―思想・時間・機構―』和泉書院、二〇一六）
［渡瀬二〇一六b］渡瀬茂「栄花物語の「かくて」の機能」（『栄花物語新攷―思想・時間・機構―』）

辻 和良

『栄花物語』、固有の〈歴史〉語り

小一条院東宮退位をめぐる延子・顕光の恨み

『栄花物語』を「物語」として読み通す、あるいは読み込む、との問題意識を強く持っている。それは、『栄花物語』が固有の歴史像を提示しようとしていることに気付くからに外ならない。

歴史資料として利用しはするものの、物語としての主題的状況を読み込む作業は、まだ道半ばではないかという思いがしている。『栄花物語』は史的色合いが濃いだけに、どうしても史的事実との相関に引きずられてしまう傾向がある。史料を無視するわけにはいかないが、自ずとそこには方法的規制が働いていなければなるまい。『栄花物語』の主張する固有の歴史を、物語がそこに描き出している人物像の分析によって審らかにしていきたいと思うのである。それとともに物語表現史という観点からの究明にも力を入れたい。物語固有の意味は、表現史という視点によってより鮮明になると考えるからである。『大鏡』は『栄花物語』よりも後にできた作品であるが、両者の関係は右のことから注意しておく必要がある。

具体的には小一条院東宮退位を巡る道長と小一条院敦明との関わり合いがどう捉えられているかについて、妻である延子への敦明の対応という角度から考えていく。

一　小一条院敦明像――『栄花物語』と『大鏡』

小一条院東宮退位事件をめぐる記述について、『大鏡』を補助線にして『栄花物語』を考えていきたい。新編全集『大鏡』の頭注に、

　世次の翁が物語った東宮退位の顛末は、『栄花物語』巻十三「ゆふしで」の本文を要領よくまとめた形になっている。（師尹 一二七）[1]

とある。話の展開は、たしかに良く似たものとなっており、『大鏡』が『栄花物語』を参照していることは分かる。[2] しかしながら、「要領よくまとめた形になっている」と言えるのかどうかについては、少しく検討する余地がある。「まとめた」では、『栄花物語』も『大鏡』も、ともに固有の論理がないかのようである。『大鏡』が『栄花物語』の記述から何をどのように理解し、何に基づいて語り直したのか、この問題意識の下に両者の記述を細かに比較してみなければならないと思う。

まず、小一条院の退位理由に関してである。『栄花物語』の語りは次のようになっている。

などの御心の催しにかおはしますらん、かくて限なき御身を何ともおぼされず、昔の御忍び歩きのみ恋しくおぼされて、時々につけての花も紅葉も、御心にまかせて御覧ぜしのみ恋しく、「いかでさやうにてもありにしがな」とのみおぼしめさるる御心、夜昼急におぼさるるもわりなくて、（ゆふしで②一〇五）[3]

それに対応している『大鏡』の語り（世継語り）は次のようである。

いかが思し召しけむ、宮たちと申しし折、よろづに遊びならはせたまひて、うるはしき御有様いとくるしく、いかでかからでもあらばや、と思しなられて、（師尹　一二八）

比べてみると、いっけん両者は変わらないように見えるが、違いは明らかである。『栄花物語』の語りでは、以前の親王身分を希求する敦明の気持ちが切迫感をもって濃やかに表現されている。それに対して『大鏡』では、今の境遇から逃れたいという後ろ向きの気持ちが語られている。

「かくて限りなき御身を何ともおぼされず」とも、「夜昼急におぼさるるもわりなくて」とも語られることで、「わがまま」を押しとおしているとして、敦明を非難する口調が表れているとも読める。それは裏を返せば、『栄花物語』が敦明の状況はそれほどに退っ引きならないものであり、彼の決意が並々ならぬものであると捉えていることの表明である。

『大鏡』侍語りにおいても、「心やすかりし御有様のみ恋しく、ほけほけしきまでおぼえさせたまひければど」（師尹一四二）というように親王身分を希求する敦明の気持ちも語られてはいるが、そこから彼の心情的な切迫感は伝わってこない。その後に道長の圧力があったかのような表現が付加されていることを押さえてみれば、敦明の心情を当事者そのものではなく、周囲の状況との相関において、言わば周辺から捉えていることが分かる。敦明の心情の変化については、『栄花物語』においても『大鏡』においても、道長や敦明母娍子たちには原因が分からず、ひたすら驚いて、「もののけ」を理由として考えている。

しかし、『栄花物語』の語りでは、敦明は物の怪が原因であるとの説を決然と否定しているのである。この点は、『栄花物語』の人物造型という点で押さえておきたいところである。ようやく対面した道長に対して、敦明は次のように言っている。


なでう物のけにかあらん。ただもとより遊の心のみありならひにければ、かくてあるがいとむつかしうおぼえて、心にまかせてあらむと思ひ侍るなり　（ゆふしで②一〇七）

彼は、退位を欲する理由に物の怪は関係ない、自ら元の身位を求める強い気持ちがあるのだときっぱりと言い切っているのである。東宮退位という理解できない事柄をなんとか理解しようとする周囲の者たちと、自らの強い意志に因ることを主張する敦明との対比は鮮やかである。

『大鏡』にはこの点が明瞭に欠けている。すなわち、『栄花物語』では、敦明の東宮退位に関して道長側の陰謀とか圧力とか、そのような解釈をする余地は皆無であり、退位の理由は判然としないものの、はっきりと「主体的に」退位を求める敦明像を析出しているのである。

明子腹寛子の扱いについても『栄花物語』の語りの特徴が出ている。『大鏡』の場合、世継語りにおいては寛子について触れられていないものの、侍語りでは噂話としてではあるが、敦明の退位との繫がりで語られている。

「高松殿の御匣殿まゐらせたまひ、殿、はなやかにもてなしたてまつらせたまふべかなり」とも（師尹一四三）

『大鏡』の場合、これが敦明の決意をさらに強めることにもなり、道長側にもそのことを考えさせることになるという展開をもたらしている。それに対して、『栄花物語』の場合は、敦明退位事件とその関連で敦康問題に触れた後、記事の最終段階で、

かくて高松殿の姫君の御事あるべしとぞ、世にはいふめる。（ゆふしで②一一一）

とだけ語られている。寛子については後に詳しく語られているが、直接的に東宮退位との関連で語られているわけではない[4]。寛子については堀河女御延子を交えた三者（小一条院、延子、寛子）間で意味づけて語られているところが重いと思える。この点について、節を改めて論じたい。

二 「恨み」の胚胎――小一条院東宮退位事件

『栄花物語』では、小一条院の東宮退位の後に妻ふたり（延子、寛子）と小一条院という三者の関係が描き出されてくる。この点が『大鏡』とははっきりと異なっている。なにゆえに寛子がここに登場しなければならないのか、それがいかに捉えられているかが『栄花物語』の物語叙述としての肝となる。

『栄花物語』「ゆふしで」には、「かくて高松殿の姫君の御事あるべしとぞ、世にはいふめる」の後、三者の関わり合いの様相が細かに語られていく。

さて院の御事今日明日とののしるは、まことにやあらん。堀河の女御、この事によりて胸塞がりておぼし歎くべし。さて十二月にぞ婿どり奉り給ふべき。この頃その御用意なきにしもあらざりければ、いみじう心ことなり。この御前をば、月頃御匣殿とぞ聞えさせける。御かたち有様あべい限おはします。御心ざまなど、「いとめでたし」とぞ人は申める。（ゆふしで②二一六）

「この御前をば……申める」、堀河女御の気持ちを逆なでするかのような寛子紹介と言えよう。延子にしてみれば、理由も分からず突然に降って湧いたかのような事態——「院の御事今日明日との、しる」——が目の前にある。彼女が「胸塞がりておぼし歎くべし」というのは当然である。それにしてもこの語り方は物語の当事者だけでなく、これを読む者も同じように事態の突然の展開に驚きを感じてしまう。

しかし、それにも関わらず、小一条院は女御の辛さや悲しさを真に受け止めていたとは思いがたい。

女君十九ばかりにやおはしますらんと覚えたる御けはひ有様、いとかひありておぼさるべし。それにつけても堀河の女御思ひ出でられ給ふも心苦し。かの女御も御かたちよく、心ばせおはすれば、年頃いみじう思ひきこえさせ給へれど、ただ今はあたらしき御有様、今少しいたはしうおぼしめさるるも、我ながら理知るさまにおぼさる。（ゆふしで②二一八）

「それにつけても堀河の女御思ひ出でられ給ふも」と小一条院の思いの中では、寛子と堀河女御延子とを比較して、傍線部のように思い至っている。今は「あたらしき御有様」——寛子の若々しく美しい姿に心惹かれている小一条院は、かつて延子が若く美しかったときには彼女をずいぶん寵愛していたのである。

東宮には、「堀河の女御参らせ給へ参らせ給へ」とのみあれど、「さきざきのやうに、思のままにてはいかが」とおぼしやすらふめるに、

右は、前節注4で引用したものの一部である。小一条院は、東宮に成った当初はこれほどまでに強く堀河の女御延子を寵愛し、求めていたのであった。今、その頃の延子の美しさは過ぎ去ったものとして、ここに思い出されているのである。寛子との比較において、言わば「敗者」として思い出されているのであるから、語り手の指摘するように、「心苦し」と言うほかない。新しい女性が現れるとそちらに心を移してしまう。小一条院はそのように心を移すことが人の道理であり己もそうであったと、疑いも入れず肯定してしまっているのである。

このような小一条院の心情は、「薄情」「無責任」以外の何ものでもない。まったく延子・顕光親子の心情を裏切っている。直接的に延子らが小一条院の思惟を知ることはないだろうが、小一条院への「恨み」の構図として物語内に残っていく。構図に沿った「恨み」の堆積が次の物語を導いていくことに心したい。

三 「恨み」の増幅

小一条院・寛子の露顕の儀が過ぎて、延子・顕光親子の動静は、ひとまとまりのものとして次のように語られていく。ふたりの心情をつぶさに語っているものとして丁寧に見ていきたい。

(1)「御心のやみ」

かくてかの堀河の女御そのままに胸塞がりて、つゆばかり御湯をだに参らで臥し給へり。おとども消え入りぬばかりにて臥し給へるに、一の宮おはしまして、「大臣、やや起きよ起きよ。馬にせん」と起し奉らせ給へば、あるかにもあらで起きあがり給て、高這して馬になりて乗せ奉りたまて、這ひ歩かせ給へば、一の宮「例よりも動かぬ馬悲し」とて、扇してしとしとと打ち奉らせ給ふを、女御見やり奉らせ給ふて、いとど目くるる心地せさせ給へば、いとど御心のやみもまさらせ給て、御衣を引き被きて臥させ給へり。いみじうあはれなる御有様なるに、「女御は若うおはすればいとよしや。とのの御年はさばかりなるに、いかに罪得させ給ふらん」と、見奉る人も、あはれに悲しく心憂しと見る。（ゆふしで②一二二）

延子・顕光、さらに小一条院との間にできた一の宮、三人の情景である。大人ふたりの心情の辛さが、状況を理解していない子どもの振る舞いによって鮮明に描き出されている。老齢の顕光が無理を押して馬になっても、一の宮はその動きに満足せず、顕光を「扇してしととと打」つなどという描写には胸に迫るものがある。「胸塞がりて」「いとど御心のやみもまさらせ給て」「いかに罪得させ給ふらん」、いずれも心の闇に関わる表現である。「物の怪」への道が続いているように語られていることに気付く。小一条院が寛子のもとに行って以来、この状況であると語られる。延子・顕光親子の抱く「恨み」は薄らぐはずもない。

(2)「猶ふりがたき御かたちなりかし」

日頃ありて、院、堀河の院におはしまして御覧ずれば、わざと道見えぬまで荒れたり。（ゆふしで②一二三）

寛子との婚儀の後、しばらく経って堀河院に小一条院がやってきた。そのとき堀河院は手入れもされず荒れていた。延子・顕光らの精神的状況が映し出された風景でもある。

（小一条院が）あはれと御覧じて入らせ給へれば、女御殿は御帳の前にぞ、御硯の筥を枕にて臥させ給へる。御前に女房二三人ばかり候ひつれど、おはしましつれば皆入りにけり。かやすき人々の候ひしかども、このごろ皆出でて、えさらぬ人々ぞ候ひける。見奉らせ給へば、白き御衣ども五六ばかり奉りて、御腰のほどに御衾を引きかけてぞ大殿籠りたる。御髪はいとうるはしうて、裾細くて、丈に一尺ばかりあまらせ給へる程にて、御かたちいと清げにて、ただ今ぞ三十ばかりにおはしますらんかし。いみじう若う清げに見えさせ給ふ。「猶ふりがたき御かたちなりかし」と御覧じて、「やや」と驚かし奉らせ給へば、何心もなく見上げさせ給へるに、院のおはしませば、あさましうて御顔を引き入れ給へば、御傍に添ひ臥させ給て、よろづに泣きみ笑ひみ慰めきこえさせ給へど、それにつけても胸塞がりて、御涙のみ流れ落つれば、院はよろづに聞えさせ給へどかひなし。「いづら、一の宮は」と聞えさせ給へば、おはしまして、うち恥しらひておはしませば、「この宮も皆腹立ちにけるものをば」とて、御涙を押し拭はせ給ふも、いみじうあはれなり。

（ゆふしで②一一三）

ここに描き出されているのは、延子や一の宮の心に寄り添えない小一条院の姿である。「あはれと御覧じて入らせ給へれば」という小一条院の心情は、延子の「胸塞がりて」に打ち返されて受け入れられず、引用末尾「御涙を押し拭はせ給ふも、いみじうあはれなり」というように、疎外された小一条院自身の姿を対象とした表現に変じてしまっている。

波線部には小一条院の目を通して、眠っている延子の姿が描かれている。ここは一見、ふたりの関係が修復されることになるかと思えなくもない場面である。傍点部「猶ふりがたき御かたちなりかし」は、改めて延子を見た小一条院の素直な心情なのだと思える。

しかし「ふりがたし」は、歳を取っても依然として美しいという意味で捉えるとしても、そのまま単純に称讃としてしまうわけにはいかない。『源氏物語』には次のような用例がある。

この内侍常よりもきよげに、様体頭つきなまめきて、装束ありさま、いとはなやかに好ましげに見ゆるを、さも旧りがたうもと、心づきなく見たまふものから、いかが思ふらんと、さすがに過ぐしがたくて、裳の裾を引きおどろかしたまへれば、

（紅葉賀(1)四〇八）(5)

波線部は、光源氏の視線による、歳を取った源の典侍の描写である。光源氏はそれを「さも旧りがたうもと」感じた。年相応ではなく、不似合いな若作りであるということだ。この場合、光源氏にとって源の典侍は基本的に相手にしない女性である。ほんのちょっとした戯れで関わっているに過ぎない。そのこともあって、延子の記事とはずいぶん異なるように見えるかも知れないが、よく似た文の構造になっていることは見過ごせない。

他にも、玉鬘に関してだが、次のような例がある。

中納言の御よろこびに、前尚侍の君に参りたまへり。御前の庭にて拝したてまつりたまふ。尚侍の君対面したまひて、「かくいと草深くなりゆく葎の門を、避きたまはぬ御心ばへにも、まづ昔の御こと思ひ出でられてなん」など聞こえたまふ。御声あてに愛敬づき、聞かまほしういまめきたり。「旧りがたくもおはするかな。かかれば、院の上は、恨みたまふ御心絶えぬぞかし。いまつひに、事ひき出でたまひてん」と思ふ。（竹河(5)一〇〇）

薫には、声だけとは言え「前尚侍＝玉鬘」が「旧りがたくもおはするかな」と映っているのである。しかし、この時点で玉鬘はすでに五十六歳である。冷泉院が五十二歳、薫は、このふたりの間に何らかの「事」が出来するかも知れないと予言めいた思いを持つものの、実際は何も起こるはずもなかった。竹河巻では玉鬘と冷泉院が年齢不相応に「若く」描写されているのである。ことさらめいた語りの表現に滑稽感とも言える距離感を感じるところである。

延子に対する小一条院の気持ちの中に、このように表現されてしまう心理的距離が胚胎している。「ふりがたし」という語が用いられている心理には、すでにふたりは別れてしまっているという事実認識が前提にあると言わなければなるまい。それは、別れた妻、過去の妻への幾ばくかの「未練」が出た表現であると言えなくもない。

小一条院は、前節に指摘したように、すでに延子と寛子とに対する自分の気持ちを比較して、

かの女御も御かたちよく、心ばせおはすれば、年頃いみじう思ひきこえさせ給へれど、ただ今はあたらしき御有様、今少しいたはしうおぼしめさるるも、我ながら理知るさまにおぼさる。（ゆふしで②一一八）

と認識しているのである。つまり、小一条院の気持ちでは、延子は「若う清げ」で「猶ふりがたき」美しさであっても「卅ばかり」、二十歳前の寛子に比べてみて、かつては盛りの美しさであったと認識されているということである。

こういう心底の、すでに気持ちがここにない小一条院による慰めは、延子には何の役にも立たない。むしろ彼女は、小一条院の心底が理解できてくるだけに、いっそう「胸塞が」るのである。

(3)延子の独詠歌と小一条院

小一条院は、畳紙に書かれた延子のつぶやきのような歌を読み、そこに自らも歌を書き付ける。独詠を敢えて贈答の形にすることでふたりの繋がりを創り出そうとしているとも取れ、その点で関係の修復を期待できなくもない場面である。しかし、ここでもその期待は裏切られている。

女御の御衣の袖のかたに、畳紙のやうなるもののあるを、取りて御覧ずれば、「おぼしけることどもを書き給へる」と御覧ず、

過ぎにける年月なにを思ひけん今しもものの歎かしきかな
うちとけて誰もまだ寝ぬ夢の世に人のつらさを見るぞ悲しき
千年経んほどをば知らず来ぬ人を待つはなをこそ久しかりけれ
恋しさもつらさも共に知らせつる人をば憂しといかが思はぬ

解くとだに見えずもあるかな冬の夜のかたしく袖に結ぶ氷の」などかかせ給へる。

いみじうあはれに、「物を思はせ奉る事。などかは時々はここにも泊らざらむ。されど人のいみじうもてなしおぼいたる事の煩はしければ、いかでかは。今暫しもありてこそは」などおぼすも、いとあはれなり。「結ぶ氷の」と書き給へる傍に書き給ふ、

逢ふ事のとどこほりつつ程ふればとくれど解くるけしきだになし　（ゆふしで②一二五）

小一条院は延子のことをどう思っているのか、傍線部からは、いっけん延子のことを思い、それに沿った行動をとるかにも受け取れ、彼女に寄り添うこともあるかに見える。しかし、それはあくまでそう見えるというに過ぎない。端的に言ってしまえば、小一条院はもう逢うこともないだろうという気持ちなのである。

確かに、彼はそこまではっきりと思っているわけではない。状況が許せば逢うこともあるかもしれないくらいのことは考えているとも取れる。しかし、「人のいみじうもてなしおぼいたる事の煩はしければ、いかでかは」とある。道長側への配慮が先行し、会うことの不可能性がにじみ出ている。道長側にいることは、小一条院にとっても居心地が良い。小一条院がそのような状況を変化させることにみずから積極的に努力するはずもなく、けっきょく何もせず、道長側で大切に扱われる状況に身を任せ、延子の悲しみを放擲して顧みないということになるわけだ。傍線部はそのことの心内での確認である。

「逢ふ事の」歌は、紙に書かれた延子の歌をみて小一条院が詠んだものである。「とくれど解くるけしきだになし」からは、自分の気持ちを理解してくれない延子を恨みつつ、それも仕方ないことかと悲しむ小一条院の気持ちが表れている。それは取りようによっては、延子を求めるがゆえに彼女の気持ちが自分に向いてほしいと願っていると理解できなくもない。しかし、その歌を少なくとも延子の五首の歌の切実さ、真実味に照らしてみると、

通り一遍の浅薄な情が透かし見えているというばかりである。

手習いに返歌するという、よく似た状況が『源氏物語』にもある。

（紫の上が）言ふかひなげにとりなしたまへば、恥づかしうさへおぼえたまひて、頬杖をつきたまひて寄り臥したまへれば、硯を引き寄せて、
目に近く移ればかはる世の中を行くすゑとほくたのみけるかな　古言など書きまぜたまふを、取りて見たまひて、はかなき言なれど、げに、とことわりにて、
命こそ絶ゆとも絶えめさだめなき世のつねならぬなかのちぎりを　とみにもえ渡りたまはぬを、

（若菜上(4)五八）

女三の宮が六条院に来た新婚三日目の夜のことである。光源氏は、どうしても女三の宮のところに出向かなければならない。そのような状況の中で詠まれている。どうにもならない紫の上の諦めがここには滲んでいる。「目に近く」歌は、どうにかして彼女の気持ちを取り留めたいと思う。彼の取った行動は、「手習い」歌に唱和することであった。光源氏は、自分たちの強い絆を主張する内容になっている。結果的にこの歌が、何らかの効果を紫の上にもたらしているとは考え難いが、それでも光源氏にしてみればこの時点でできる精一杯の行動であったとは言えよう。

翻って小一条院が詠んだ歌には、批評的態度とも言える気持ちのゆとりが見て取れる。そこに切実に自分の思いの丈を述べる切迫感は見えない。
(4)子別れ
よろづにただ我御命知らぬ事をのみ、えもいはず聞え給ひて、出でさせ給ふに、宮達のたち騒ぎ見送り奉ら

せ給ふに、御涙もこぼるれば、つい居させ給て、よろづに慰め奉らせ給て、御乳母ども召して、抱かせ奉らせ給て、とのの御方におはしまさせてぞ、少し心安く出でさせ給ふ道のそらもなくいみじうおぼさるべし。御供の人々も、「泊らせ給はばいかにかひなからん」と思ひけるに、出でさせ給へば、嬉しう思ひたるもいと心憂し。

（ゆふしで②二一六）

妻との別れの後は、子別れの愁嘆場である。久しぶりの父を慕う子どもたちに対しても、小一条院の態度は延子に対するものと変わらない。「よろづに慰め」るけれども、乳母に命じてその場から子供たちを引き離して、みずからは堀河院を後にするのであった。このところの小一条院の気持ちは「そらもなくいみじうおぼさるべし」と語られている。悲しくてどうしようもない気持ちと言えば言えなくはない。しかし、それは直後の供人たちのことば「泊らせ給はばいかにかひなからん」に端的に表れているように、道長側の厚遇に惹かれている小一条院の本心を逆に浮き立たせている。妻であろうと子供であろうといかに引き止められたとしても、彼には堀河院に泊まる選択肢はなかったのである。草子地は、堀河院を辞去する小一条院に安堵する供人を、「いと心憂し」と批判的に語っている。それは小一条院その人を批判的に語っているのでもある。

(5)高松殿と堀河院

▽高松殿の荘厳

高松殿におはしましたれば、たとしへなきことども多かり。こたみの絶間いとこよなし。女御今はただこの歎きは、「我身のなからんのみぞ絶ゆべき」と、御心一つにとなしかうなし、「いつまで草の」とのみおぼし乱る。

（ゆふしで②二一七）

傍線部には、小一条院の本心がはっきりと見て取れる。延子は、自邸である堀河院と寛子の高松殿とを対照して、

そのことをしっかりと認識していた。それは改めて、

▽堀河院の衰微

殿はこはきにて、あしだはきて、杖をつきて、道のままに歩かせ給て、御前の小木どもの小き繕はせ給へば、一・二宮は人に抱かれさせ給て続き歩かせ給ふ程も、あはれにすごげなり。「高松殿の有様を、院いかに御覧ずらむ」と、御目移りの程も、恥しうすずろはしうおぼさるる御心の中も理ながら、又あながちなり。

（ゆふしで②一三二）

と、小一条院の気持ちを推し量って自らを恥じる延子の心情として語られる。そこまで自らを追い詰める延子の気持ちは、右の引用の中に「この嘆きは我身のなからんのみぞ絶ゆべき」とあるように、命と引き換えの「恨み」の深さ、大きさなのだと言う外ない。

『栄花物語』の語りは、事件の筋を追って小一条院、延子・顕光親子らをたんたんと描いているだけのようであるが、その語りの表現は、着実に深刻さを増していく延子・顕光の「恨み」を刻み込んでいる。そして、その深まりには小一条院のうわべの同情、思いやりが契機として働いていることを鮮明に見せていると言える。

(6)「恨み」の結末

そして、この「恨み」が決定的に果たされるときが来た。

▽延子の物の怪

殿「さてもいかがおぼさるる」と申させ給へば、「何事をかともかくも思ひ侍らん。ただつらしと思ひきこえさする事は、この院の御事を、かからで侍らばやと思ひ侍りし事をせさせ給て、身のいたづらになり侍りぬる事なんある」と宜はせて、泣かせ給へる様なれど、涙も出でさせ給はず。殿泣く泣く、「さやは思ひ侍

りし。今は限にこそおはしますめれ」とて、御髪おろして尼になし奉らせ給ふ。（中略）戒受けさせ給ひて、殿の御前の袈裟、尼上の御衣など、ただ御上にとり行ひ奉らせ給ふ。ただよろづ夢の心地のみせさせ給ふ。東宮中宮の権大夫殿、中納言殿など、あはれにいみじうおぼし惑ひ、物にあたりたまふ。御もののけどもいといみじう、「し得たり、し得たり」と、堀河のおとど・女御もろごゑに「今ぞ胸あく」と叫びののしり給ふ。（みねの月②四八一）

「ゆふしで」巻――「胸塞がりて」――から随分離れた、巻二五「みねの月」の記事である。寛子が病のために若くして出家する。その時の場面が語られている。病に伏す寛子に道長がことばを掛ける。それに答えた傍線部「何事をかともかくも……侍りぬる事なんある」は、寛子に憑く物の怪のことばである。(6) 言うまでもなくそれは、延子・顕光の、道長への、そして小一条院への「恨み」である。物の怪は、寛子の出家と周囲の悲しみを見届け、「し得たりし得たり」と叫ぶ。「恨み」を返した延子・顕光親子の快哉である。

『源氏物語』葵巻に葵の上に憑依した六条御息所が描かれている。それは右の『栄花物語』寛子の描写と酷似している。

あまりいたう泣きたまへば、（中略）「何ごともいとかうな思し入れそ。（中略）」と慰めたまふに、「いで、あらずや。身の上のいと苦しきを、しばしやすめたまへと聞こえむとてなむ。かく参り来むともさらに思はぬを、もの思ふ人の魂はげにあくがるるものになむありける」となつかしげに言ひて、

なげきわび空に乱るるわが魂を結びとどめよしたがひのつま　とのたまふ声、けはひ、その人にもあらず変りたまへり。いとあやしと思しめぐらすに、ただかの御息所なりけり。（葵(2)三三）

葵の上と思って応対している光源氏は、突然、御息所と対面することになってしまうのである。「何事をかと

もかくも……身のいたづらになり侍りぬる事なんある」を聞いた道長の描写の背景に、葵巻の御息所と光源氏との場面を想定しておかなくてはなるまい。延子が敦明ではなく寛子に憑いて苦しめることも、御息所が光源氏にではなく葵の上に憑くことを踏まえているのだと理解できる。

寛子はついに亡くなる。

▽寛子の死―物の怪の強さ

かくて、夜に入りぬれば、殿の御前、「今宵も侍りて見奉らまほしけれど、ここにも例にもあらねば、見捨て奉る事」と泣く泣く帰らせ給ふ。道よりも御使やがて続き参る。夜の程も月は明し、御殿籠られぬままに、「ただ今いかにいかに」とある御使しきりにて、日頃のおぼつかなさを悔しうおぼさるる暁方に、「ただ今なん果てさせ給ひぬる」とある御消息を聞しめす御心の程、思ひやりきこえさすべし。山の井にはさらにいとゆゆしき御声ども、この殿ばらいひ続け泣かせ給ふ。げにいといみじう見えさせ給ふ。「さてもあさましかりける堀河の大臣の女御の御有様かな」と、殿も院もおぼしめせど、「後の悔」といふ事のやうになん。折しも中将殿の上も、御もののけにいみじく悩ませ給へば、これをいと恐しき事に殿の御前おぼさる。それもこの同じ御物のけの思ひのあまりなるべし。それもいと恐しくおぼさるるなり。（みねの月②四八二）

道長たちは、寛子の死によって「さてもあさましかりける堀河の大臣の女御の御有様かな」と臍をかむ思いをすることになるが、ことはそれで納まらず、さらに「中将殿の上」（寛子の妹）も同じ物の怪に悩まされることになる。「それもこの同じ御物のけの思ひのあまりなるべし」、なんとも恐ろしい恨みであることだとつくづく思い知るのである。

「ゆふしで」巻で胚胎し、増幅されていった延子・顕光親子の「恨み」がようやくここに到って決着したと言える。じつに長い時間がその間にある。そのことに気付くと、延子・顕光親子の「恨み」の深刻さに道長ならずとも慄然とする。「恨みの胚胎」「恨みの増幅」という語りの表現のあり方が、「恨み」の深刻さの真実味《リアリティ》を支えているのである。『栄花物語』の主題論的表現の論理に気付きたいと思う。

四　遠景としての『大鏡』——物語表現史

さて、前節ではっきりした延子・顕光の強烈な「恨み」であるが、いったいなぜそこまでの「恨み」が生まれてしまったのであろうか。言うまでもなく、小一条院の心変わり——延子から寛子への愛情の変化が原因ではある。しかし、愛情面での変節というだけであれば、世の中にそれに類することがないわけではない。延子・顕光の「恨み」が強烈であるだけに、それに見合った固有の理由を考えないわけにはいかない。

前節に引いた、寛子に取り憑いた物の怪のことばを改めて取り上げたい。

「何事をかともかくも思ひ侍らん。ただつらしと思ひきこえさする事は、この院の御事を、かからで侍らばやと思ひ侍りし事をせさせ給ひて、身のいたづらになり侍りぬる事なんある」と宜はせて、泣かせ給へる様なれど、涙も出でさせ給はず。

道長に向かって傍線部のように言っている。自分（＝延子）の望まないことを道長がやったということである。道長はそれに対して、「さやは思ひ侍りし」と否定している。

この問答が小一条院の東宮退位に関してであることは明らかである。延子が寛子に取り憑いていることを考えれば、小一条院と寛子との婚儀も対象になっていることは見やすい。それにしても、道長があたかも仕掛けたと言わんばかりの延子の強い物言いは、どうしたことなのだろうか。確かに、小一条院を寛子の婿に迎えたことは事実である。が、それ以上に「恨み」が発生する深みがここには想定できるということである。

『大鏡』には、小一条院東宮退位と寛子との婚儀が抱き合わせで進められたことが語られている。この事件については、侍語りを取り上げて、『大鏡』の批判性ということに焦点を当てながら論じたことがあるので〔辻二〇一六〕、詳しくはそちらに譲り、ここでは簡単に触れるに止めたい。

『大鏡』では、この件に関して、世継語りではなく侍語りにおいて、御匣殿寛子が東宮に入内するという噂が小一条院母娍子の耳に入るという形で出ている。この噂がどこから立ったのかについては何も語られていない。娍子はその噂が本当なら嬉しいことだと言い、小一条院は逆にそれが本当なら、退位したいという自分の願いが叶わなくなると思っていることなどが語られている。この噂がもととなって、小一条院の願いは「寛子入内を東宮退位の交換条件とする」という形で道長側に届き、事態が展開していくのである。

まさか小一条院が退位したいと思っているとは道長側は考えず、東宮在位のまま寛子入内ということにでもなれば、小一条院の世話をせざるを得なくなる。それでは困ったことになるといささか複雑な思いまでしている。結局、道長が小一条院から直接話を聞き、彼の退位の希望とそれに伴う条件を確認し、小一条院の希望に添うことにした。それによって前代未聞の東宮退位ということが決定するのである。

『大鏡』では、小一条院の出した条件は次のように語られている。道長への伝言として道長の子息である能信に述べた内容である。

内の御ゆく末はいと遥かにものせさせたまふ。いつともなくて、はかなき世にも命も知りがたし。この有様退きて、心に任せて行ひもし、物詣をもし、やすらかにてなむあらまほしきを、むげに前東宮にてあらむは、見ぐるしかるべくなむ。院号たまひて、年に受領などありてあらまほしきを、いかなるべきことにかと、伝へ聞えられよ（師尹一四七）

この内容を聞いた道長の行動は早い。周囲の意向を確認した上で、早速に東宮御所に出向いた。道長にとってはどうしても欲しい東宮位である。小一条院の希望は身勝手な内容であるが、道長にとって困る内容ではない。ただ、ここには寛子との婚儀のことは出ていない。それについては、道長に話す前の段階で小一条院の考えていることとして語られていた。

さて東宮はつひに思し召したちぬ。後に御匣殿の御こともいはむに、なかなかそれはなどかなからむなど、よきかたざまに思しなしけむ、不覚のことなりや。（師尹一四四）

「不覚のことなりや」、不心得なことよ、と小一条院の自信を批判的に語っているが、事実は小一条院の思いのごとくに推移したのである。小一条院は、この状況での、「東宮退位」という切り札の持つ強さを十分に承知して存分に生かしたのである。その点で寛子との婚儀もまた、小一条院が首尾良く思わく通りに引き寄せてきたものであったということになる。

小一条院は先に、自分の東宮退位の決意が物の怪を原因とするものではないと、きっぱりと述べていた。『大鏡』侍語りの内容はそのことと響き合っている。敦明は、道長に追い詰められていたのかも知れないが、『栄花物語』では、彼は主体的に動いているのである。

第一節で述べたことを繰り返すが、『栄花物語』では、小一条院東宮退位事件との関わりにおいて寛子との婚儀が意味づけられることはなかった。『大鏡』の語りとの違いから、その点に疑問を抱いたところに本稿の問題設定の基本があった。右に見てきたような『大鏡』の語りを『栄花物語』の語りに重ねてみると、先に取り上げた物の怪の恨みごとが違う意味を見せてくるのではないだろうか。

すなわち、物の怪のことば—延子の恨みには、別の女性と婚姻し、自分を忘れたからということだけでなく、寧ろ、小一条院がみずからの望みのために道長と結託して（あるいは契約をして）事を進め、自分を裏切り蔑ろにしたことへの「恨み」が込められていた、そのことが見えてくるのである。物の怪のことばは、最終盤においてそのことを指摘した。道長はただただ否定するほかないということである。

『栄花物語』の語りの方法は、『大鏡』の語りのように直接的に因果の理を語るのではない。時間を追って出来事を描く中で、自ずとその意味が染み出てくるように語るのである。その意味に気付いたとき、事の深刻さに慄然とするような語り、これが『栄花物語』の語りの方法による主題的状況の表し方なのである。

（1）『大鏡』の引用は、日本古典文学全集『大鏡』（小学館）による。括弧内は、巻名、頁数である。『大鏡』の引用については以下同じ。

（2）ここについて、日本古典文学全集本頭注には、次のようにある。

敦明親王が東宮退位を決意する顚末を、世継の翁が物語る記述。ここは、『栄花物語』（ゆふしで）と一致しており、『大鏡』が『栄花物語』を参照している明白な箇所である。

（3）『栄花物語』の引用本文については、日本古典文学大系『栄花物語』（岩波書店）の本文を基準にしている。表記等は私に改めたところもある。

（4）東宮には、「堀河の女御参らせ給へ参らせ給へ」とのみあれど、「さきざきのやうに、思のままにてはいかが」とおぼしやすらふめるに、大とのの御婿にならせ給べしとある事の世に聞ゆるにも、堀河の院には、かやうの事により、押

し返し物をおぼすべし。（たまのむらぎく②七三）

この記事には、「大とのの御婿にならせ給べし」と、寛子輿入れのことが前後の内容に関わりなく唐突に出てきている。これについては、松村博司が『栄花物語全評釈』（三、三二五）で、

道長の女寛子が敦明親王妃となることをほのめかした書き方であるが、この事は巻十三〈ゆふしで〉に描かれている東宮退位事件の一環として起ることであるから、ここに書くことは早過ぎる。

と述べているとおりである。敦明東宮退位での記事が、東宮即位の段階で記されていては、意味が混乱してしまう。ゆふしで巻の「かくて高松殿の……」が、もっとも早い段階での脈絡のある記述と考えておくべきである。ただし、敦明と寛子との関係がなぜここに出てくるのかは分からないものの、少なくとも両者の関わりに触れているという点では、記憶しておきたいことである。

（5）『源氏物語』の引用は、日本古典文学全集『源氏物語』（小学館）による。括弧内は、巻名、全集巻数、頁数である。『源氏物語』の引用については以下同じ。

（6）この部分の解釈については、『栄華物語詳解』、松村『大系』注を基にしている。そう解釈する理由については本論でこの後に述べているが、少し付け加えたい。

新編全集本では、ここを寛子のことばであると理解しているのである。しかし、寛子が婚姻前に、小一条院とのことを「この院の御事をかからで侍らばやと思ひ侍りし事」と思っていたとは考え難く、「泣かせたまへるさまなれど、御涙も出でさせたまはず」という様子も、寛子とすれば異常な感じがする。さらに、寛子が今はの際に、自らの死の原因を特定して、それをもたらす原因を作った道長を責めるということは、いささか理が勝ちすぎている。新編全集の理解には従えない。

（引用文献）

[辻二〇一六]「侍語り「小一条院東宮退位事件」をめぐって―『大鏡』「批判性」の主題論的理解―」（『文学・語学』第二一七号、二〇一六・十二）

『栄花物語』進命婦考

続編の叙述の方法をめぐって

廣田 收

『宇治拾遺物語』第六十話は、次のような内容である。

今は昔、若き日の進命婦が、清水寺に参詣したとき、あろうことか一生不犯の僧が「欲心」を起こして「病」を得る。やがて僧が今はの際となったとき、弟子どもが僧の病を不審に思い尋ねると、僧は、京から御堂へ参った「女房」に「物を申さばや」と思った。それゆえ自分は「蛇道」に堕ちようとしていると告白した。そこで弟子たちが、僧の枕もとに女を連れてくると、女は僧に「なぜもっと早く言ってくれなかったのか」と告げた。僧は喜んで「今までの法華経の第一文を奉りたい」と申し出た。さらに「俗を生むならば関白摂政、女を生むならば后、僧を生むならば大僧正を生むであろう」と予言する。果たして女房は「京極大殿、四条宮、三井の覚円座主」を生んだ、というものである。(1)

その後、僧がどうなったかは、何も記されていない。主題は、進命婦の身の上に起った奇蹟のわけにある。つまり進命婦が、京極大殿（頼通）、四条宮（寛子）、三井の覚円座主という各界の第一人者を生むことができたのは、何を隠そう、高徳の僧の功徳を得たからである、というのである。この説話は、頼通、寛子、覚円を生んだという進命婦の至上の栄光を、高僧の恋をもって説明するという仕組みをもつ。つまり、この説話は、現実の結果から理由を説明し直す構成をとる。

この説話については、すでに小考を加えたことがあるが［廣田二〇〇三］、このような説話を生み出すほどに話題となった人物を『栄花物語』はどう描いているか、どのように伝えているか、巻第二十六を中心に叙述の方法という点から考えてみたい。

一　巻第三十一「殿上の花見」の構成

いささか煩雑であるが、進命婦が話題となる巻第三十一「殿上の花見」の構成を追いかけてみよう。物語の内容を叙述に沿って細かく段落に分けて行くと、一見して並列的にみえる記事はおのずから、柱となる記事と、枝・葉をなす派生的な記事とが波状的に置かれていることが分かる。もちろんここには、部分的に編年体の様式もみえるが、全体を統括するものではない。

まずこの巻は、道長没後に残された人びとの顛末から始まる。この巻の語り出しは『源氏物語』匂宮巻を襲うものだと気付かされる。例えば、加藤静子は『栄花物語』の「「書く」行為」には「『源氏物語』が大きく作用」したとして「私には、「語り手」という、変幻自在でありつつ、敬語・呼称・視座などからおぼろげな像も結べる、不思議な存在に出会えたこと、それが、『栄花物語』執筆に有効にはたらいていると思われる」という〔加藤二〇〇三〕。ただ、この問題の検討は、今は措こう。私が注目することは、女院、中宮と姫宮たちの話題が順番に語られていることである。そこにはおのずと、時間軸とは異なる序列が示されている。かといって列伝の方法とまでいえるものではない。

道長没後、光源氏没後と似て世の末であること。

女院彰子の繁栄と人柄が理想的であること。

中宮威子の繁栄。

高松殿明子の子弟。

中宮威子のもとには女宮だけがいること。

姫宮章子の袴着が十二月十余日であったこと。

帝が行幸して腰結をしたこと。

翌日、帝が行幸し、賀の和歌と宴が行われたこと。

内大臣教通の子弟。

春宮太夫顕宗の姫君の婚家先。

式部卿宮敦康の姫君。

中宮威子の人柄が理想的であること。

後一条帝の宮たちが理想的であること。

斎院選子から馨子への交替。

行成没後、公任が哀傷の和歌を詠んだこと。

公任が世間で評判が高かったこと。

兵衛督能信の子弟。

関白頼通が隆姫付きの女房に子を産ませたこと。

斎院選子が退位して兄致平に対面し和歌を詠んだこと。

殿上の花見に、斎院が貴紳と和歌を詠みかわしたこと。

長元四年九月二十五日、女院彰子が住吉・石清水に参詣。

戌時、山崎に到着、石清水に参詣。

二十八日早朝、住吉に到着、参詣。
天王寺に参詣。女院が、釈教の和歌を詠んだこと。
二日、天の河で貴紳と女房たちが賀の和歌を詠みかわしたこと。
丑時、下舟して都に到着。
斎院に馨子が定まる。
十月に袴着。
八月三十日に中宮威子の行啓。
十月、更衣と五節と臨時祭。
子の日、男女が春の和歌を詠みかわしたこと。
年返り、儀式が繁忙、斎院の準備。
女院彰子が宮中に渡御し、繁栄のさま。
十月二十余日、庚申に男女が和歌を詠みかわしたこと。

歴史書を対照させるとすれば、例えば、六国史のひとつ『日本三代実録』の歴史叙述は、天皇の起居、天皇と朝廷の祭祀や儀式を記すことが基本である。併せて、天変地異、休徴・咎徴などを記すことが不可欠である。つまり、恒例の次第と臨時の次第とが記されるところに、統治の理想と現実的な対応とが示されることになる。歴史書にあっては、これらの叙述の総体が、天皇の統治を遂行して行くさまを表現するものである。

これに比べると、例えば『栄花物語』巻第三十一「殿上の花見」は、天皇を中心とする叙述ではなく、何よりも中宮・女院の動静が優先されており、その繁栄や人柄などが讃美される。と当時に、和歌が詠まれる記事を続けるところに叙述の特徴がある。(2) 興味深いことは、物語に語られる出来事についてかかわった人々の心情が儀礼的な和歌の表現に集約されており、出来事の意味を和歌が説明するという構成をもつことである。

おそらく、このような叙述のさまは、語り手が女房として設定されていることと関わっている。つまり、歴史書が天皇の事績を中心とするのに対して、『栄花物語』は女房のまなざしをもって中宮や女院の事績を中心に据えようとするところに、歴史叙述とはいいつつ根本的な違いがある。その中で、進命婦の物語は、中宮をめぐる逸話のひとつとして位置付けられている。

二　進命婦の記事(1)

さて、課題とする進命婦は、頼通を主語として語り出される記事の中にある。次に、具体的に検討してみよう。

いかなる世のやうにか、関白殿（頼通）、いとさもて出で顕はれてにはあらねど、「尼上の御方（倫子）にさぶらふ人を忍びつついみじう思しめす」といふこと出で来て、「つねにただならで子など生みたまふ」といふこと聞ゆれど、上の御方（隆姫）に思しめさんことをつつませたまふなるべし。故中務宮の御女などぞ聞えさすなりし。

（殿上の花見③二〇〇）

『栄花物語全注釈』は、「根合」巻の記事を「参照」して「祇子は鷹司殿倫子（尼上）に仕えているうちに、頼通の寵を受け、次々と子を生んだが、頼通は北の方隆姫の思わくもあり、その妹だと称して世間体をつくろったものと見られる」が、「倫子は不快に思ったので、中務宮の御子因幡守の女だとも称して倫子に仕えさせていたともいう」としつつ、『愚管抄』によると「その呼び名は進ノ命婦と称せられた」ので、「世間体をとりつくろっ

た結果によるもので、祇子の種姓は明らかでない」と解釈している。(3)

　このような理解は、いわば『栄花物語』から歴史的事実なるものを復元しようとする読みである。

ところで、右の文章の中に傍点を伏した箇所は、右の記事が、語り手によって伝えられたものであるという形式をとっていることを明確に示す。とはいえ、右の記事の中から「いかなる世のやうにか」という不確かさを示す表現、「聞ゆれど」と伝聞の形式を示す表現、「べし」「なり」などの助動詞の表現などだけを抽出して、叙述のありかたについて議論をすることは、問題を矮小化させる懼れなしとしない。

　むしろ、右の記事の中で、二箇所、鉤括弧「　」で括った「尼上の御方にさぶらふ人を忍びつついみじう思しめす」とか「つねにただならで子など生みたまふ」とかが、噂話の形式をとっているということに注意したい。つまり、「いかなる世のやうにか」とは、いつのことか分からない曖昧な表現とみえて、暦日を絶対的で不可欠とする歴史書の叙述に比べ、まさに物語編集上の表現といえる。「聞ゆれど」「べし」「なり」などの表現とともに、語り手が目撃したり伝え聞くことを証言し書き留める物語の表現である。これらについては、『栄花物語』が、女房としての語り手が噂話を語るという形式をとっていることにかかわると考えなければならない。

　つまり、『栄花物語』の記事全体が、女房である語り手の見聞したこととして記されていることを、まず確認する必要がある。すなわち、頼通が母倫子のもとに仕えていた女房を、世間を忍んで寵愛するということが起き、その女房が子どもを産んだことを耳にした、という。実は頼通がその女房をあえて故具平親王の娘だと言わせている、と語り手は判断している。頼通がそのように処遇したのはきっと、子のない隆姫がどう考えるかを憚ってのことだ、と。

　このとき、噂話は無責任でいい加減な情報なのではなく、女房が「実は……」と声をひそめて語り出すがゆえに、むしろ証言として確かなものと扱われている、というべきである。すなわち、右の記事について、実際に頼通が指示したかどうかとか、頼通の心情が事実かどうかを判断することはできないし、必要もない。

三　進命婦の記事(2)

それでは、もう一箇所『栄花物語』第三十六巻「根合」における進命婦の記事についてみよう。

内焼けにしかば、(帝は)京極殿になほおはします。さるべき人人の女競ひ参り、(1)**いみじうめでたし**。殿のかく御心に入れさせたまへることと思ふべかめれば、かしづく人の女、妹参らぬなし。(中略)君達の女いとあまた参れり。それならぬも多かれど書かず。諸大夫の女などは数へつくすべくもあらず。十二月に参らせたまふ。装束など数も知らず。母上は三条殿とぞ聞えさするも、さぶらはせたまひて参らせたまへり。(2)**めでたしなども世の常なり**。二月に后立たせたまふ。中宮こそはあがらせたまふべけれど、「ただかくてあらん」と申させたまひければ、今后を皇后宮と聞えさす。三条殿(祇子)をば、内々に故中務宮(具平親王)の女にさぶらふとぞ申させたまひける。尼上のさるもの憎みをせさせたまひければ、かたはらいたがりて紛らはして、中務宮の御子の因幡守の女とてさぶらはせたまひけれど、今は何ごとのつつましうてかは忍ばせたまはん。(3)**めでたしなども世の常なり**。おほかたの世おぼえのみにもあらず、御おぼえもいみじうおはしませば、殿もかひあり、うれしくおぼしめす。

東三条殿に出でさせたまひて、后に立たせたまふ日の有様、(4)**いふべき方なし**。さらぬだにいとどある殿を払ひ磨かれたる、(5)**いふ方なくめでたし**。殿の、たちゐ思しめし急がせたまはんに、靡かぬ草木はいかでかあらん。女房の装束などは、世の常のことなればこまかにもいひたてず、(6)**めでたきことかぎりなし**。上達部の立ち並びて拝したてまつり、御髪上げさせたまひて、倚子の御座におはしますほどなど、(7)**いふ方なくめでたし**。宮にも参りたまへりし典侍は御髪は上げたてまつる。唐の御衣など奉りたる御有様の、ありつきておはしましつることなど語りたまふ。（根あはせ③三六一〜二）

物語はいう。二月に寛子は立后した。それに際して、頼通は「三条殿」すなわち進命婦を「故中務宮の御女」と称するように求めた、という。倫子や隆姫の思いを忖度して「中務宮の御子の因幡守の女」と言わせて伺候させたが、立后を果たした今は、誰はばかることもなく、隠す必要もないという。頼通は后となる寛子の母進命婦が身分の低いことが取り沙汰されぬよう「三条殿」進命婦を「故中務宮の御子」と言いなした、と伝えているのである。

つまり、『栄花物語』のこの二つの記事は、女房である語り手によって、進命婦に関する噂話として語り伝えられている、と読むことができる。そうすることで、『宇治拾遺物語』と『栄花物語』とを同じ物語として読むことができる。

例えば、歴史書『扶桑略記』は寛子の初出仕について、その母を「中務卿具平親王女」と記している。[4]それは公の立場に立つときの表現の記録といえる。繰り返せば、物語は寛子の出仕に際して頼通は、進命婦の出自を隠さざるをえなかったという。すなわち、頼通が倫子付きの女房某と関係し、子まで儲けたゆえに、これを正妻隆姫に知られないよう、頼通は進命婦を具平親王女と言いなしたということを、物語は女房の噂話として証言するのである。いわば歴史の表側における公称の出自に対して、本当の出自を裏側の歴史として語るところに『栄花物語』の方法がある。

ちなみに、(1)から(7)のように、進命婦の繁栄に対する讃美の繰り返しはじつにしつこい。もはやこれは、歴史叙述などと呼べるものではない。語り手女房による過剰なまでの讃美が逆に皮肉めいた表現となっているのかもしれない、と詮索したくなるほどである。言い換えれば『宇治拾遺物語』に比べてみるまでもなく、『栄花物語』は、頼通が進命婦の扱いについて腐心したことを強く印象付ける結果となっている。

四　噂話の基盤としての記事『春記』

国文学研究においても、物語の表現を歴史的な事実に還元しようとする思考からすれば、進命婦にかかわる歴史的事実というものを確認できる資料は『春記』である。だが問題は、文学研究のまなざしから、同じ資料をどのように読み直せるか、である。私は、次の記事が、進命婦のほんとうの出自を暴露する噂話の基盤を探る資料であるとみる。

『春記』天喜二年（一〇五四）五月十九日条、

天晴、**今日故進命婦周忌法要事日也**〔（朱書）**宇治頼通公妾藤原祇子、因幡守種成女、進命婦忌日、**〕称贈二位云々、於法性寺所被行也、午剋許督殿参入給法性寺、予候御車尻、資仲宗公房等乗蔑車扈従、午内被害参著、而饗座事了公卿等早著堂前座了云々、　督殿著堂前庭、此座東西相分、〔督殿西／予著東、〕**堂荘厳太美麗也**、礼堂儲僧綱等座、〔上臈凡僧及已／講又在此座、〕他僧等在堂中、惣百僧也、此外七僧、天台座主明快、大

僧都慶範、少僧都長算、律師円縁、法橋上人位戒源、同定基、堂達阿闍梨兼壽等也、（中略）
今日参入公卿、大納言師房、信家、中納言督殿、兼頼、信長、経輔、経任、宰相経長、能長、予、経成、経季、資綱、二位二人、〔俊房、／忠家〕三位、〔祐家〕
今日事過差無極、上下群集殆可動天歟、命婦生前死後只発栄花也、(5)

『春記』天喜二年五月二十三日条、
天陰、**今日故進命婦周忌正日也、於三条本宅行之、**〔関白所行給也、／曼荼羅供云々申、〕中剋督殿参給彼三条、予候御車也、左兵衛督相尋被坐也、〔別車也、於途相合被同参歟、〔也カ〕〕、此間雨脚如注、途路如海、下車給間事々不便也、衣装皆湿損、先是関白被坐也、上達部未参入、関白出簾外相遇給、被饗応歟、東台中央安置両界曼荼羅、其供養具等太美也、少時上達部多参入、関白入給簾中了、**雲上客地下人等莫不挙首、此間雨脚滂沱、**申終許大相正明尊参入、為今日阿闍梨云々、（中略）
今日上下雲集不可勝計、門前成市、堂上如花、死後栄花実以□□歟、但家主僧公必蒙鬼瞰之責歟、異性繁昌如何、(6)

『春記』五月十九日条は、故進命婦の周忌法要が「法性寺」で営まれたという。割注に進命婦は「宇治頼通公妾」である「藤原祇子」という。また「因幡守種成女」であるという。法要の行われた「堂」は「荘厳太美麗」であり、供養に参加した僧はおよそ「惣百僧」であったという。ところが、『春記』の筆者資房は「今日事過差無極、上下群集殆可動天歟、命婦生前死後只発栄花也」と批評している。過差を咎めるというのは、本来の出自を知っているからである。

次に五月二十三日条、この日が進命婦の「周忌正日」だったという。また、法要は「三条本宅」で行われたという。筆者は、「家主相公」は必ず「鬼瞰之責」を蒙るであろう、進命婦の「異性繁昌」はいかがなものかと批評している。それは本来、ありうるはずもない繁昌を咎めるからである。

すなわち資房は、故進命婦の周忌の盛儀を記すとともに、その過差を難じている。

そのような批評は、ひとり資房だけの感想ではなく、当代における進命婦に対する羨望と嫉妬とが入り混じった世人の感情を代表するものであったと推測される。そのような時代の雰囲気は、さまざまに錯綜する噂話の存在を裏付けるものである。

つまり、『春記』の記事の背後に、進命婦に対する讃美と誹謗とが噂話の形で渦巻いていたことが推測できる。最初に掲げた『宇治拾遺物語』の説話もまた、『春記』の記事から想定される基盤の上に、噂話の形式をもって生成している。もちろん、このような噂話が実体的なものとして、どのような表現をもって存在したかは定かでない。むしろ『栄花物語』の深層に噂話が潜んでいる、というべきかもしれない。『栄花物語』は、女房の語る噂話の形式を方法として叙述するところに、中宮・女院に代表される、歴史の裏側を描き出すことができたといえる。

五　続編の方法を考えるために

すでに加藤静子は、「『栄花物語』作品執筆には、道長家側から用意された史料も数多くあったであろうが、女房たちがもつネットワークが可能にした面もあり、それに思いをはせて作品を読み解くことも大切」だという

［加藤二〇一一a］。これはきわめて重要な指摘である。私はいわれるところの「女房たちがもつネットワーク」とはどのようなものであり、物語の表現とどのようにかかわるかに興味をもつ。

また桜井宏徳は「『栄花物語』は仮名散文によって書かれたはじめての歴史叙述であり、歴史物語の嚆矢である」として、「『栄花物語』が「家の歴史」、すなわち道長一家の私史にほかならなかった」という（傍点・廣田）。そのとき、鈴木日出男の言葉を借りて「『栄花物語』の語り手」が「観念的に仮構されたもの」とし、「目撃者」であり、加藤静子の言葉を借りて「物語手」であるとして、「見聞きしたことどもをめいめいに語りながら、それを同時進行的に、『栄花物語』そのものの語り手である女房に書きとめさせてゆく」という「『栄花物語』制作の現場」をみようとしている［桜井二〇一二］。

言い換えれば、『栄花物語』は、桜井によると、設定された語り手の女房によって描きだされた家の歴史であるということになるのだが、それでは続編もまた同じことがいえるだろうか、改めて確認しておきたい。(7) 続編における巻頭の記事を幾らか挙げ、概観することで、『栄花物語』続編の方法を考える手がかりとしたい。

第三十二「歌合」

鷹司殿の上（雅信女）の七十賀

女院・中宮の参賀。

臨時客の賀の和歌が詠まれる。

長元八年五月、法華三十講の果てに関白殿歌合。（後略）

第三十三「きくはわびしとなげく女房」

後一条帝の御悩と崩御。

女院・中宮の悲嘆。哀傷の和歌が詠まれたこと。
帝付き乳母たちの悲嘆。
一品宮章子の悲嘆。
東宮の除目。
後一条帝の葬送。
出羽弁の哀傷の和歌。（後略）

第三十四「暮まつほし」

年返り、内裏の年賀。
七日、式部卿宮姫君嫄の参内。
殿上（隆姫）も参内。
二月十余日、一品宮の立后。
三月、式部卿宮姫君嫄立后、中宮となる。
太夫以下の人選。
女院の出家。
自ら和歌を詠んだこと。（後略）

第三十五「くものふるまひ」

疫病の流行。
関白（頼通）の御悩。

大将（通房）の御悩、急死と世評。
帝と通房の北の方とが哀傷の和歌を詠みかわす。（後略）

第三十六「根合」

後朱雀帝の御悩。
女院（彰子）の心配。
内大殿（教通）が**女御**（生子）の立后に腐心。
大将（頼宗）が**女御**を心配。
正月十日の程、重篤。
十四日、**斎宮**の年爵。
女御の苦悩。
寛徳二年正月十六日、後朱雀帝譲位。
後朱雀帝、斎宮（良子）を新帝に依頼。
十八日、後朱雀帝譲位。
内大臣、落涙。
大将、悲嘆。
斎宮・**斎院**のようす。
皇后宮（禎子）の不満。
梅壺女御（生子）の悲嘆。（後略）

第三十七「煙のあと」

中宮（章子）御前で七月七日、女房が和歌を詠む。
斎院（媒子）、歌合・物語合を行なう。
内裏・大極殿の焼亡、法成寺の焼亡。
某、和歌を詠む。
頼通、**斎院**を交替させる。
女御（生子）が仏道に専念し、和歌を詠む。出家後、病悩が回復。
中納言（俊房）、前**斎院**（娟子）に忍び、妻として迎える。
春宮、中納言に対し不満をもらす。
大納言（師房）、中納言に対し嘆く。（後略）

かつて益田勝実は『栄花物語』を読むにあたって、「見馴れた〈後代の眼〉」で「錯覚」をもって読んでいないかと警告している。この論考については、なお検討を要する問題もあろうが、次のような益田の批評は忘れ難い。すなわち「『栄花物語』は巻第六「かがやく藤壺」あたりからは、貴族社会・宮廷のことが、女性ばかりを中心に語られる」として、

同時代の同性の読者にたまらなくおもしろかったのは、だれの何番目の息子がどこのどの娘と縁組してどうなった、という『栄花物語』の『栄花物語』らしい部分の方だろう。(8)

という指摘である［益田一九八九］。つまり『栄花物語』の歴史叙述とは何かというふうに、ことを構えたとき、『栄花物語』の叙述そのものはどこかへ置き去りにされてしまうという印象が残る。私は、もっと暴露的で、も

っと品性を欠くものではないのか、と考えるからである。

すでに福長進は、続編が「天皇や摂関家の人々の死をもって歴史の節目とみなし、それを歴史を構成するための重要な出来事と捉えている」とともに「天皇の性格や治世に言及する言説が散見される」という〔福長二〇一二〕。右にみたように、『栄花物語』続編の叙述の方法の肝どころは、第三十二巻以下、他の巻々においても同様であると推定できる。

加藤静子は、『栄花物語』が「先行する歴史物語となりえた」理由は、「歴史を「書く行為」を可能にする〈語り手〉の投入という、作り物語の機構を生かしえたこと」と「女性であるがゆえに自由な立場性を確保できたこと」にあるという。そして正編が「主家に寄り添いながら、天皇の御代を縦軸にして編年的に記したもの」であるのに対して、続編は「正編を継いでも、厳密な編年体をとることはな」く、「人物を中心にして、大きな時間の流れに添うかたちで歴史をつむいでいる」という。すなわち続編は「道長—頼通—師実という摂関家の女や姪たちの入内した後宮や内親王たちを中心に据える」という〔加藤二〇一一b〕。

加藤は、登場する特定の人物の名を手がかりとして、歴史的な次元で叙述の方法を考察するが、抽象度を少し変えてみると、すでにみてきたように、続編は女院・中宮・女御を中心に据え、さらに斎宮・斎院や姫宮・姫君というふうに、順番に叙述して行くという原理が働いているとみえる。すなわち、続編全体が、語り手を女房に設定するとともに、天皇と朝廷の歴史を記す歴史叙述ではなく、女院・中宮を頂点とする後宮の歴史を、逸話や噂話を用いて描いていることが分かる。このことは、『栄花物語』もまた中宮学をめざして編まれたものだったということを予想させる(9)〔廣田二〇一五〕。すなわち、この問題は、星山健が『栄花物語』が藤原道長の要請によって禎子のために制作されたと論じられたことと触れ合ってくるであろう〔星山二〇一五〕。

（1）三木紀人・浅見和彦校注、新日本古典文学大系『宇治拾遺物語』（岩波書店、一九九〇）。
（2）『栄花物語』における和歌は、歌合や和歌を連ねていることももちろんあるが、独詠歌とみえるものでも、出来事が和歌でもって受け止められるところに、独自の方法がある。
（3）松村博司『栄花物語全注釈』第六冊（角川書店、一九七八）。
（4）歴史史料を一覧すると、以下のようである。

(1)『扶桑略記』永承五年（一〇五〇）十二月二十一日条
関白左大臣藤原朝臣頼通女寛子初入内裡。母中務卿具平親王女。贈従二位源朝臣祇子也。（『新訂増補国史大系　扶桑略記』吉川弘文館、一九六五）

(2)『尊卑分脈』
師実　母因幡守種成女〔贈従二位祇子〕／覚円　母同師実公／寛子　母具平親王女（『新訂増補国史大系　尊卑分脈　第一篇』吉川弘文館、一九六五）

(3)『公卿補任』
藤師実　母贈従三位藤祇子。（『新訂増補国史大系　公卿補任　第一篇』吉川弘文館、一九六四）

(4)『中右記』大治二年（一一二七）八月十四日条
太后諱寛子、〔宇治殿卿姫、母贈従三位藤祇子、後冷泉院后也、〕（『増補史料大成　中右記　第五巻』臨川書店、一九六五）

(5)『一代要記』第七十、後冷泉天皇
皇后藤寛子、〔前太政大臣息女母贈従二位藤祇子、〔後略〕〕（『新訂増補史籍集覧　一代要記　第一冊』臨川書店、一九六七）

(6)『一代要記』第七十一、後朱雀天皇
皇太后藤寛子、〔前太政大臣息女母贈従二位藤祇子、〔後略〕〕（同）

歴史学的な考察として代表的な論考を概観すると、以下のようである。

真鍋熙子「橘俊綱考」（『平安文学研究』一九六〇・一一）、真鍋熙子「進命婦について」（『和歌文学研究』第一号、一九六一・一二）。真鍋氏は、祇子を「種成女とすべき」だとして「若い頃、倫子の女房であった」と推定している（「橘俊綱考」）。

田中成大「橘俊綱の母」（『平安文学研究』一九六九・五）。田中氏は、「祇子は具平親王のほんとうの娘であった」という。角田文衛「関白師実の母」（『王朝の映像』東京堂出版、一九七〇）。角田氏は「頼通は、隆姫女王の嫉妬をそらすため、頼成の娘（進命婦）を中務卿・具平親王の落胤―従って女王の異母妹―と詐った」という。
（5）ちなみに、山中裕氏は「『栄花物語』の説話性」と題する論文で、『栄花物語』に「多くの説話めいたものが材料に使われている」として「原史料としての説話」が想定されるという。すなわち、「『栄花物語』の説話の本質」を考える上で、
断片的な知識や教訓、あるいはさまざまな興味深い話、また遊戯的なものとして口伝でひろがったもの、あるいは書かれたもの」を「それらをなんらかのかたちで集め、書としたものが中世の説話集であったとすれば、その源流となる『栄花物語』や『大鏡』にある説話めいた話は、どのようなものであったか、
を考えることができる、と展開されている（山中裕「『栄花物語』の説話性」『栄花物語・大鏡の研究』思文閣出版、二〇一二）。しかしながら「『栄花物語』の説話性」については、物語の「原史料」として「説話」を想定する方向よりも、国文学研究の側からいえば、『栄花物語』が「説話」を含み込んで、どのように叙述しているかを問う必要がある。
（6）増補「史料大成」刊行会編『史料大成　春記脱漏補遺』（臨川書店、一九六五）。
（7）注5に同じ。
（8）研究史では、続編の成立についてどこを継ぎ目があるかという点で説が分かれているので、以下とり急ぎ第三十七巻までを目安として、巻の叙述の構成をみておきたい。
（9）ちなみに、かつて「世俗説話」とは何かを考察する上で、世間話、都市伝説、噂話などの類概念と比較考察したことがある（廣田收『『宇治拾遺物語』「世俗説話」の研究』笠間書院、二〇〇四）。
私は、『源氏物語』の第一読者は中宮と考え、物語制作の第一目的として中宮学を想定している。

〔引用文献〕

［加藤二〇〇三］加藤静子「緒言」（『王朝歴史物語の生成と方法』風間書房、二〇〇三）
［加藤二〇一一a］加藤静子「『赤染衛門集』の女房たちと『栄花物語』」（『王朝歴史物語の方法と享受』竹林舎、二〇一一）
［加藤二〇一一b］加藤静子「序にかえて」（『王朝歴史物語の方法と享受』）
［桜井二〇一二］桜井宏徳「歴史を仮名文で「書く」ということ―『栄花物語』論のための序章―」（『古代中世文学論考』第二七集、新典社、二〇一二）
［廣田二〇〇三］廣田收「「進命婦」考」（『『宇治拾遺物語』表現の研究』笠間書院、二〇〇三）
［廣田二〇一五］廣田收「『源氏物語』は誰のために書かれたか―中宮学に向けて―」（同志社大学人文学会編『人文学』二〇一五・一一）
［福長二〇一一］福長進「『栄花物語』続編について」（『歴史物語の創造』笠間書院、二〇一一）
［星山二〇一五］星山健「『栄花物語』正編研究序説―想定読者という視座―」（『文学・語学』第二一三号、二〇一五・八）
［益田一九八九］益田勝実「歴史の道程の追跡―栄花物語―」（『国文学』一九八九・八）

神田龍身

『狭衣物語』と『栄花物語』についての一考察

賀茂斎院神事の記録

一 『狭衣物語』――源氏の宮神事の記録

『狭衣物語』巻三に、長大な仮名の記録文が挿入されている。それは賀茂斎院に卜定されて二年になる女主人公源氏の宮が、宮中の初斎院から紫野の本院へと渡御する場面であり、さらにそれは斎院御禊や賀茂祭当日の場面へとつづく。『狭衣物語』という物語に、なぜかくも詳細な記録文があるのか。しかも、ここでは書き手が物語の前面に登場し、さらにそれを記録するよう要請した人物の存在までもが暗示されているのだ。

まずこの場面は、「年返りぬれば、今年は斎院渡らせたまふべしとて、本院造り磨かせたまふ。（中略）今年の祭は、今よりさまことに、世の中ゆすりて思ひ営む」（②三・一四五。引用は新編日本古典文学全集『狭衣物語』①②を使用、巻数と頁数を示す）として、都全体が浮き立つ気分でいるところから始まる。渡御の行列に参加する随身等は服装や馬・鞍を派手に整え、見物する側も物見車を華美に装い、さらには「遠き所の民」や「都の内の賤の男」たちも、見物の準備に忙しいという。そして、このような世間の期待に応えるべく堀川大殿が、「世の人のことごとしきありさまに思ふらんしるしに、出だし車の飾りなど、例にはまさりたらんを見よかし」（②三・一四六）と宣言する。それは今回の本院渡御を、「例」となるような盛儀にしようといっているのだ。女房たち全員を行列に参加させ、その車も「透車」に仕立てあげたという。その時の女房たちの衣装について記した箇所を引用する。

衣の色ぞ、ことにめづらしからねど、千代の例とにや、千歳の松の深緑を、幾重ともなく重ねたる多さはこちたく、同じ色の桜の表着、藤の浮線綾の唐衣、「松にとのみ」、縫ひ物にしたり。裳は、青き海賦の浮線綾に、沈の岩立て、黄金の砂に、白銀の波寄せて、浸れる松の深緑の心をぞ、縫ひ物にしたりける。童も同じ色にて、上の袴、汗衫、女房の裳、唐衣、同じことなり。書き続けたるは、見所なく、「こやいみじかりける」とて、もどき笑はれぬべかりけれど、その折、車引き続けたりしは、常よりも見所多かりけり。何の色も、言ひ続けたるよりは、染め張りがらに、清げにもあるぞかし。同じ綾織物、打物などいへど、ことの外に、同じ人のしわざとも見えずこそはあれ。かく書きつけたるよりは、見るはめでたくこそありけめと、思ひやるべし。（②三・一四八〜一五〇）

まさにその衣装は、「千代の例」となるような華麗なものであり、また、車が何台も連なる様は、「常よりも見所多い」ものであったという。そして、書き手は、その素晴らしさを書こうとしても、なかなか言葉では表すことができないと苛立ちを禁じ得ない。また、書いたものよりも、実際のそれの方がはるかに見事なものであるかを想像して欲しいとまでいっている。そして、この引用につづく賀茂川での斎院の禊場面でも、これが祭に先立つ禊であるとともに、源氏の宮が初めて賀茂神社に参るためのものであり、「例の事にも事添ひて、永き世の例にも、よろづをせさせたまへり」（②三・一五一）というように、やはり後世の範となるべく様々工夫が凝らされていたという。さらに賀茂祭の当日の神社への渡御の場面からも抄出しておく。

今日は、四季の花の色々、霜枯れの雪の下草まで、数を尽して、年の暮までの色を作り、表着、裳、唐衣など、やがて、その色々にて、つがひつつ、高麗、唐土の錦どもを尽しけり。各々、白銀の置口、蒔絵、螺鈿をし、絵描きなど、すべてまねび尽すべき方もなかりけり。御輿の駕輿丁、形姿まで、世の例にも書き置かんとせさせたまひけり。口も筆も及ばで、いと口惜し。渡らせたまふほどに、そこら広き大路ゆすり満ちて、えも言はず香ばしきに、我はと思ひたる車どもの榻下ろさせて、過ぎさせたまふは、なほいと気高し。御社に参り着かせたまふありさまなど、例、作法の事に事を添へさせたまへり。殿も、やがて留まらせたまひぬれば、いづれの殿上人、上達部かは帰らん。若上達部などは、土の上に形のやうなる御座ばかりにて、夜もすがら女房たちと物語しつつ、明くるも知らぬさまなるに、京にはいまだ音せざりつるほととぎすも、御垣の内には、声馴れにけり。内も外も耳留めぬは、いかでかはあらん。いとをかしう、歌ども多かりけれど、え書き留めずなりにけり。

（②三・一五三〜一五四）

ここでも出だし車の女房たちの豪華な衣装に焦点があてられ、社頭の儀式は、「例の作法の事に事を添へさせたまへり」といって通常のそれよりも華やかであることをいう。さらに一同は社頭で夜を明かし、時鳥の鳴き声に耳を傾け、歌も多く詠まれたとするが、それらの歌を書きとめることができなかったという。そして、書き手はここでも、「世の例」ともなるような祭の日の華美な光景を記録しようにも、十二分に書き尽くし得ないと嘆いている。

とともに、この箇所でとくに留意したいのが、「世の例にも書き置かんとせさせたまひけり」と傍線部にあるように、記録することを命じた者が顔をだしている点である。本日の盛儀を「世の例」とすべく、そのためにも記録にとどめさせたというのだが、いったい誰が命じたのであろうか。明記されてないが、『狭衣物語』の文脈に即す限り、堀川大殿の命令で、源氏の宮付きの斎院女房がその日の有様を記録したというのであろう。にもかかわらず、書き手は十二分に書きつくし得なかったし、また披露された歌は記録し損ねてしまったとしている。そして、この時女房が書き残した記録をもとに、『狭衣物語』の当該箇所が成立しているということを、物語はいいたいのであろう。(1)

二　『狭衣物語』――斎院禖子時代の思い出

　ところで、これら一連の『狭衣物語』の記述について、三谷栄一氏は、藤原資房（一〇〇七～一〇五七年）『春記』（史料大成）の二つの記事を引照しつつ、はなただ興味深い指摘をしている〔三谷一九七五〕。一つは、『春記』の永承三年（一〇四八）四月十二日に、「今日斎王始メテ紫野宮ニ入御御禊ノ日ナリ」として、斎院禖子内親王（後朱雀帝皇女、母中宮嫄子。一〇三九～一〇九六年）の本院渡御についての記事があり、それを資房は、「女房ノ装束花ノ如ク、過差極マル無キノミ」と批判しているというもの。もう一つは、永承七年（一〇五二）四月十九日の賀茂祭当日の斎院禖子の渡御の有様について、資房が、「斎王申ノ終リ許ニ渡リ給フ。諸衛前駈（中略）各雑色十余人或八人染色セザルハ莫シ、又車ニ皆風流ヲ施ス。（中略）過差ノ制アリト雖モ、糺弾スル能ハザルナリ。ハナハダ嗚許ナリ。令無キニ如カズ」というように、その「過差」を目の当たりにして憤懣やるかたない思いでいるという記事である。資房は小野宮右大臣藤原実資の孫であり、祖父の反骨精神を受け継いでか、摂関家の動向に対して批判的な人物であり、ここでも斎院方の華美な装いをみるにつけても、「過差ノ制」が意味をなさないとし、とくになにかにつけても禖子の家司たる大納言源師房（頼通養子）等に対して怒りを禁じ得ないのだ。かくも師房を批判する資房は禖子姉の祐子内親王の家司であった。

　三谷氏はこれら『春記』の記事をふまえて、『狭衣物語』というテクストの位相を次のように論じる。「その行列に参加した狭衣作者宣旨は『春記』の著者とは逆に、その美々しい風流に女性らしい得意さと誇りがあったに相違ない。狭衣物語における、この必要以上とも思われる精細な衣装描写も、作者が体験した往事の祭儀のなつかしい追憶を、今は不幸な主人禖子内親王と同僚の女房達と共に回想し、過去に共感を求めたのではなかかったろうか」とし、さらに、「享受者と共に、嘗ての禖子内親王斎院の盛儀の折を心豊かに回想してゐる表現（中略）自分達仲間の参加した折の華やかさを追憶して楽しんだ表現（中略）嘗て往事参加した祭儀の夜を回想させ、楽しい追憶に浸らせ、共感共鳴を呼ぼうとした表現」とも論じている。

もちろん、物語はあくまで賀茂社の神事に奉仕する源氏の宮の様子を、宮付き女房が記しているだけの話である。しかし、ここには斎院禖子の昔が自ずと二重写しにされており、「思ひやるべし」「口も筆も及ばで、いと口惜し」等という口吻は、禖子サロンの女房がその昔の仲間たちへ呼びかけた言葉であり、昔の盛時を当時の仲間とともに「追憶」「回想」する気持ちがこめられているという。そして、そう考えると、三谷氏は言及されていないが、「世の例にも書き置かんとせさせたまひけり」という箇所についても、後世の範たるよう女房に記録させたのは、物語中の人物である堀川大臣であるとともに、源師房か藤原頼通が女房たちに斎院禖子の記録を残させたという裏事情が透けてみえてくるのである。『狭衣物語』は、物語文学というジャンルの歴史的系譜を形成するテクストであるとともに、一方で、今は喪失した六条斎院禖子内親王サロンの過往を偲ぶ記念碑的テクストたり得ていることにもなる。(2) いわば、『狭衣物語』における自己言及的箇所としてかかる記事が位置していることになる。

三谷氏は、『狭衣物語』に同時代の『春記』なる漢文日記を相対させることで、物語作者六条斎院宣旨の属する作者圏の問題を導入した物語解釈を試みている。ここで確認すべきは、三谷氏が、斎院宣旨が『狭衣物語』作者といわれていることを根拠に、単純に禖子サロンの問題を被せた物語解釈を試みているのではないという点である。「必要以上とも思われる」という発言からも明らかなように、そのような読みは物語テクストそれ自体が要求している。確かにこの一連の斎院関係記事は、『狭衣物語』になくてはならぬものではないし、余剰ですらある。『狭衣物語』というテクストに、なにも「千代の例」となるような新たな先例の確立を求めて、女房たちの華美な衣装はもちろんのこと、盛儀の詳細な記録を残す必要もないし、また書き手がこの場面で顔をだして、言葉では上手く表現し得ないし、神事の実際の方が格段に素晴らしかったと声高にいう必要もない。ましてや、「世の例にも書き置かんとせさせたまひけり」というような、記録するよう命令した人物なぞまったく不要であろう。

三 『栄花物語』──禖子関係記事の欠落

ところで、私がここでまず問題にしたいのは、『狭衣物語』の源氏の宮神事の記録が、『栄花物語』にみる仮名の記録文に近似しているという点である。先の引用文は、『栄花物語』の一節といっても違和感はないはずであり、とくに女房装束についての詳細な記述は、『栄花物語』続篇世界のよくするところだが、それだけではない。

既に桜井宏徳氏が問題提起されているように、『栄花物語』には、藤原頼通の命により記録するにいたった事情が明かされている箇所が幾つかある。(3) 万寿元年（一〇二四）九月十九日に、関白藤原頼通の高陽院で駒競べが行われて、後一条天皇の行幸、東宮と上東門院彰子の行啓があった。そして、その翌日に頼通の、「昨日のこと、ただ心地にのみ思ひて、書き留めずは、口惜しかるべし。為政ばかりぞ仕まつらん」（②二三・四一三）という命のもとに、文章博士慶滋為政が後宴和歌序文を作成し、その序と和歌が『栄花物語』にそのまま収録されている。また章子内親王（後一条帝皇女、母中宮威子）の着袴の後宴の際に、同じく頼通の、「さうざうしきに、今日の有様少し書きしるしてあらんなん、よかるべき」(③三一・一九一)という意向をうけて、藤原能信がその日の歌序と題とを記録にとどめたという。その時の歌が『栄花物語』に一部掲載されている。他にも、源師房が、「住吉の道に述懐」(③三一・二一〇)という歌題のもとに歌序を作成し、それがそのまま掲載されている。

もちろん、これらは頼通が男性官人に注文しているのであって、『狭衣物語』のように女房に書かせているのではない。しかし、女房をして記録にとどめさせたことは、彼女らが匿名社会を生きるがゆえに、わざわざ書き記さなかったのではあるまいか。いや、それどころか、この女房たちによる仮名の記録文こそが、『栄花物語』成立の基本資料になっていることはまず間違いないところである。「なかなかなる物まねびなれば書かず」「こりより下は何かはとて、とどめつ」「かくいひいひて書かざらむも本意なければなむ」等として、『栄花物語』に頻繁に顔を出す書き手は女房たちであろう。さらに出来事の取材範囲とか、それの対象化の方法等、様々な観点から女房作者説がいわれている。『栄花物語』続篇については出羽弁(出羽守平季信娘。中宮藤原威子、その後に章子内親王に仕える)作者説が有名だが、それに限定せずに威子・章子付の複数の女房たちを作者とする説等もあり、このような女房作者論は今後さらに検討を加えられていくことであろう。(4) そもそも女房たちの書くことへの欲望が噴出するのがこの頼通の時代なのである。『四条宮下野集』の冒頭部の記述が有名だが、なぜ女房による記録の時代というものが当来したのか、それが具体的にいかなる活動であったのかという大問題については省略に従う。

『狭衣物語』に『栄花物語』と同スタイルの記録文が収録されていることを確認したが、両テクストとも「書くこと」や「記録」ということに多大な価値をおいており、記録者のみならず、その依頼主までをも登場させているという点は留意しておきたい。そしてもう一つ問題とすべき決定的な点は、かかる斎院禖子の神事の記事が、『栄花物語』にはないということについてである。

そもそも『栄花物語』には、意外なことに禖子関係の記事そのものがほとんどない。巻三十四に、「九月に、中宮このたびも女宮生みたてまつらせたまひて、九日といふに、うせさせたまひぬれば……」（③三四・三〇三）として、長暦三年（一〇三九）の禖子の誕生と、母中宮嫄子の出産による死が語られる。おなじく巻三十四に、「内裏わたりいと今めかしくをかし。殿の宮も入らせたまへり」（③三四・三〇九）というように祐子・禖子姉妹が後朱雀帝の内裏に入ったという記事。巻三十六に、「年返りて」として、永承元年（一〇四六）に、「斎院に殿の二の宮のゐさせたまひぬ」（③三六・三四八）として禖子の斎院卜定の記事。巻三十七に、「かくあさましきことのみ多かれば、御心のうちに殿もあさましく思しめして、斎院おろしたてまつらせたまひて、麗景殿の姫宮ゐさせたまひぬ。おりさせたまひても、御心地治らせたまふことなし」（③三七・四〇三）として、その退下の記事がある。「天喜六年（一〇五八）」（同上）に、内裏や法成寺が焼失したこともあって、頼通は病気の斎院を退下させたというのだが（『扶桑略記』によると四月三日）、その後も禖子の病は相変わらずであったことがいわれる。禖子サロンといえば、その華やかさが有名だが、それについては巻三十七の冒頭部に精々次のように語られているだけであり、しかもこれについても問題がないわけではない。

先帝をば後朱雀院とぞ申すめる。その院の高倉殿の女四の宮をこそは斎院とは申すめれ。幼くおはしませど、歌をめでたく詠ませたまふ。さぶらふ人々も、題を出し歌合をし、朝夕に心をやりて過ぐさせたまふ。物合とて、今新しく作りて、左右方わきて、二十人合などせさせたまひて、いとをかしかりけり。明暮御心地を悩ませたまひて、果ては御心もたがはせたまひて、いと恐ろしきことを思し嘆かせたまふ。（③三七・四〇二）

禖子斎院サロンでの数多の歌合の開催、そして天喜三年（一〇五五）五月三日の『六条斎院禖子内親王物語歌合』について、さらには禖子が「狂病」（『中右記』永長元年九月十三日）に悩まされていた等というように、禖子の基本情報がもれなく説明されてはいる。しかし、禖子内親王周辺の華やかなサロン活動については、『十巻本歌合』『二十巻本類聚歌合』等の資料が数多あるにもかかわらず、『栄花物語』にはなんら現場に即した具体的な記述がない。いや、そもそも先の引用記事にしても、新編日本古典文学全集の注が、「禖子斎院退下との関りでここに置かれたものであろう」といっているように、この巻三十七の禖子の斎院退下に因んで呼びこまれてきた挿入的記事でしかないのである。物語歌合等の斎院時代の禖子記事が仮に『栄花物語』に収録されたならば、それは年次的に巻三十六に該当するが、そこでは先の斎院卜定の記事があるだけである。因みに巻三十六は、寛徳二年（一〇四五）から康平四年（一〇六一）までを扱い、後朱雀帝崩御と後冷泉帝即位をめぐる宮中の動向を主として記している。詳細に記された行事としては、永承六年（一〇五一）九月九日の内裏歌合、永承六年五月五日の内裏根合、天喜四年（一〇五六）四月三十日の皇后宮寛子春秋歌合がある。とどのつまり、『栄花物語』の禖子記事は、誕生、斎院卜定、斎院退下というように、事実を記した三つの記事で構成されているにすぎず、僅かに退下にのぞんでの斎院時代を振り返っての補足的説明がある程度である。

そして、もう一つ気になるのは、『栄花物語』における斎院渡御や賀茂祭の記事といえば、巻三十一に禖子の先々代の斎院馨子内親王（後一条帝皇女、母中宮威子、後三条帝后。一〇二九～一〇九六年）の長元六年（一〇三三）のそれが収録されている点である。この馨子内親王は、五十七年の長きにわたって在任した大斎院選子（九六四～一〇三五。村上帝皇女）の次の斎院であり、「斎院につひに姫宮定まらせたまひぬれば」（③二一・二一四）とあるように、長元四年（一〇三一）に卜定された。『栄花物語』はこの馨子の一生を、姉章子内親王（後冷泉帝中宮）とともに丹念においつづけており、ここでは詳論しないが、おそらくそれは、この姉妹の母が道長娘で御一条帝中宮藤原威子であることと関係していよう。威子について語る際に、この姉妹の動向についても自然ふれることが多くなっている。『栄花物語』続篇では、この威子とその周辺について記すことが一つの重要なテーマとなっており、[5]それは『栄花物語』続篇の作者圏の問題でもあろう。因みに、馨子の次の斎院は娟子内親王（御朱雀帝皇女、母皇后禎子）であり、「女二の宮は斎院にゐさせたまふべし」（③三二一・二七六）等とあり、長元九年（一〇三六）十一月に卜定される（『扶桑略記』）。斎院退下後に源師房の次男俊房との密通事件を起こし、『栄花物語』はそれを記しとどめているが（③三七・四〇五）、禖子と同様にほとんどふれられることはない。

四　『狭衣物語』と『栄花物語』との相互批判的関係

ここにして、『狭衣物語』が『栄花物語』の欠けたるところを補塡すべく、斎院源氏の宮（斎院禖子）の神事の記録を自らのテクストに挿入したという見通しが立ってくるのではないのか。その場合、『狭衣物語』と『栄花物語』とでは役割分担があったということになる。とはいえ、以上のような経緯を具体的に跡づけるのは、はなはだ難しい。まず『狭衣物語』にみる斎院源氏の宮の記事が、女房の詳細な衣装描写から始まり、記録の依頼者がいて、女房が記すというスタイルをとっている点は、やはり『栄花物語』の記録文スタイルを踏襲しているものと思われる。物語文学の系譜において、語り手や書き手はしばしば登場するが、「例」を確立すべく記録を命じた者が登場するのは大変珍しいことであり、また物語文学としてそのような人物の登場は必然的でない。精々、『源氏物語』「若菜」上巻に頻出する一連の記録文がある程度であろうか。例えば、准太上天皇源氏の四十賀や源氏主催の女楽の詳細が、それを先例とすべく記録文スタイルで記されているし、また脚技の見事な柏木に対して、藤氏のお家芸として蹴鞠技について記しとどめるようにという源氏の執筆依頼もある。その他に『うつほ物語』の記録文が想起されるが、しかし、やはりこれらは物語文学の言葉としては例外とすべきであろう。「今・ここ」での出来事や行事について、それをこの場で終らせることのないよう記録に残し、かつそうすることで歴史上にそれを位置づけるという経緯がここにはあり、そのように歴史におけるエクリチュールの役割を強調する言説は、歴史物語ならではのものとしか考えようがない。

問題はその「役割分担」の実態についてである。『狭衣物語』作者宣旨（禖子乳母。源頼国娘。藤原為房妻。『為房卿記』によると寛治六年（一〇九二）二月二十二日没）が女房文学の『栄花物語』を知らないはずはなかろうし、それは歴史物語の記録文スタイルからの影響をうけている点からも明らかである。しかし、それにしても『栄花物語』のどこまで目を通していたかは不明である。『栄花物語』の成立については、正篇（巻三十まで）と続篇（巻三十一～四十。最終記事は寛治六年二月）にはそれぞれ事情があり、さらに続篇にいたっては、一回的成立とはいえない複雑な様相を呈している。『栄花物語』の成立論の研究史的整理を参照願いたいが[6]、さらには『狭衣物語』の成立との前後関係を問う必要もあるのかもしれない。

しかし、ここでは、『栄花物語』の巻三十六と三十七との間に断絶があることの確認にとどめたい。巻三十六には、「人のせよといふことにもあらず、もの知らぬに、人のもどき、心やましくも思しぬべきことなれど、何の書き留めまほしきにか」（③三六・三九八）という跋文があり、物語の書き手の女房が登場し、人からなんと非難されようとも書きつづけたいとする言葉でこの巻が閉じられていて、ここに続篇世界のなかでの一つの区切りがあるものと思われる。そして、この巻三十六の語りの年次が、寛徳二年（一〇四五）正月から康平四年（一〇六一）であるのに対して、次の巻三十七は年次を遡って、康平元年（一〇五八）から始まり、巻三十六で一旦纏めあげた世界を巻三十七で改めて対象化したうえで、それを補足することから起筆されている。そして、重要なのは先に紹介した斎院禖子サロンについての記述もその時に思いだされたようにして挿入されている点にある。しかも、先の引用文を再度参照願いたいが、巻三十七の書き手は後朱雀院や斎院禖子を、「申すめる」とか「申すめれ」ととらえていて、これは対象への時間的距離感の表れ以外ではなく、巻三十六までの現場に即した語りの態度とは異質である。(7)

となると、次のように推論することがゆるされるのではなかろうか。『栄花物語』巻三十七の禖子記事が、巻三十六までの記事の補塡としてあり、さらにその延長上に『狭衣物語』の斎院神事の記録は位置するというようにである。巻三十七が、『栄花物語』自身による自作への補遺であろうとも、それだけでは十分でないという認識のもとに、『狭衣物語』の記事がさらに定位されている。『狭衣物語』の記述は、禖子サロンの華やかな世界を削除した『栄花物語』への批評意識から書かれたのである。そして、さらにいえば、『栄花物語』には、斎院馨子内親王の神事の記録の方があるとしたが、それをふまえつつ、それ以上の盛儀として源氏の宮（斎院禖子）の記事は書かれたのではないのか。馨子の記事を参考までに紹介しておく。

年返りぬ。例の事騒がしくて過ぎぬ。春深くなるままに、斎院（馨子内親王）渡らせたまふべき年にて、心ことに思しめし急がせたまふ。内には絵所、造物所にて、女房の裳、唐衣に絵書き、つくり絵などいみじくせさせたまふ。宮（中宮威子）には、宮司うけたまひて、染殿、打殿につかはし思し営ませたまふ。御禊には八重山吹を捻り重ねて、八重八重の隔てには、青き単を重ねつつ、幾重ともしらず重ねて押し出されたり。まことの花の咲きたる夕映と見えて、いみじくをかし。祭の日はうらうへの色なり。濃き二人、薄き二人、やがて同じ色の表着、唐衣なり。紅の濃き薄き、紫、山吹、青き蘇芳など、みな二人づつなり。かへさには、村濃にて、袴、表着も、裳、唐衣も薄物にて、文には金をし繡物どもをし、心ごころに絵などかきたれば、涼しげになまめかしうをかし。上達部も、殿、内の大殿をはじめたてまつりておはしませば、いみじうめでたし。上達部、殿上人残るなし。日ごとにいみじき見物にてなむありける。（③巻三一・二一九～二二〇）

『狭衣物語』が源氏の宮の神事の様子を書くにあたって、この馨子の記事を参考にしたという確証はない。しかし、毎年賀茂祭が行われるなかで、とくに宮中の初斎院から紫野の本院へ渡御する時を選んで、その年の常にも勝る禊と祭に焦点をあわせるという構成方法が、『狭衣物語』とまったく同じであることは注意されてよい。また、「年返りぬ。（中略）斎院（馨子内親王）渡らせたまふべき年にて、心ことに思しめし急がせたまふ」という場面冒頭部も、『狭衣物語』の「年返りぬれば、今年は斎院渡らせたまふべしとて、本院造り磨かせたまふ。（中略）今年の祭は、今よりさまことに、世の中ゆすりて思ひ営む」という先に紹介した箇所と対応している点も気になる。もちろん、馨子の神事に対して、斎院禖子の神事ははるかに盛大に行われたとするのが『狭衣物語』の立場であり、『栄花物語』は衣装にしか注意を凝らしていないが、『狭衣物語』は都全体が祝祭的気分に浮き立っているものとして巨視的・包括的にとらえていた。

とはいえ、『狭衣物語』が『栄花物語』の記事を実際にふまえていたか否かは実際のところ明らかでない。しかし、ある意味で、それはどちらでもよいことかもしれない。客観的現象として双方のテクストに書き分けが認定される以上、それをして役割分担と評することは可能だからである。『栄花物語』の編集方針を知悉したうえで、斎院禖子に関する記録は、『狭衣物語』の方で引き受けようとする判断が当初からあったとしてもさしつかえない。私がここで最低限確認したいのは、双方のテクストが実際の関係がどのようなものであれ、禖子周辺の女房たちは『栄花物語』の成立に直接関与していないということ、また、それにしても『狭衣物語』は『栄花物語』とまったくかかわらないところで成立したのではなく、歴史物語の方法を援用しながら、『栄花物語』への対抗意識を以てして書かれているということをである。かくして、斎院文学としての『狭衣物語』と、宮中文学としての『栄花物語』とが相互批判的・相互補助的に並び立つこととなった。因みに、『春記』の著者資房が、「過差」ということから斎院禖子サロンに批判的であったことを本論文の導入にしたが、『栄花物語』の世界に対しても彼は同様の批判をしたことであろう。

また、師房や頼通の命による斎院禖子についての記録文が実際にあったか否かも、これまた不明である。しかし、女房による仮名記録の資料をもとに、『栄花物語』が成立したという事情をふまえるならば、頼通や師房の下命による仮名の記録文があったとしてもなんら不思議ではない。『栄花物語』が利用しなかったそれを、『狭衣物語』の方が積極的に取りこんだことになる。そしてその場合、仮名の記録文の蓄積からなる共通のプールがあったことにもなる。それらを利用しつつ『栄花物語』が成立し、『狭衣物語』も成立したことになる。もちろんそのような原資料としての記録文がなかったとしても一向に構わないのである。それがなくとも、『狭衣物語』作者が、斎院源氏の宮の神事の場面を記すにあたって、この場面を利用して、斎院禖子サロンの思い出を密かにそこに埋めこんだということはあるだろう。

そして最後に確認すべきは、斎院禖子の記録を取りこむとはいえ、『狭衣物語』はあくまで物語文学であって、歴史物語ではないという点である。禖子の記録を引用するにしても、物語文学としてそれをどのように引用し得るのか。先のような記録文をとりこみ得た理由を、『狭衣物語』という物語の構造の問題として考える必要がある。確かに『狭衣物語』の斎院記事は物語文学としては余剰物であるという外ない。しかし、『狭衣物語』という物語テクストの深層において共鳴するところがあるのではなかろうか。

周知のように、『狭衣物語』は、「少年の春は惜しめども留らぬものなりければ、三月も半ば過ぎぬ」（①一・

一七）として始まる。「少年の春は惜しめども」とあることで、源氏の宮と何心もなく過ごした無垢な少年時代にこそ楽園があり、男女とりどりに成長していくことに狭衣は躊躇わざるを得ないとされる。この冒頭部にして既に過去にこそ黄金時代があるという徹底して後ろ向きの姿勢の物語たることが宣言されている。終末的時間なるものが前提にしかれ、時が無常に過ぎ去りゆくのに徹底して抗う主人公狭衣像が定位される。このような姿勢はこの冒頭部だけの話ではなく、狭衣は事あるごとに、「回想」し「後悔」することを糧とし、それを目的化して生きるという倒錯的主人公としてある。ここに回想する主人公像の誕生があり、そのことはしばしば指摘されているが、しかし、これは主人公論の問題であるのみならず、同時に物語文学史の終焉の問題に翻訳可能である。おそらく物語文学史の爛熟の果てに、もはや新たに語る物語は何もないという地平に、『狭衣物語』があるのではなかろうか。だからこそ新たな出来事や事件を構えるのではなく、既にある出来事の意味を探ることに語りの重心が移動したのであり、そして、その意義づけなるものが「回想」「後悔」の時空なのではあるまいか。過去を志向しつづけるという倒錯した時間構造の物語はかくして誕生した。

そしてこのような『狭衣物語』にあっては、エクリチュールに対して、非常に高い価値をおくことになる。回想することこそが目的である以上、それを支える媒体としての書かれたテクストの重要性がいわれることになる。『飛鳥井女君絵日記』等の多くの書かれたテクストが物語世界内を流通し、それらのことごとくが回想のためのエクリチュールという、狭衣の夢想を培養するためのテクストとして機能している。さらにはまた、天稚御子降臨事件では、「公も日記の御唐櫃開けさせたまひて、天稚御子のこと、中将の作り交したまへる文ども、書き置かせたまへり」（①一・五六）とあるように、朝廷がその事件を記録にとどめるよう要請したという箇所までもがある。そして、さらにいえば、『狭衣物語』そのものが、自身が物語文学史の終焉を証する物象化したテクストであるとして、そこに窮極の価値をおいているのではなかろうか。

こうみてくると、先の禖子の記録が『狭衣物語』に収録された所以も自ずと明らかである。一見して、それは物語文学の言葉としては不要でありつつも、斎院禖子の時代への回想の時空を出現させるエクリチュールとしてあることで、回想や書かれたテクストを絶対評価する『狭衣物語』というテクストの構造と共鳴し合い、かつその構造を根底から支える役割をも果たし得ているのではなかろうか。

いうまでもなく、禖子サロンと『狭衣物語』との近い関係は、この斎院神事以外にもいわれてきている。そもそも源氏の宮のモデルとして禖子内親王が想定されているのがその最たるものであろう。その他、禖子サロンで催された物語合や歌合の言葉が引用されていることも思い合わせられる。(8)『狭衣物語』に引用される歌や物語は、『古今和歌集』等の勅撰和歌集や『源氏物語』等に代表されるスタンダードなテクストばかりではない。それは頼通文化圏というごく狭い範囲内でしか流通していなかった歌や物語である場合もあり、『狭衣物語』の言葉は、きわめて限定した閉じられた世界に向けて発せられていたのである。斎院サロンで流通していた言葉を、それとなくテクストの節々に埋めこむことで、これまた当時の記憶を永遠にとどめおかんとしたのであろうか。

(1) 斎院源氏の宮の神事の記事については、『狭衣物語』におけるエクリチュールの問題としてそれを論じたことがある（拙稿「狭衣物語―物語文学への屍体愛＝モノローグの物語―」、井上眞弓・乾澄子・鈴木泰恵・萩野敦子編『狭衣物語 文の空間』所収、翰林書房、二〇一四）。本稿は、そこでの指摘をふまえつつ、『栄花物語』との関係を問うたものである。『狭衣物語』についての詳細は拙稿の方を参照されたい。
(2) 久下裕利氏は既に、「『狭衣物語』の形成が、天喜三年の物語歌合に提出された物語たちの残映を記念碑的に書き込むことで成り立っている」（『狭衣物語』の創作意識―六条斎院物語歌合に関連して―」『平安後期物語の研究』新典社、一九八四）と述べられている。

（3）本稿は、『栄花物語』と記録との関係を論じた、桜井宏徳氏「『栄花物語』と頼通文化世界―続編を中心として―」（和田律子・久下裕利編『平安後期　頼通文化世界を考える―成熟の行方―』所収、武蔵野書院、二〇一六）に示唆を受けて書いたものである。

（4）『栄花物語』成立論・作者論の研究史の優れた整理として、木村由美子氏の論がある（「栄花物語の成立と作者」『歴史物語講座　第二巻　栄花物語』所収、風間書房、一九七七）。

（5）中村成里氏「『栄花物語』における藤原威子―正編と続編をつらぬく―」（加藤静子・桜井宏徳編『王朝歴史物語史の構想と展望』所収、新典社、二〇一五）は、中宮威子に焦点をあわせた『栄花物語』解釈の試み。

（6）注4の木村論を参照されたし。

（7）注4の木村論を参照されたし。

（8）注2の久下氏先掲論文、および森下純昭氏「『狭衣物語』冒頭部「花こそ春の」引歌考」（『岐阜大学国語国文学』二六、一九九九・三）を参照されたし。

（引用文献）

[三谷一九七五]三谷栄一「狭衣物語の方法」（『物語文学の世界』所収、有精堂出版、一九七五。初出は一九六七）、ならびに日本古典文学大系『狭衣物語』（岩波書店）解説

（付記）本稿は科学研究費助成事業「狭衣物語諸本研究―三条西家本を軸にして―」（基盤研究〔C〕15K02224／研究代表者：神田龍身）による成果の一部である。

あとがき

『栄花物語』を嚆矢とする歴史物語は、これまで文学作品と認識されつつも、歴史書であるともみなされてきた。歴史書という視座を持てば、〈物語〉と〈歴史〉との間で解釈も揺れ動くしかなく、〈物語〉としての読みの自立ができたとはいえない。乱暴な措置であるかも知れないが、いったん「歴史書」であることを念頭から消すことをしないと、『栄花物語』が〈物語〉であることの意味を真に問うことはできないと考えた。

書かれた作品にはその論理があり、表現の構造がある。物語としての主題論的な表現と史的事実との比較がなされるのは、『栄花物語』の性質上当然のことである。しかし、何のために比較し、何を導き出そうとするのかが肝要である。史的事実と異なるからといって、そこに『栄花物語』の独自性があると主張するのは短絡であろう。他の史料等を参照しつつも、常にその成果を『栄花物語』の主題論的な構造の分析に還元し、物語文学史上の位置づけを見据えることが、本企画の立場である。「歴史からの奪還」とは大仰なタイトルだが、「歴史書」という認識をいったん傍らに置き、『栄花物語』を徹底的に〈物語〉として読む意図のためである。

本書に掲載されている論考は、右のような趣旨のもと、それぞれの視座から『栄花物語』研究の新たな可能性を探ろうと考究している。

高橋亨「物語と歴史の境界あるいは侵犯」は、本書に収めた諸論考を俯瞰した上で、『栄花物語』論の可能性について論じた序説にあたる。〈物語〉表現史における『栄花物語』の位置について、境界領域にあって〈物語〉が〈歴史〉を侵犯していく関係性として論じることを問題提起している。『源氏物語』と対比しつつ、『栄花物語』の「語りの表現方法の問題として」捉えていくことが課題だとする。

『栄花物語』の作者は「赤染衛門を中心としながらも、彰子はじめ道長一族の女性たちに仕えた女房たち」で、「先行史料の機能的な編集者」である。それだけに『源氏物語』の語り手たちのような主体的な緊密性に欠けるという。『紫式部日記』の引用に関わって、「作中人物に同化」しきれず、女房の外的な視座に帰結してしまう語りの方法を指摘している。『紫式部日記』を引用しつつも、〈紫式部〉の心の深層が排除され、表層の事実を表現する文体を創出している『栄花物語』の問題点が指摘されている。

桜井宏徳「エクリチュールとしての『栄花物語』―『狭衣物語』との近似性に着目して―」は、「語り」／「書く」ことと対立軸を鮮明にしており、「書くこと」と「語ること」の浸透を模索する山下論文と好対照を示している。「書く」「記す」意思の明示に始まる『栄花物語』は、「語り」を標榜していたはずの「物語」としては「異例のテクスト」であることを確認し、『狭衣物語』と共通の要素を見出している。ともに「頼通文化世界」で制作され、『狭衣物語』が『栄花物語』正編から〈歴史叙述のことば〉というべき叙述様式を学んでいた可能性にも言及する。さらに、両者の「書く」ことを前面に出すあり方は日記文学作品に近いと指摘し、平安後期以後の物語史にも説き及び、「物語」「語り」と「書く」こととの越境を意識した論考である。

高橋照美「藤原登子―〈物語化〉された尚侍―」は、『栄花物語』における登子を「物語の尚侍像のなかに位置付け、歴史から〈奪還〉しようとする試み」として始まる。『栄花物語』の登子の尚侍任官の時期は史実と異なり、これまで「尚侍の皇妃化という時代の趨勢を反映したもの」と説明されてきた。それに対して、「皇妃化」は史的には四期（四類型）に展開していると検証しつつ、未亡人でありながら今上妃として尚侍に任じられた『栄花物語』の登子は、何れの類型の「尚侍」にも該当しないとする。「尚侍」＝今上妃というイメージは物語史の中で形成され、「帝の寵を受ける既婚女性」も特徴的なこととして附帯している。「登子はいわば〈物語化〉された尚侍」なのであり、薬子の事件の構想力がここに関わっているという。村上以降、道長が登場するまでの混迷の時代を描く構想において「登子は賢帝を惑わし「世の乱れ」を引き起こす尚侍として〈物語化〉されている」と結論づけ、「尚侍」論の再考を迫るものともなっている。

吉海直人「源倫子―その摂関家の正妻らしからぬ行動―」は、藤原道長の正妻である倫子に絞り込んだ論である。彼女の行動が「摂関家の妻像から大きく逸脱しているのではないか」、すなわち彼女ほど内裏や後宮に足繁く通った摂関家の正妻はいないという。それは「道長の栄華獲得の裏に倫子の活躍があったことを、『栄花物語』は女性視点から主張している」という考えと結び付く。さらに倫子の動きについての分析は、「倫子独自の情報収集システム」が構築されているという論を導き、それが『栄花物語』の資料ともなっていると推定する。「女性視点で歴史を描き出した」点で『栄花物語』を評価する視座は、星山健の「想定読者」という発想とも響き合っている。

土居奈生子「永平親王の語りをめぐって―「十二ばかりに」に着目して―」は、史実と物語の記述とを丹念に比較検討して「物語」の狙いを見定めていくという、いわば「典型的な」方法を採用している。それは史実との矛盾点から「物語」を考究することの意味自体を問う論考ということでもある。『栄花物語』が永平親王暗愚譚を実際の年代よりも前倒しして挿入するのは、道長女妍子を高め、済時女娍子を低めるためだとする斉藤浩二説を支持し、さらにそれが「十二ばかり」という元服前であることに意味を見出す。元服前のエピソードであることによって「一種の許容が物語世界の人々」「読み手側の人々」に生じている。そこには「『栄花物語』が「物語」であるという前提」があった、とする。「物語」の論理そのものの追究とは、方法的に異なるものの、一つの可能性を示した論考である。

村口進介「『栄花物語』の立后と「一の人」―歴史認識の形成―」は、『栄花物語』の歴史叙述の形成について、「(1)天皇の生誕・立太子・即位・崩御、(2)外戚の薨去、(3)后の立后・崩御」に関する事項を「指標にしながら歴史叙述」が形成されたのではないかと想定し、そのことを立后記事を例に具体的に示した。その結果、遵子や定子の立后は九条流の発展に「相即しない出来事」であり、それらは「一の人」の権勢によって実現されたものであると判明した。立后を「一の人」との関係で捉える視点は、兼通から頼忠、頼忠から道隆へと『栄花物語』を書き継ぐ中で形成されたものとする。『栄花物語』の歴史叙述の形成過程の一つの面を明らかにしたものである。

星山健「『栄花物語』「みはてぬゆめ」巻の構造―不敬事件へと収斂する物語―」は、『栄花物語』正編では、語るべき主たる対象が「各帝の御代」から「道長の生涯」へと置き換えられているとした上で、「『栄花物語』正編を一篇の作り物語のように見なし、想定読者の視座を重視しながら、その総合的解釈を試みる立場を取る」と宣言する。そこから「みはてぬゆめ」巻についても一つの物語として主題論的に論じている。「みはてぬゆめ」巻では、物語の論理として、兼家の子・孫達の物語、具体的には伊周・隆家による花山院への不敬事件に記事が収斂するように語られていると指摘する。「多様な歴史的事項をおよそ編年的に取り込みながらも、それらを巻末の重要事件と密接な因果関係を持たせた有機的構造体の物語」であると、「みはてぬゆめ」巻を評価している。

久保堅一「二人のかぐや姫―『栄花物語』巻第六「かかやく藤壺」の彰子と定子―」は、『栄花物語』への影響として『源氏物語』以外の作品との関係が取り上げられていないとして『竹取物語』との関係について論じる。かぐや姫の物語中での人生を「輝きを放ち翁にかしずかれる〈明〉の面」と「地上世界との離別の悲嘆に沈む〈暗〉の面」とに分節し、「それぞれを一つの巻のなかで二人の女性（彰子と定子）に割り振った上で対比するという手法」を析出している。この背景には「登場人物の人生の部分部分に注目し、時にはそれらを対比しながら評価、批評し合う読み方が背景にあっ」たとの想定も加えている。『栄花物語』を女性視点による語りであると捉えるならば、このような物語引用のあり方も興味深いものといえよう。

山下太郎「『栄花物語・初花』の〈語り手女房〉―語り換えの方法―」は、初花巻での『紫式部日記』の用いられ方について、初花巻の叙述全体との連関が大切であるとする。初花巻に「紫ささめき思ふ」と出てくることから、「紫式部は、語る主体から語られる客体へと転換された」「敦成親王誕生記の語り手を、紫式部から別の無名女房へと変換した」と指摘する。この〈語り手女房〉が「見聞を整理し順序だてていくために」、接続語「かういふほどに」などが必要であったとし、『日記』を取用した初花巻の表現の機構に迫る。さらに、『更級日記』の表現から「見ること」「語ること」と「声に出して読むこと」の関係を探り、「書かれた語りは、「見ること」によってではなく、声に語られることによって完結する」という。『日記』もまた「書かれた語り」で、『紫式部日記』は『栄花物語・初花』へと語り換えられたと論じている。

辻和良「『栄花物語』、固有の〈歴史〉語り―小一条院東宮退位をめぐる延子・顕光の恨み―」は、『栄花物語』では小一条院東宮退位との関わりにおいて寛子との婚儀が意味づけられることはなかったことが、『大鏡』の記述と異なる点だと注目する。『栄花物語』の記述を丹念に読むと、小一条院が主体的に行動し、道長と関わって首尾よく東宮を退位し、寛子を手に入れた、という図柄が見えてくる。すなわち、小一条院がみずからの望みのために道長と結託（あるいは契約）して事を進め、延子・顕光親子を裏切ったということである。その「恨み」は厳しく、延子・顕光親子の物の怪のことばがそれを示している。『栄花物語』の語りの方法は、『大鏡』のように直接的に因果の理を語るものではなく、時間を追って描く中で、自ずとその意味が染み出てくるように語る。その意味に気付いたとき、事の深刻さに慄然とするような、『栄花物語』固有の〈歴史〉語りの方法を探った論である。

廣田收「『栄花物語』進命婦考―続編の叙述の方法をめぐって―」は、進命婦という『宇治拾遺物語』にも取り上げられている希有な人生を歩んだ女房の「噂話」に、『栄花物語』続編の叙述方法を考える契機を見出している。『栄花物語』続編は、天皇を中心とした叙述ではなく、「女院、中宮と姫君たちの話題」が順番に語られている。『栄花物語』続編が女房のまなざしで中宮や女院の事績を据えるところに、歴史書と根本的に異なる叙述方法があるとする。進命婦の物語は、中宮をめぐる逸話の一つとして位置付けられている。女房の噂話として「歴史の表側における公称の出自に対して、本当の出自を裏側の歴史として語」り、そこに『栄花物語』の方法があるとする。続編を取り上げているが、『栄花物語』全体を考える上で、「女房の噂話」とそれによって語られる「裏側の歴史」という指摘は、物語の方法という視座から重要だといえる。

神田龍身「『狭衣物語』と『栄花物語』についての一考察―賀茂斎院神事の記録―」は、『栄花物語』と『狭衣物語』との関係性について論じている。「書くこと」を基点に、視野の広い『栄花物語』論としてその本質に触れるといえよう。『狭衣物語』巻三に「長大な仮名の記録文（賀茂斎院神事の記事）が挿入されている」。その「長大な仮名の記録文」に『春記』の記事を重ね合わせて斎院禖子の過去に共感を求めたとする三谷栄一氏の論を挟み込み、これは「『狭衣物語』における自己言及的箇所」であるとする。その上で、この長大な記録文が『栄花物語』の仮名の記録文に近似していることから、『狭衣物語』にある記録文もまた『栄花物語』成立の基本資料になっているはずだと指摘する。その一方で、『栄花物語』には、斎院禖子の記事が非常に少ないという事実があり、「『狭衣物語』が『栄花物語』の欠けたるところを補塡すべく」斎院禖子の神事の記録を自らのテクストに挿入し、「仮名の記録文の蓄積からなる共通のプール」があったという見通しも述べている。『狭衣物語』との関係から、『栄花物語』は逆説的ではあるが、「書くこと（エクリチュール）」を介して、〈物語〉であることを証し立てているといえよう。

以上、それぞれの論旨を、編者の立場からまとめた。いずれも『栄花物語』を新たな視座で読むという作業に果敢に取り組んだ論考である。今後の『栄花物語』研究を進めていく上で、本書が一つの契機となって、さらなる『栄花物語』研究の進展に通じるならばこの上ない喜びである。

最後に、本書を上梓するまでの経緯について触れておきたい。『栄花物語』論に関わりながらも、研究の方法に違和感とでもいうものを感じていた数人の古代文学研究会メンバー（星山健、山下太郎、松本邦夫、辻和良）が、たまたま松本邸で私的な合宿をしたときに上梓計画が持ち上がった。その計画は一気呵成に進んだといっても過言ではなかった。編纂の趣旨、原稿依頼の人選等もそのときにあらかた決定した。その後、高橋亨が加わって編集委員会を立ち上げ、高橋・辻の共編という形で上梓することを決めた。松本が拠ん所ない事情で最後まで関われなかったことは残念であったが、当初の目論見が本書として結実したことは幸いである。

論集企画の趣旨に賛同し、貴重な論考をお寄せ戴いた皆様に御礼を申し上げる。また、このようにいささか「冒険的」な論集にもかかわらず、出版をお引き受け下さった森話社の大石良則氏に御礼申し上げる。

高橋　亨
辻　和良

星山　健（ほしやま　けん）
関西学院大学文学部教授　専攻＝王朝物語
『王朝物語史論―引用の『源氏物語』―』（笠間書院、2008年）、「『栄花物語』「さまざまのよろこび」巻論―帝後宮の物語から兼家一家の物語へ―」（『中古文学』第101号、2018年5月）

久保堅一（くぼ　けんいち）
鳥取大学地域学部准教授　専攻＝平安朝文学
「『竹取物語』と仏伝」（『中古文学』第77号、2006年6月）、「〝龍のくびの珠〟を求める話―『竹取物語』求婚難題譚と戒律―」（『文学・語学』第221号、2017年12月）

山下太郎（やました　たろう）
大阪府立東住吉高等学校教諭　専攻＝王朝物語・日記、表現論、文章論
「古今和歌集詞書の「よめる」と「よみける」―ケリ叙述からリ叙述へ―」（『日本言語文化研究』第21号、2017年1月）、「伊勢物語第九段の「蜘蛛手」と「鴫」―〈待つ女〉の映像を喚起する―」（『古代文学研究第二次』第26号、2017年10月）

廣田　收（ひろた　おさむ）
同志社大学文学部教授　専攻＝古代物語・中世説話文学
『文学史としての源氏物語』（武蔵野書院、2014年）、『古代物語としての源氏物語』（武蔵野書院、2018年）

神田龍身（かんだ　たつみ）
学習院大学文学部教授　専攻＝中古・中世文学
『物語文学、その解体―『源氏物語』「宇治十帖」以降―』（有精堂出版、1992年）、『偽装の言説―平安朝のエクリチュール―』（森話社、1999年）

［編者］
高橋　亨（たかはし　とおる）
名古屋大学名誉教授　専攻＝物語文学
『源氏物語の詩学』（名古屋大学出版会、2007年）、『〈紫式部〉と王朝文芸の表現史』（編著、森話社、2012年）

辻　和良（つじ　かずよし）
名古屋女子大学文学部教授　専攻＝平安朝文学
『源氏物語の王権―光源氏と〈源氏幻想〉―』（新典社、2011年）、「『栄花物語』、「心情的表現」に基づく主題論的考察」（『古代文学研究第二次』第26号、2017年10月）

［執筆者］（掲載順）
桜井宏徳（さくらい　ひろのり）
成蹊大学非常勤講師　専攻＝平安文学（中古文学）・歴史物語
『物語文学としての大鏡』（新典社、2009年）、「宇治十帖の中務宮―今上帝の皇子たちの任官をめぐって―」（『中古文学』第93号、2014年5月）

高橋照美（たかはし　てるみ）
茨木市立川端康成文学館館長、立命館大学非常勤講師　専攻＝中古文学（歴史物語）
「『大鏡』の兼家像をめぐって」（『論究日本文学』第73号、2000年12月）、「『大鏡』の最終記事」（『立命館文学』第624号、2012年1月）

吉海直人（よしかい　なおと）
同志社女子大学表象文化学部教授　専攻＝平安文学（特に源氏物語と百人一首）
『『源氏物語』「後朝の別れ」を読む』（笠間書院、2016年）、『百人一首の正体』（角川ソフィア文庫、2016年）

土居奈生子（どい　なおこ）
成蹊大学全学教育講師　専攻＝平安文学
「〈大宮〉考―古記録・史料に見る藤原穏子―」（『名古屋大学国語国文学』第108号、2015年11月）、「〈大宮〉考―古記録・史料に見る昌子内親王―」（『名古屋大学国語国文学』第110号、2017年11月）

村口進介（むらぐち　しんすけ）
三重大学人文学部特任准教授　専攻＝中古文学
「源氏物語の外戚政治と〈右大臣〉〈大将〉」（『日本文藝研究』第59巻1号、2007年6月）、「「ただ人にて朝廷の御後見をする」光源氏」（『国語と国文学』第95巻4号、2018年4月）

栄花物語　歴史からの奪還

発行日……………………………2018年10月18日・初版第1刷発行

編者………………………………高橋　亨・辻　和良
発行者……………………………大石良則
発行所……………………………株式会社森話社
〒101-0064　東京都千代田区神田猿楽町1-2-3
Tel 03-3292-2636
Fax 03-3292-2638
振替　00130-2-149068
印刷………………………………株式会社厚徳社
製本………………………………榎本製本株式会社

ISBN　978-4-86405-133-0 C1095